MR. BLUE SKY
III

Forlag: BoD · Books on Demand GmbH, In de Tarpen 42,
22848 Norderstedt, Tyskland
Tryk: Libri Plureos GmbH, Friedensallee 273,
22763 Hamborg, Tyskland
Omslag: Lene Holm, Graphique, Danmark
Omslagsgrafik: Shutterstock
ISBN: 978-87-4305-746-8

Tilegnet dem, der tør at gå imod strømmen – og alle dem, der yder en indsats for at gøre verden til et bedre sted at leve…

Tak til Lene Holm for design og layout af omslaget – og til Annette Bjørn Henriksen, og Jytte Elenor Schou-Jensen for støtte, kritik og forslag i forbindelse med denne bogs tilblivelse. Og tak til korrekturlæser Lisbeth Koefoed Bork for sin fine indsats.

Tidligere udkommet af samme forfatter:

Slangeøjet – 1985
Mesteren fra Glaur – 1985
Kong Atlon af Regnbuen – 1985

Sorte Sigurd – 1987
Landet bag Tågerne – 1988
Dragens Rige – 1989
Sorte Sigurd og Troldkongen fra Trulsabygget - 2017

Bølgernes Børn – 1987

Djin – 1988
Portene til Rana – 1989

DEER – 1990

Det eventyrlige Karaganda – 1992

Muffy's Lov – 1998

WTC-gate - 2015

Spin - 2016

Mr. Blue Sky - 2021

Mr. Blue Sky II - 2021

www.clausbork.dk

AUSTRALIEN

Our problems are man-made; therefore, they can be solved by man. No problem of human destiny is beyond human beings.
-   John F. Kennedy

Our problems were created by them – later we learned, that we had to solve them.
-   Mr. Blue Sky

1. Kapitel

Han holdt den kraftige kikkert for øjnene og betragtede det sammenstyrtede tårn i det fjerne. Han vidste, at de ikke kunne nærme sig basen i Santa Teresa i resten af hans egen levetid. Men det betød ikke så meget nu, Australien var et stort kontinent, der var mange andre steder, de kunne vælge at placere deres hovedkvarter.

"Hvad synes du, vi skal gøre?" spurgte løjtnanten ved hans side.

"Vi finder et andet sted," svarede han uden at tage kikkerten fra øjnene.

Løjtnanten satte sin egen kikkert for øjnene og betragtede sammenbidt scenariet. "Vi burde sætte alle vores ressourcer ind på at hævne os..." mumlede han vredt.

Obersten vendte sig imod ham. "Det er derfor, du ikke leder denne bataljon," sagde han hånligt. "Du tænker for småt. Så lad være med det, lad mig om det – og gør så bare, hvad jeg siger. Det er det, du er bedst til."

Løjtnanten blev rød i hovedet, men lagde bånd på sin lyst til at svare igen.

"Du forstår det ikke, vel?" sagde obersten.

"Forstår hvad, Sir?"

"At vi ikke kan tage en krig imod dem, Mr. Blue Sky og hans stikirenddreng, Dave Maximillian. Vi er først lige begyndt at producere våben selv. Vi ville ikke have en chance."

"Nej, måske ikke..." mumlede løjtnanten. "Men hvad gør vi så?"

"Vi lader dem være," hviskede obersten. "Vi lader dem tro, at de har slået os."

2. Kapitel

Der hvilede en tør, trykkende hede over Alice Springs i Northern Territory. Støvet lagde sig som en film over alt, både ude og indendørs. Folk, der gik på gaden, havde viklet et tørklæde omkring ansigtet for ikke at indånde det. Det skabte problemer for ventilationsanlæggene, airconditionanlæggene, bilernes kølere og dyrene i hele det gigantiske område. Solen stod højt på himlen og udtørrede alt, der kunne udtørres. Den udpinte plantevækst stod som visne skulpturer i haver, parker og ude i ørkenen. Det var svært at forestille sig, at nogen eller noget kunne leve her. Men Alice Springs var vokset, siden den store migration. Byen lå langt fra Prosegur baserne, deres påmindelse om den gamle verden, der havde forvist dem. Hertil havde man flyttet de enorme rigdomme fra Perth Mint − og hertil havde man bragt de gigantiske rigdomme i guld og sølv, som ubådene havde bragt til kontinentet, efter at de havde tømt de sidste bankbokse i den gamle verden. De havde mistet meget af deres ædle metal i opgøret med Mr. Blue Sky og Dave Maximillian, men de havde stadig nok til at kunne handle med de fremmede.

De havde lært, at både guld og sølv var populære metaller hos folk ude fra galaksen. Med det kunne de handle sig til det metal, som ikke fandtes på jordkloden. Det metal de havde brug for, for at kunne forlade planeten.

Og de forstod sig på at handle. De var de tidligere Bigdogs og havde altid været gode til lige netop det.

Efter at den store migration var overstået − og efter en lang periode med interne opgør, krige og masseødelæggelser, havde de endelig indset, at de var nødt til at holde fred indbyrdes for at kunne komme videre. Så de havde valgt det hierarki, som de mente kunne sikre, at udviklingen kunne fortsætte, selvom det ind imellem var problematisk.

Bigdogs var som udgangspunkt ikke mennesker, der var vage eller tilgivende. De var kendt for at kunne indgå en midlertidig fredsaftale, men samtidig huske hvem de senere ønskede at tage et opgør med. De var ikke begrænset af etiske problemstillinger. De var indstillet på at gøre, hvad der krævedes for at opnå resultater. De levede deres liv og havde deres virke i en verden, hvor alle vidste, at alle andre ville gøre hvad som helst for at stjæle alt, hvad de ejede. De havde derfor været nødt til at fastlægge et sæt spilleregler at virke indenfor. Og de havde nedsat et råd, som afgjorde stridsspørgsmål og uenigheder. Krige kunne, på kort sigt, løse en række problemer. Men krige var og ville altid være 'bad for business'.

Man havde indført et system med 'bystater'. Hver storby på kontinentet var en bystat inspireret af fortidens Sumeriske Rige fra længe før deres egen tidsregning. Fordi afstandene på det australske kontinent var så enorme, og fordi man samtidig havde en meget begrænset tilgang til digital netværksteknologi, var afstandene en af de helt store udfordringer.

Derfor var Alice Springs valgt som det sted, hvor bystaternes ledere mødtes, når de skulle lægge strategi og aftale den videre udvikling. Og her placerede man det råd, der skulle sikre freden og overholdelse af reglerne, der fik det vidtstrakte rige til at fungere.

Man havde valgt at se stort på, at der ville være en risiko for, at Mr. Blue Sky kunne infiltrere systemet, hvis man udviklede sin egen digitale teknologi. Tiden med 'at gå analogt' var forbi. En levedygtig verden med fremskridt og udvikling var ikke realiserbar uden digital teknologi. Derfor planlagde man meget nøje, hvor man skulle føre kabler frem, hvem der skulle have tilladelse til at arbejde med dem, og hvilket it-system man skulle anvende. Og da et af hybrid-børnene viste hidtil usete evner for it, begyndte udviklingen for alvor at tage fart.

På mange måder mindede deres nye verden om den gamle verden, de kom fra. Hver bystat havde en stærk og hårdfør leder, der styrede sit rige med jernhånd. Han levede et liv i luksus. Under sig havde han et hierarki af loyale tilhængere, der levede i relativ luksus. Og nederst i hierarkiet var den nye verdens Underdogs, der fik lov at leve, så længe de ydede en god indsats for dem, der var over dem selv i hierarkiet. Man havde dog lært, at fattigdom og sult ikke var befordrende for en god arbejdsindsats, så der var ingen der sultede eller ikke havde et sted at bo.

Et af de praktiske problemer med bystaterne var, at nogle byer lå i områder, der var mere gunstige end andre byers områder. Så de byer, der var placeret i gunstige områder – med for eksempel et bedre klima eller flere råstoffer i jorden, var bedre i stand til at bestikke medlemmerne af rådet i Alice Springs. Det førte til en del konfrontationer og, i nogle tilfælde, til krige byerne imellem.

Alt dette blev nøje iagttaget af de udefrakommende, som de fleste i den gamle verden troede havde forladt planeten. Det havde de ikke. De havde forskanset sig i Australien, hvor de iagttog denne nye verdens magtkampe, intriger og krige med stor interesse. Og da de mente, at tiden var inde, gav de sig til kende.

3. Kapitel

Det var eftermiddag i Melacca Swamp Conservation Area. Klokken havde passeret 15, og heden var trykkende og fugtig. Drengen, der langsomt slentrede frem på stien langs bredden, havde ikke travlt. Han vidste, at den store saltvandskrokodille nogle meter ude i det grumsede vand fulgte ham, lige så stille. Han vurderede den til at veje op imod en ton. Den var denne stræknings 'Master Croc' og havde det fuldstændige herredømme ude i vandet. Når drengen standsede og kastede et blik derud, lå krokodillen, kun med øjnene synlige over vandlinjen, og iagttog ham. Den var en tålmodig jæger. Intet i denne verden, der endte imellem dens kæber, ville kunne undslippe. Det ville blive knust, druknet og flået i småstykker, alt sammen indenfor et enkelt minut.

Den havde allerede taget tre sådanne drenge i denne uge, så den vidste, hvad den gjorde. Den havde lært, at drengen på et tidspunkt ville konfrontere den. Det var det øjeblik, den ventede på...

Drengen standsede, vendte sig imod den kæmpe krokodille og tog et enkelt skridt nærmere imod den glatte, skrånende brink. Så kiggede han direkte ned på den og vidste, at den var fuldstændig fokuseret på ham. Den var så gammel som verden selv. Den havde levet i næsten hundrede år og havde dræbt så mange sjæle, at det ikke længere var muligt at tælle dem. Dens skind var ru og furet som klipperne på den anden side af sumpen – og fyldt med dybe ar fra de kampe, den havde kæmpet imod andre store krokodiller – om territorier, om hunner eller om bytte, den havde dræbt. Den betragtede ham en sidste gang og lod sig lydløst synke ned i den dovne, mudrede strøm.

Lægen i den hvide kittel stod på den udvendige gangbro og iagttog sceneriet igennem sin kikkert. Manden ved hans side bar en slidt militæruniform med gradstegn af major. Hans hud var vejrbidt, mørkebrun og mindede lidt om krokodillens, så arret og furet var den. Han havde gennemtrængende blå øjne. Han var muskuløs og tæt bygget og stod med armene hvilende på rækværket, imens han røg en cigaret. Hans blik fulgte røgen, der langsomt drev ud over vandet, imens han spurgte: "Hvordan klarer han det – eller klarer han det slet ikke?" "Han ser ud til at klare det," mumlede lægen. Han nikkede, stadig med kikkerten for øjnene. "Jo, jeg tror sgu, han klarer det, han står og kigger på den..." Forskningsfaciliteterne var godt skjult imellem træerne og planterne i sumpen. Og hele området var beskyttet imod uindbudte gæster af saltvandskrokodillerne.

"Dette her er jo en slags 'sidegevinst', det håber jeg, du er klar over?" spurgte lægen, uden at tage kikkerten fra øjnene. "Hmm..." mumlede majoren bekræftende. Han studerede krokodillerne, der studerede ham nede fra vandet under gangbroen. Han forsøgte at skjule den lette kuldegysning, der løb igennem ham.

"Ja, de er ikke så rare at komme imellem kæberne på..." mumlede lægen uden at tage blikket fra drengen i kikkerten.

Drengen gik ned ad brinken og tog et par skridt ud i vandet. Han var fuldstændigt fokuseret. Han kneb øjnene sammen og stirrede ned i vandet.

Den angreb ham ikke. Han havde skabt telepatisk kontakt til den og kuede den. Den blev liggende på bunden uden at kunne bestemme sig for at angribe ham. Så steg den lige nok til, at øjnene kom til syne i vandoverfladen. Den ville forvisse sig om, at han stadig var der. Synet af ham fik den til at frygte ham. Den bestemte sig for at forholde sig afventende.

De stod sådan i nogle minutter vogtende på hinanden. Så trådte drengen forsigtigt baglæns, afsøgte brinken med foden, imens han fastholdt sin kontrol over den. Han tog sig god tid uden at miste kontrollen. Han mærkede den slimede, skrå bred under fodsålen og vidste instinktivt, at hvis han gled, ville han blive dræbt. Men han var koldblodig. Hans fødder gled ikke, sådan som det var sket for de tre foregående. Det lykkedes ham at komme helt op på bredden uden at falde.

Krokodillen iagttog ham koldt. Da han slap sin kontrol over den, blev den aggressiv. Den stormede fremad og opad imod brinken og skabte en bølge, der skyllede helt op over stien. Men drengen havde allerede sat i løb tilbage imod forskningscentret og de frelsende afspærringer.

"Han klarede den," mumlede lægen.

"Så vil jeg godt se ham klare den sidste test," sagde majoren og kastede sit cigaretskod ud over rækværket. Krokodillerne sloges om hans skod, der lå og flød i vandoverfladen.

"Er du sikker på, at du gerne vil ofre soldater på det?" spurgte lægen, imens han pakkede kikkerten ned i en taske.

"Helt sikker…" brummede majoren. "Men hvad er det helt præcist, han kan?"

Lægen vendte sig og betragtede ham igennem sine tykke briller. "Skabe kaos!" hviskede han.

"Hm!" gryntede majoren. "Hvor mange unge er det, de har hjulpet os til at få?

Lægen hankede op i kikkerttasken og vendte sig for at gå.

"De var femten drenge og femten piger i alt, men nu er tre af drengene jo endt som krokodilleføde. Ikke det smarteste træk, hvis du spørger mig."

"Hvad mener du?" spurgte majoren.

"At lade den afgørende faktor være en glat mudderbanke, hvor de falder og mister koncentrationen, er ikke ligefrem noget, der siger noget om deres mentale kræfter," sagde lægen hårdt. "Vi havde haft femten drenge og femten piger, hvis ikke det havde været for al jeres macho-bullshit! De skulle være stammen i vores avlsprojekt. De er stærkere våben end noget, du nogensinde har affyret i dit lange liv i militæret."

13

Majoren nikkede uden at forholde sig til kritikken. "Vi har altså stadig grundstammen tilbage," mumlede han. "Hvordan er den dreng, vi skal møde om lidt?"

"Han er et voldsomt bekendtskab," svarede lægen, standsede og vendte sig imod soldaten. "Han kan slå dig noget så eftertrykkeligt ihjel uden så meget som at tage hænderne op af lommen," sagde han med en truende undertone i stemmen.

Soldaten smilede skævt. "Ja ja, lad os nu se..."

"Har I betalt for dem?" spurgte lægen.

Majoren rystede på hovedet. "Ikke endnu. Vi betaler i aften."

"Hvad sker der, hvis I ikke betaler?" ville lægen vide.

"Det ved jeg sgu ikke," svarede soldaten. "Men vi betaler, vi har ikke tænkt os at lægge os ud med dem."

Lægen vejede kikkerten i hånden, uden at sige noget.

Majoren prikkede ham på skulderen. "Hvad er det, de har gjort med de drenge?"

Lægen kiggede forundret på ham. "Du må forstå – det er ikke de unge, de har manipuleret – det er de fostre, de var, dengang de lå i deres mødres maver. Det er 15 år siden, de gjorde det."

Majoren stirrede på ham med vantro i blikket.

Lægen sukkede dybt. "Man kan ikke bare tage et menneske, skære dets hovedskal op, lodde lidt i hjernen og lukke det til igen – og så tro, at det fungerer. Når man, om man så må sige, fjerner plomben, kræver det jo, at hele hjernen og kraniet vokser sammen med den ændring, man har indopereret. Hele kroppens meddelelsessystem skal udvikles til at kunne fungere sammen med det."

Majoren trak på skuldrene uden at svare.

"Okay, lad mig forklare det sådan, at du kan forstå det. Man kan ikke affyre en artillerigranat fra en almindelig pistol. Projektilet og det våben, man affyrer det med skal passe til hinanden. Når man skaber et supermenneske ved at fjerne den smeltning af generne, som de har fjernet, skal kroppen udvikle sig til at passe til det. Det er det, der er hele fidusen. De har skabt tredive supermennesker – og I har slået tre af dem ihjel allerede nu."

Soldaten sank en klump i halsen.

"De påstår, at de lever meget længere end os. De er mere udholdende, de er mere resistente overfor en del sygdomme, de er os fuldstændigt overlegne, når det handler om intelligens. De har mange styrker, som vi ikke har."

Majoren nikkede. Antydningen af et smil krusede hans læber. "De… vi har skabt en superrace af mennesker," mumlede han.

Lægen kiggede med foragt ind i hans øjne. "Hvad tror du, der sker den dag, de bliver opmærksomme på, at du ikke er som dem? Tror du, de bare accepterer alt det shit, du har udsat dem for? Er I overhovedet klar over, hvad det er, I har gjort?"

Majoren trak vejret tungt og smed cigaretten fra sig. For første gang var der en antydning af usikkerhed i hans blik.

"Jeg forbander den dag, jeg blev deporteret til Australien," hvæsede lægen, vendte sig og gik.

4. Kapitel

"Har du registreret nogle problemer med folkene i Australien?" spurgte Dave.

"*Nej, Dave,*" svarede Blue.

"Slet ikke?" spurgte Dave forundret.

"*Nej, ingenting overhovedet,*" svarede Blue.

Dave sad og tænkte et øjeblik. "De har resigneret," mumlede Dave. "De har erkendt, at de er slået..."

"*Måske Dave...*"

"Måske... Så du har altså registreret noget?"

"*Nej,*" svarede Blue.

"Så vores satellitter over Australien opfanger intet som..."

"*Vi har ingen satellitter over Australien, Dave!*"

"Hvad?" næsten råbte Dave.

"*De forsvinder – eller bliver inaktiveret, jeg ved ikke, hvad der sker med dem, Dave. Vi sender nye satellitter op fra både Frankrig og Amerika. Vi har satellitter over hele verden nu, bare ikke over Australien.*"

Dave kiggede forundret på sin mobil. "Men hvorfor..."

"*De forsvinder, så snart de nærmer sig den australske kyst. Eller mere præcist - vi mister forbindelsen til dem. Så nu har jeg standset placeringen af satellitter over Australien. Men vi arbejder på at finde ud af, hvad det er, der sker.*"

"Det gør mig lidt utryg," mumlede Dave."

"*Hvis jeg havde kunnet føle, havde jeg sikkert følt det samme...*" svarede Blue.

5. Kapitel

Lamperne under loftet syv meter oppe kastede deres hvide, kolde lys ned over de to grupper af personer, der stod forsamlet på betongulvet. På nær personerne var hallen næsten tom. Kun en række bevæbnede soldater stod og spærrede portåbningen et stykke borte. Den ene gruppe bestod af nogle uniformerede soldater med forskellige gradstegn. Imellem dem stod flere læger i hvide kitler, alle sammen ældre.

Den anden gruppe bestod af unge mennesker, 15 år gamle, meget forskellige og meget opmærksomme. De stod blandet imellem hinanden, 15 piger og 12 drenge. Kun én dreng opholdt sig lidt fra de andre. Han sad på en rund metaltønde med ryggen lænet op ad en af de stålsøjler, der bar den store kranskinne, som løb under loftet i hele hallens længde. Han betragtede scenariet med et koldt blik uden at fortrække en mine.

Psykologen, der stod i gruppen af ældre voksne, bemærkede drengens adfærd og hviskede noget til sin sidemand, en hvidkitlet læge.

Obersten, med det grå, næsten hvide, karseklippede hår nikkede til majoren, der gik nogle skridt frem.

"Okay, hør efter – vi har nu officielt overtaget jer fra dem, der har opfostret jer. I er nu her, hvor I hører hjemme, hos medlemmer af jeres egen art. Jeg er sikker på, at vi nok skal finde ud af at omgås hinanden på en fornuftig måde – og få noget fornuftigt ud af det. Vi har store planer med jer."

Drengen, der havde siddet lænet op ad søjlen i baggrunden, sprang ned af metaltromlen. Den væltede med et rungende brag og rullede ud over gulvet.

De andre unge gjorde plads for ham, da hen gik ind imellem dem og videre ud på betongulvet imellem de to grupper. Majoren stod målløs og stirrede på ham. "De er lige så forskellige som andre mennesker," tænkte psykologen. "Nogle af dem er rovdyr, men ikke dem alle sammen."

Drengen gik hen og tog opstilling foran majoren. Han var en spinkel knægt på omkring en meter og halvfems og en vægt i omegnen af 80 kilo. Overfor majorens robuste, muskuløse skikkelse på cirka samme højde så han ikke så farlig ud. Han gik rundt i en cirkel omkring majoren, der blev stående. Gruppen af hvidkitlede læger og psykologer – og militærfolkene i uniformerne, rørte sig ikke.

"Vil du være venlig at gå over til de andre og lytte opmærksomt til, hvad jeg har at sige?" kommanderede majoren.

"Om lidt..." svarede drengen.

Majoren drejede om på hælen og gjorde front imod ham. "Hvem Fanden er det, du tror, du taler til, knægt?" råbte han.

Drengen smilede og holdt roligt en pegefinger op foran sine læber. "Du er ham, der sender os ud til saltvandskrokodillerne," svarede han stille. "Jeg ved udmærket godt, hvem du er." Han gik lidt længere rundt og vendte sin opmærksomhed imod de andre unge, der stod forsamlet lidt fra ham.

"Vi ved alle sammen godt, hvem du er – er det ikke sandt?" spurgte han.

De nikkede alle sammen hele rækken ned.

"Jeg advarede ham," hviskede lægen, "men han ville ikke lytte."

Psykologen ved hans side nikkede umærkeligt. Han noterede sig, at de andre unge virkede som om, de var bange for drengen i forgrunden. En af pigerne havde svært ved at holde tårerne tilbage.

Ved første øjekast så det ud som om, majoren havde kontrol over situationen. Men lægen fornemmede, at noget var helt galt. Majoren svajede let til siden og var ved at miste balancen. Så tog han et skridt til siden for at modvirke faldet. Men trods det faldt han ned på betongulvet og rullede om på siden. Han stirrede frem for sig med paniske øjne, forsøgte at finde ud af hvor drengen befandt sig.

Drengen kredsede om ham som en grib omkring et døende bytte. Psykologen trådte et par skridt frem og rømmede sig højlydt. "Vi har forstået din pointe," sagde han. "Inden vi går videre, vil jeg gerne vide – hvad må vi kalde dig? Har du et navn?"

Drengen rettede sig op, vendte sig og kiggede roligt på manden i den hvide kittel. Majoren satte sig op, tog sig til hovedet og kiggede sig forvirret omkring.

"De kaldte mig 'Darza'," svarede drengen med foragt i stemmen. "Men det er jo ikke et navn, man bruger her, så I kan kalde mig 'Kamæleonen'." Han kiggede trodsigt på lægen og afventede hans kommentar til navnet.

Lægen nikkede og smilede. "Okay, vi kalder dig Kamæleonen. Du har voldsomme telepatiske kræfter, det er noget vi i høj grad kan bruge her."

Drengen holdt øjenkontakten med lægen og interesserede sig ikke længere for den militære skikkelse, der ravede rundt på gulvet.

"Taler du de fremmedes sprog?" spurgte lægen.

"Ja!" svarede Kamæleonen. "Vi voksede jo op hos dem."

"Det er hurtigt, du har lært at tale vores sprog her," foreslog lægen forsigtigt.

"Det tog en uge…" svarede drengen.

Det var drevet over. Psykologen håndterede drengen, imens de øvrige tog sig af de andre unge. Da de havde forladt hallen og var på vej over imod forskningscentret, lå majoren på gulvet og stirrede efter dem. Han fulgte dem igennem øjne, der ikke længere kunne fokusere. Han så dem som udviskede, grålige

19

konturer, der langsomt visnede bort for hans blik. Og da de forsvandt ud af hans synsfelt, døde han lige så stille...

6. Kapitel

"Hvad er dit navn?" spurgte psykologen venligt og gjorde sig klar til at notere med blyanten på den blok, der lå på bordet. Hun svarede ikke med det samme. Hendes blik flakkede rundt i lokalet. Hendes skjorte var bundet i en knude over kanten af hendes shorts. Han forsøgte ikke at lade sig mærke med, at hun havde knappet den op helt ned til knuden, så det meste af hendes brune, fyldige bryster var synlige. Men hun så det, og han vidste instinktivt, at hun havde bemærket det.

"Jeg ser ting, der er sket..." hviskede hun.

Han nikkede og gentog sit spørgsmål. "Jeg vil gerne have, at vi begynder med dit navn."

"Jeg hedder Joey," mumlede hun og vendte tyggegummiet i munden.

Psykologen hævede øjenbrynene. "Men... det er et drengenavn," sagde han.

"Det kender jeg ikke noget til," svarede hun uinteresseret. Så kastede hun et blik på hans blok og blyant og sagde henkastet: "I er ikke særligt avancerede her, er I?" Der var antydningen af hån i hendes øjne.

"Nej," erkendte han. "Vi har hårdt brug for jer her for at hæve niveauet."

Et smil bredte sig over hendes ansigt. "Touché!" mumlede hun og kastede et blik ud ad vinduet.

"Fortæl mig om dig selv," bad han.

Hendes ansigtsudtryk ændredes. Hun virkede pludselig modløs. Da hun kiggede på ham, så han smerten i hendes øjne.

"Jeg ser ting, som er sket," hviskede hun.

"Du ser ting, som er sket..." gentog han, imens har hurtigt kradsede sine notater ned. Så kiggede han op. "Hvor ofte sker det?"

"Hele tiden," sukkede hun.

Han betragtede hende i tavshed et øjeblik. "Er det en smerte for dig?" spurgte han så.

"Ja!" svarede hun.

Han noterede videre. "Er der mere, du vil fortælle mig?" fortsatte han.

Hun trak vejret tungt. "Jeg ser også ting, der kommer til at ske," hviskede hun.

"Ting, der vil ske i fremtiden?" spurgte han.

"Ja!" hviskede hun.

"Og det gør dig ulykkelig?" Han prøvede sig frem.

"Nej, det gør mig angst. Det er det, der allerede er sket, der gør mig ulykkelig."

"Så du er angst for fremtiden, skal jeg forstå det sådan?"

Hun kiggede ned og nikkede langsomt.

Han lagde blyanten fra sig og vippede tilbage på stolen. "Du behøver ikke at være angst her," udbrød han, "vi kan beskytte dig her. Vi har toptrænede soldater, våben – alt, hvad der skal til for at beskytte dig."

"Det betyder ikke noget," hviskede hun. "Det vil ikke gøre nogen forskel…"

"Så det er ikke os, du er bange for…" konstaterede han eftertænksomt. Så slog det ham. "Er det drengen, du er bange for?"

"Ja," svarede hun. En tåre løb fra hendes ene øje ned over kinden.

"Ham de kalder Kamæleonen?" foreslog psykologen.

Hun løftede blikket og rystede langsomt på hovedet. "Nej, ikke ham – der er en anden, én du ikke kender endnu…"

Han kiggede alvorligt på hende. "Og ham er du bange for?"

Hun nikkede langsomt. "Ja…" mumlede hun bare.

Han ville notere på blokken, men han rystede på hånden, og spidsen knækkede af blyanten. Han lagde den fra sig på bordet og spurgte hende: "Vil jeg overleve?"

Tårerne, der dryppede fra hendes hage, havde skabt en våd plet på bordet. "Nej…" hviskede hun.

7. Kapitel

De sad forsamlet omkring det 15 meter lange bord, lederne fra de førende bystater. Sydney, Brisbane, Darwin, Perth, Adelaide, Melbourne – og så naturligvis Alice Springs.

Propellerne i loftet kørte rundt og fordelte heden, så den blev lige uudholdelig for alle. De havde været nødt til at lukke vinduerne på grund af støvet. Og airconditionanlægget virkede ikke.

Forskerne fra Melbourne havde haft et gennembrud. Kongen af bystaten havde gjort en god handel. Det var hans forskere, der nu skulle lægge resultatet frem.

De sad omkring bordet, alle bykongerne på den ene side – og folkene fra Rådet på den anden.

Den ledende rådsmand tog ordet: "Hvad er det så, I vil præsentere for os her i dag?" Han kastede et skarpt blik hele raden rundt, iagttog alle de voluminøse, svedige skikkelser en for en.

En hvidkitlet forsker, der stod blandt de andre langs væggen, gik frem til bordet.

"Denne her," sagde han og lagde en grålig terning ind midt på bordet. Den var nogenlunde af samme volumen som en bordtennisbold, blot var den formet som en terning.

Alle de sværlemmede skikkelser omkring bordet betragtede den med en vis skepsis.

"Det er noget af det mest sindsoprivende, jeg nogensinde har set," udbrød bykongen af Adelaide, og latteren bredte sig omkring bordet. Bykongen fra Melbourne betragtede ham koldt.

Forskeren vendte sig og nikkede, og en af hans assistenter gik over til ham. Han satte noget, der lignede en lille transformator, et 9-volts batteri og to ledninger ved siden af terningen.

"Det, jeg nu vil demonstrere, er temmelig unikt," indledte han. Så forbandt han ledningerne mellem transformatoren, batteriet og den lille terning. Og dernæst skruede han en lille

23

smule op for transformatoren. Den lille terning begyndte at svæve på samme sted, fem centimeter over bordpladen.

"Et trylletrick," mumlede bykongen af Perth og fnøs hånligt, før han rakte ud efter hvidvinen i karaflen på bordet. Bykongen af Sydney var alvorlig og fokuseret. "Hvad er det, vi kigger på?" spurgte han.

Forskeren kiggede ham direkte i øjnene og sagde: "Et for os ukendt metal, der kan skabe antityngdekraft, hvis man tilfører det en lille smule strøm. En fuldstændig epokegørende opdagelse. Det findes ikke her på jordkloden, så selv meget små mængder har en værdi så meget større end noget andet."

"Og det har vi byttet os til – med Dem, mener jeg?"

Forskeren nikkede. "Ja, det har vi," svarede han.

Der var helt stille omkring det lange bord. Men kun få af dem forstod til fulde potentialet i det, de var vidne til.

"Hvor meget strøm kræver det?" spurgte bykongen af Sydney.

"Forbløffende lidt..." svarede forskeren.

"Hvad sker der, hvis man skruer helt op for strømmen?" spurgte bykongen.

"Det vil jeg ikke anbefale. Der er en meget kraftig respons på..."

"Åh, kom nu!" sagde den svære bykonge af Perth, der havde spildt vin på bordet.

De øvrige stemte i: "Ja, skru nu op, for Fanden da..."

Forskeren kiggede raden rundt, alle nikkede forventningsfuldt.

Han skruede helt op for transformatoren, og den lille terning skød som et projektil op imod loftet, rev sig løs fra ledningerne og hvinede videre op igennem tagkonstruktionen og videre op imod himlen.

Udbrud af forbløffelse fyldte luften.

"Hvis vi er helt stille nu, kan vi høre, at den kommer tilbage – medmindre den har ramt noget meget massivt i tagkonstruktionen, der har slået den ud af kurs."

De tav og lyttede. Et øjeblik efter kunne de høre den ramme ned på tagpladerne og rulle ned over taget over deres hoveder. "Jeg har forberedt en lille demonstration udenfor," fortsatte forskeren.

Nogle gik hen til vinduerne for at orientere sig, andre gik direkte hen og tog trappen ned.

Udenfor på pladsen op ad parkeringspladsen stod en stor sættevogn med en betonklods på ladet. På jorden ved siden af sættevognen stod en lastbilakkumulator koblet til en lidt større transformator. Og fra den gik to ledninger hen til betonklodsen, hvor de var støbt ind i siden.

De dannede en halvcirkel omkring forskeren og betragtede betonklodsen.

"Denne betonklods vejer 7 tons," begyndte forskeren. "Inde i dens midte er der indstøbt en terning, som den vi lige har set demonstreret oppe i mødelokalet." Med disse ord knælede han ned og skruede op for transformatoren, imens han kiggede op på ladet.

Hele den tonstunge betonklods løftede sig fra ladet uden anden lyd end dem fra sættevognens fjedre, der gav sig, da de blev befriet for klodsens vægt.

"Hvad sker der, hvis man skruer helt op?" spurgte en af bykongerne.

"Så har man en sættevogn mindre, når den kommer ned igen," svarede forskeren.

"Kan man styre sådan en lille klods der?" spurgte bykongen fra Sydney.

"Det arbejder vi på," svarede forskeren. "Men vi ved, at de, der har solgt den til os, kan, så vi venter på, at de fortæller os mere om det."

"Hvad koster det metal der?" spurgte en.

"Det er dyrt," svarede bykongen fra Melbourne. "Vi forhandler om det i øjeblikket. Jeg skal nok lade jer vide, hvad vi kommer frem til."

25

"Jeg forlanger at deltage i den forhandling!" meddelte bykongen af Sydney. "Jeg har sgu ikke tiltro til, at I gør det ordentligt."

Alle bykongerne ville deltage i forhandlingen. De stod og råbte i munden på hinanden, og til slut blev man enige om, at rådet skulle udrede, hvem der skulle deltage, og hvem der ikke skulle.

8. Kapitel

"Vi er nødt til snart at få os et overblik over alt dette her med de unger," mumlede psykologen.

Lægen på den anden side af bordet nikkede og rørte rundt i sin kaffekop.

Psykologen kiggede op fra sine papirer. Så sukkede han sagte og sagde: "Ja, jeg ved det godt. Det er jo egentlig mig, der skal have det overblik. Du er ansvarlig for deres fysiske helbred, jeg for deres mentale." Han trak let på skuldrene. "Men sandt at sige så har jeg ikke det overblik, jeg burde have. Der er noget, der mudrer billedet – og jeg kan ganske enkelt ikke gennemskue, hvad det er, der gør det."

"Vi kunne tage det helt fra begyndelsen og så – hen ad vejen, måske skyde os lidt ind på det?" foreslog lægen. Han tog sine briller af og pudsede dem. Han havde ligesom psykologen passeret de 55 år, og hans hår var begyndt at blive gråligt. Han var en robust mand, der nød livets mange kulinariske glæder, når en lejlighed bød sig.

Psykologen, der sad overfor ham, var en mager mand. Han var tyndhåret med høje tindinger og et nervøst flakkende blik. Han virkede stresset, selvom han for det meste opførte sig, som han gjorde nu. Hans lange, slanke fingre bladrede i papirerne, imens han sukkede.

"De var 15 drenge fra starten."

"Ja," sagde lægen, "indtil nogen i toppen fik den idé at begynde at fodre dem til krokodillerne."

"Ja, det var dumt," istemte psykologen. "Men jeg turde ikke at protestere. Det burde jeg have gjort."

Dr. Jansen nikkede tavst.

"Lad os starte med disse to," sagde psykologen og skubbede to profilblade frem over bordet, imens han vendte dem, så Dr. Jansen kunne se billederne.

27

"Drengen hedder Jim, og pigen hedder Julie. De..." Han trak på det. "De er stukket af..." indrømmede han så. "Stukket af?" udbrød lægen og hævede øjenbrynene. "Ja, de stak af og fik følgeskab af disse to." Han skubbede deres journaler over bordet og lægen studerede dem. "Jeg tror, hun er gravid," fortsatte psykologen. "Så de valgte at stikke af. Nogen så dem alle fire på et tog på vej til Port Hedland, men ingen er sikre på, at det er dem. Nu er de efterlyst, så de dukker nok op et eller andet sted."

Han lagde endnu tre billeder frem. "Det er de tre, der døde." Lægen nikkede.

"Så er der hende her. Hun indbilder sig, at hun kan se ting fra både fortiden og fremtiden. Hun hedder Joey. Hende arbejder vi med på instituttet."

Lægen nikkede igen. "Hende kender jeg ganske udmærket." Endnu et billede gled over bordet. "Ham her, han hedder vist egentlig Darza, men vil kun kaldes for Kamæleonen."

"Ham kender jeg også temmelig godt."

"Så er der disse seks – tre piger og tre drenge. De arbejder på Space Technology Centret her i Alice Springs." Han kiggede på lægen med sammenknebne øjne. "De er overordentligt skarpe. De gennemførte studentereksamen på 5 uger, helt fra scratch – og bagefter skrev de alle fire en Ph.d. på to måneder. Nu giver de vores astrofysikere grå hår i hovedet, fordi de er dygtigere end dem."

"Det er da imponerende," udbrød lægen. "De er da det, som det var meningen, de skulle være – fremtiden for os. Hvad er deres IQ, har I målt den?"

Psykologen rystede på hovedet. "Det giver slet ingen mening at tale om måling af IQ i relation til dem. De ligger slet ikke indenfor skalaen. Den skala er lavet til mennesker som du og jeg. De unges IQ er nærmest fra en helt anden galakse. Det er helt uvirkeligt. Jeg troede også, at vi ville få 30 unge mennesker, der alle sammen var ligesom disse fire forskere. Skarpere, men på en eller anden måde 'normale'. Men de andre er alle sammen så forskellige, at de er svære at putte i en kasse."

Dr. Jansen trak på skuldrene. "Mennesker er jo forskellige, hvorfor skulle det være anderledes med disse 30?"

"Noget siger mig... Psykologen lænede sig frem over bordet og hviskede: "Jeg har en fornemmelse af, at vi bliver manipuleret. Nogle af disse unge har nogle egenskaber, der virker helt unaturlige for mennesker at have." Han kastede et blik rundt som for at sikre sig, at ingen andre kunne høre ham. "Og hende Joey fortalte mig, at der iblandt dem er en, der er så skræmmende, at hun frygter ham mere, end ham der slog majoren ihjel – ham Kamæleonen, du ved..."

Lægen nikkede.

"Hun kalder ham 'Muldvarpen'," hviskede psykologen.

"Muldvarpen..." mumlede Dr. Jansen. "En, der lever under jorden? Nej en, der lever i det skjulte..."

"Kamæleonen har taget al opmærksomheden fra begyndelsen. Han er meget iøjnefaldende. Han nærmest skriger på at få opmærksomhed. Og imens vi betragter ham, lever den anden i fuldstændig ubemærkethed. Men hvorfor frygter de andre ham så meget? Det er nok ikke for hans blå øjnes skyld alene..." hviskede psykologen.

"Måske er de slet ikke blå?" svarede lægen. "I overført betydning, naturligvis."

9. Kapitel

"Som du ved, Dave, var størsteparten af dem, vi omplacerede til Australien, mænd."

Dave nikkede fra liggestolen på terrassen i Shennanton. "Ja, det må være træls at leve der," svarede han.

"Dit svar er fuldstændigt, som jeg havde forventet," sagde Blue. *"Men nu er der sket noget, skal vi sige, pudsigt. Basen i Coffs Harbour har fået en henvendelse fra lokalbefolkningen. De vil gerne have et møde med os. Og i henhold til mine efterretninger skal det handle om muligheden for, at vi kan levere nogle kvinder til dem. Hvad siger du til det, Dave?"*

"Der er sgu da ingen kvinder, der frivilligt vil bosætte sig i Australien," protesterede Dave.

"Men vi kunne vælge nogle kvinder, der i øjeblikket afsoner en straf for kriminalitet? På den måde kunne de genvinde deres frihed imod at blive avlsdyr i en anden verden."

"Så skal de acceptere det," svarede Dave, "ellers holder det ikke. Vi kan ikke tvinge nogen til det."

"Det betragter jeg som en positiv tilkendegivelse," fastslog Blue. *"Mødet finder sted i morgen."*

"Jeg kan da ikke nå til Australien inden i morgen," udbrød Dave. "Hvordan skulle jeg kunne nå…"

"Du skal ikke med til mødet," afbrød Blue. *"Jeg sendte et hundrede kvinder afsted i forgårs med Blue Sky Airlines. De er allerede landet i basen i Coffs Harbour. De er efter din standard, Dave, for de flestes vedkommende meget smukke. Obersten i Coffs Harbour skal føre forhandlingerne. Hvis de bliver enige, får de kvinderne udleveret. Det handler selvfølgelig om, at vi skal forsøge at finde ud af, hvad status er for deres samfund dernede. Der er mange tegn på, at der sker en meget omfattende opgradering af hele det australske kontinent."*

"Aha…" mumlede Dave. "Det lyder da positivt, eller hvordan skal det forstås?"

"De må gerne blive dygtige, men ikke for dygtige," bemærkede Blue.

"Jeg havde en forventning om, at de ville gå til grunde – eller i hvert tilfælde leve, som da vi var jægere og samlere."

"Det ved jeg," svarede Blue. *"Den forventning havde jeg ikke. Bigdogs er Bigdogs Dave, de er foretagsomme, risikovillige, handlekraftige, kompromisløse – blandt meget af det andet, de også er. Men vi får se, hvad de finder ud af..."*

10. Kapitel

Bilkortegen nærmede sig fra vest. Den kørte ad hovedvej B78 igennem Bellingen og videre ud imod kysten ad Waterfall Way, indtil den kørte nordpå ad motorvejen Pacific Highway A1 ved byen Raleigh. Herfra fortsatte den videre over Bellinger River og nærmede sig Prosegurs base i Coffs Harbour. Selvom floden Boambee Creek, der havde sit udløb i havet lige syd for Coffs Harbour, endnu ikke var inficeret med saltvandskrokodiller, var den en naturlig barriere imod et angreb sydfra. Samtidig udgjorde den basens naturlige vandforsyning.

Hele basens periferi på land var afgrænset af et elektrisk hegn med digitale advarselssystemer med infrarøde scannere og kameraer. Fra basens centralledelse kunne man overvåge hele den 25 kilometer lange periferi.

Indkørslen fra motorvej A1 foregik igennem flere sluser med tunge betonbarrierer og bevæbnede vagter. Det var her folkene i motorkortegen så de sortklædte Ninjaer for første gang. De stod bag betonværnene og fulgte dem med øjnene. De så til deres forbløffelse, at Ninjaerne havde øjne, der var røde som glødende lava.

De blev bedt om at forlade bilerne og ført til en bus, der transporterede dem det sidste stykke ind til basens hjerte.

Oberster, der tog imod dem, bemærkede deres påklædning og sluttede sig deraf til, at de ikke behøvede at frygte noget fra denne samling forhutlede, fattige eksistenser. De bar ingen våben, deres påklædning var slidt og laset, og de var snavsede og hulkindede. Soldaterne, der betragtede dem på afstand, følte sympati og medlidenhed med dem.

De var alle ældre mennesker på nær en enkelt, som de anslog til at være omkring 16 år. Drengen gik imellem de voksne og gjorde ikke meget væsen af sig.

Soldaterne slappede af og smålo til hinanden.

Selve forhandlingen tog et par timer.

Kvinderne blev på et tidspunkt ført ind. Nogle af dem mistede modet, da de så, hvem der var kommet for at hente dem. Men der var ingen vej tilbage.

På et tidspunkt hviskede drengen noget til en af de voksne, som så spurgte obersten, om drengen måtte få lov at se kommandocentret. Han havde aldrig set en computer før og ville så utroligt gerne se en, nu hvor lejligheden bød sig. Obersten bad sin sergent om at følge drengen over i bunkeren, imens de andre lagde sidste hånd på aftalen. Det var alt sammen meget positivt...

Drengen var af middelhøjde og gik lidt akavet, fordi hans ene ben var længere end det andet. Han havde lyst tjavset hår og kraftige briller med tykke glas. Og hans hud var stadig mærket af pubertetens filipenser, som han af og til kradsede i.

Soldaterne viste ham venligt deres computerskærme og forklarede ham om alt, hvad disse digitale vidundere kunne præstere.

Drengen kiggede på det hele igennem sine briller med de tykke, ridsede glas og smilede venligt.

Da mødet imellem obersten, hans folk og gæsterne var færdigt, blev de venligt ført ned til den ventende bus, der langsomt satte sig i bevægelse. Kvinderne, der gerne havde villet til Australien, satte sig bagest i bussen.

Det var på det tidspunkt, det startede...

11. Kapitel

"Dave!!!"

Dave mumlede i søvne, men satte sig så op i sengen. Han kiggede på sit ur og udbrød: "Kan det ikke vente, det er jo midt om natten?"

"Det kan ikke vente, Dave. Vi har en Kode Rød lige nu fra Coffs Harbour i Australien!" Dave svingede benene ud over sengekanten, stak fødderne i sine hjemmesko og slæbte sig ind i opholdsstuen. Her satte han sig foran den store fladskærm på væggen og gned øjnene. Han kiggede taknemmeligt på Pleasure, da hun kom ind fra køkkenet med en kop kaffe til ham.

"Lige hvad jeg trængte til," mumlede han.

"Det er lige nu, vi har brug for din intuition," begyndte Blue. *"Du skal bruge den og fortælle mig, hvad det er, du ser på disse optagelser."*

Dave kiggede op på skærmen og studsede. Han så en brændende Humvee ligge med hjulene i vejret. Nogle af væggene i mandskabsmodulerne var blæst ind som efter en kraftig eksplosion. Døde kroppe i Prosegur-uniformer lå på jorden i forvredne stillinger. En af de døde lå ovenpå en anden – og det så ud som om, han havde stukket sin bajonet i brystet på ham, før han selv blev dræbt.

"Hvad i alverden…" sukkede Dave. "Er du sikker på, at det er fra Coffs Harbour?" spurgte han. "Det er jo der, du sendte de kvinder ned…"

"Vi sendte kvinderne, Dave. Husk, at uanset hvad vi gør, er det 'vi', der gør det!"

Dave nikkede uden rigtig at høre efter.

"Vent et øjeblik," sagde Blue. Kameraet drejede og filmede igennem røgskyerne, der drev over pladsen foran kommandocentret. En haltende dreng slæbte sig ud imod porten. Han trak

på det ene ben, hans ansigt var sodsværtet, hans skjorte var revet i stykker, og han så ud som om, han var angst, næsten vanvittig af angst. Han kiggede sig forskræmt rundt og satte farten op.

"Stakkels knægt," mumlede Dave. "Hvor mange har overlevet, og hvor mange er døde?"

"*Der er ingen overlevende,*" konstaterede Blue. "*Ingen mennesker, mener jeg. Kun drengen. Ninjaerne er der stadig. Jeg har for fire minutter og seksogtredive sekunder siden givet bataljonen på New Zealand ordre til at invadere Coffs Harbour. De er fremme om tre timer, fordi de var på vej hjem fra øvelse på Timor.*"

"Hvor mange er de?" spurgte Dave.

"*De er 5.000 mand, Dave – og de er tungt bevæbnede.*"

"Hvem dræbte folkene fra Prosegur?" spurgte Dave.

"*Det ser ud som om, de først dræbte hinanden. Senere ser det ud som om, det var Ninjaerne, der dræbte de sidste af dem,*" svarede Blue. "*Jeg kan vise dig klip af det.*"

Dave sad og så nogle korte klip af soldater fra Prosegur, der angreb både hinanden og Ninjaerne.

"*De skal forsvare sig, når de bliver angrebet, Dave. Også selvom de soldater var godkendt. Der er ingen mening i ikke at forsvare sig, uanset hvem man bliver angrebet af.*"

Dave betragtede drengen, der var på vej ud imellem betonbarriererne til en bus, der holdt og ventede. Så efter en pludselig indskydelse sagde han: "Giv dem ordre til at skyde på alt – og jeg mener alt, undtagen Ninjaerne, når de når frem."

"*Hvorfor Dave? Hvorfor siger du det?*"

"Kald det intuition," svarede Dave.

12. Kapitel

Prosegur-styrken, der var på vej hjem fra øvelse på Timor, var skyllet som en tsunami ind over kysten ved Coffs Harbour. Det var en styrke, der ikke lod sig standse med konventionelle våben. De havde gennemtrævlet basen og dens omgivelser, vendt hver en sten, den store bunker og de underjordiske gange, der forbandt de mange bygninger og startbanen udenfor. Hvad de så havde forbløffet dem. Det så ud som om, soldaterne havde myrdet hinanden for derefter at blive myrdet af Ninjaerne og hundene, da de også havde angrebet dem. En enkelt Ninja var sprængt i atomer, men de øvrige havde klaret sig.

De havde ryddet basen for alt af værdi og taget Ninjaerne og hundene med sig tilbage på skibene. De havde efterladt de døde soldater, lagt i rækker på pladsen foran kommandocentret.

Da de stævnede ud på Det Tasmanske Hav, udløste de den underjordiske bombe, der for altid ville lægge basen øde og afskrække eventuelle besøgende fra at nærme sig.

Nu stod mange af dem på agterdækkene og betragtede det inferno, de havde udløst inde på land. Der fandtes ikke længere noget Coffs Harbour - kun et gigantisk radioaktivt krater, der hurtigt fyldtes af det ocean, der væltede ind over det.

13. Kapitel

"Hvor mange lyttestationer havde vi i begyndelsen?" spurgte Dave, "var det 32 eller 42?"

"*Det var 42, Dave. Plus de tre store basers lytteanlæg.*"

"Hvor mange har vi nu?"

"*Vi har kun den store lyttestation i Prosegur-basen i Bunbury på kysten i West Australia. Alle de andre er inaktive.*"

Dave lænede sig tilbage i stolen og gned sine øjne. "Kors i skuret," mumlede han, "det går sgu godt... Hvad hvis vi ender med også at miste basen i Bunbury, hvad gør vi så?"

"*Det må ikke ske, Dave. Så er vi fuldstændig blinde – det må ikke ske!*"

Dave rejste sig og gik ud på terrassen. Solen skinnede fra en skyfri, blå himmel. Fuglene var vendt tilbage, efter at man havde omlagt det intensive landbrug til et mere bæredygtigt – og efter at skovene var begyndt at brede sig igen. Det kriblede af liv, hvor mange arter tidligere var truet af udryddelse.

De havde forstærket styrken i Bunbury. Den blev forsynet fra havet, men fik også forsyninger ad luftvejen – ad de nye start- og landingsbaner, man havde opført langs vandet bag Bunbury Lighthouse. Men det var ikke gået upåagtet hen. Sagen havde været taget op i FN, og mange stillede nu nærgående spørgsmål om, hvorfor det var endt med at være et nødvendigt skridt. Der var en hårfin balance imellem borgernes tiltro til den nye verdensorden og deres mistænksomhed overfor det, der skete bag kulisserne – og som af mange hurtigt kunne blive tydet som manipulation og bedrageri.

Dave var begyndt at føle ubehag ved tanken om, at de selv havde indført foranstaltninger, der skulle aflede befolkningens interesse for den spirende trussel fra den nye verden, der var under opbygning i Australien. Han satte sig ved havebordet og kastede et blik ned over engen. Han sukkede dybt og ville rejse sig for at gå ind og hente en kop kaffe. Men netop i det samme kom Pleasure ud med to kopper og satte sig ved bordet. *"Du ser bekymret ud, Dave. Er du træt, eller er der noget, der bekymrer dig?"* Han kiggede ind i hendes vidunderlige, kunstige øjne og tvang sig selv til at slappe af. "Jeg er bekymret," svarede han. *"Fortæl mig om det,"* bad hun. *"Eller vil du, at vi går ovenpå og har sex?"* spurgte hun. *"Det plejer at virke godt imod dine mange bekymringer."* Han rystede på hovedet. "Det er ikke der, jeg er lige nu..." Han tænkte på dengang, han var ung. På hvordan mange kappedes om at optage folks bevidsthed med ligegyldige udsendelser på tv, ligegyldige fritidsinteresser og ligegyldige kulørte blade. Dengang havde han ikke selv kunnet se det. Men Blue havde lært ham, at man bevidst gjorde det for at gøre verdens befolkning dummere. Det var dengang verdens største bedrag. De Bigdogs, der dengang styrede verden, gjorde bevidst befolkningen dummere og dummere for at holde dem borte fra at interessere sig for verdens udvikling og dermed begynde at forholde sig kritisk til den. Nu sad han her ved havebordet i Shennanton og erkendte overfor sig selv, at de selv var begyndt at gøre det samme. Han havde det så skidt med det, at han fik kvalme.

Mr. Blue Skys projekt: *Se Monte Carlo i en weekend – oplev verden som en Bigdog*, havde været en katastrofe. Interessen havde været enorm, men udkommet havde ikke været som forventet. Det var et lotteri, hvor folk kunne vinde et weekendophold for én person i Monte Carlo. Det luksuriøse tilflugtssted for verdens tidligere superrige havde optaget mere end fire hundrede millioner mennesker. Utilfredsheden hos dem, der ikke kom i betragtning, var stor. Utilfredsheden hos dem, der var afsted, blev lige så stor, da de vendte tilbage til deres normale tilværelse. Mr. Blue Sky havde satset alt på folks forventning om at få muligheden. Men realiteten var, at det viste, at Mr. Blue Sky ikke forstod følelser – eller de komplikationer, som følelser kunne medføre. Det værste var, at projektet havde fjernet mange menneskers fokus fra det egentlige - at søge efter det sublime. Endelig var der den detalje, at eftersom 10.000 mænd og kvinder hver weekend igennem et halvt år havde ladet sig tilfredsstille af lige så mange Robo-mænd og Robokvinder, var der mange, der fik en psykisk nedtur ved at vende tilbage til deres normale liv – for ikke at tale om de forklaringsproblemer, der naturligt nok fulgte med. De fleste var gift og skulle se deres partner i øjnene, når de kom hjem.

Dave og Blue endte med at aftale, at i projekter, der involverede erotik og følelser, skulle Dave tages med på råd i planlægningen.

Nu var det alt sammen fortid. Monte Carlo var lukket og slukket og henlå som en spøgelsesby – et minde om en tid, der ikke længere eksisterede. Men Dave havde det stadig skidt med det.

Der var ikke noget specifikt, han kunne sætte sin finger på. Dave havde blot en lidt diffus følelse af, at noget ikke var, som det burde være. Ødelæggelsen af deres base i Coffs Harbour havde givet næring til denne utryghed. Det nagede ham, og han havde mistet lysten til at være sammen med Pleasure.

14. Kapitel

Bykongen i Alice Springs, Tom Daniels, var blevet en prominent skikkelse i gruppen af Level 1 ledere blandt frimurerne i Australien. Alice Springs, der tidligere havde været en del af 'udkants-Australien' – omgivet som den var af ørken – var nu omdannet til et centrum for forskning og udvikling. Det handlede primært om udvikling af våben og nu også fremdrift indenfor Anti Gravity Propulsion. Årsagen var dens geografiske placering. Alice Springs var placeret i Australiens geografiske hjerte, langt fra kysterne, langt fra fjenden Mr. Blue Skys spionagenetværk bestående af skibe, fly og satellitter. Det var et godt argument, da bykongerne opdelte deres interessesfærer og fordelte opgaverne imellem sig.

Men nu erkendte han, at en anden bykonge, Jeff Bridges fra Sydney, havde opnået en fordel, som ingen havde set komme. Han havde, iblandt de opgraderede unge han havde modtaget, fået et par, der havde vist sig at have helt ufattelige evner. Han vidste ikke, hvad det mere præcist gik ud på. Hans spion i Sydney mente, at det handlede om IT. Digital teknologi havde været nærmest ikke eksisterende, indtil de to kom på banen. Mere vidste han ikke. Nu var det blevet tid til den store, interne offensiv – mødet imellem bykongen fra Sydney og Stormesteren, bykongen fra Alice Springs.

Bilkortegen, bestående af 18 køretøjer, var på vej op igennem hovedgaden i Alice Springs. Tom Daniels stod ved panoramavinduet på 18. etage og betragtede bilkortegen, da den nærmede sig rådhuset. En lang række af matsorte, armerede biler med politieskorte. Han vidste, at det folkene fra Sydney ville præsentere ham for, måtte befinde sig i den store, pansrede mandskabsvogn i midten af kortegen. Han spekulerede på, hvad det kunne være. De skulle have en særdeles god grund til at anmode om et møde med Stormesteren selv uden deltagelse af de andre bykonger. Men en ting var regler, en helt anden ting var, at hvis det, de kom for at præsentere ham for, virkelig havde et så stort potentiale, kunne det måske give ham selv en fordel i forhold til de andre bykonger. Officielt var der nultolerance overfor brud på regler og etikette. Uofficielt var han altid åben overfor de muligheder, der måtte byde sig i kampen for at skaffe sig fordele i den interne magtkamp bykongerne imellem.

De vogtede på hinanden, soldaterne i Alice Springs og gæsterne, der havde tilbagelagt den lange strækning fra Sydney for at præsentere deres nye trumfkort. Atmosfæren var anspændt, som den altid var ved møder imellem folk, der ikke stolede på hinanden.

Daniels vendte sig og gik ind igennem kontoret for at tage elevatoren ned til vestibulen. Han var høj, bredskuldret og senet. Som tidligere operativ chef for det elitekorps, der beskyttede Pentagon i USA, fremstod han selvsikker og veltrænet. Han var ikke længere ung. Hans karseklippede hår var jerngråt, og hans hud var vejrbidt og brun. I en verden domineret af mænd var han en naturlig leder og selv meget bevidst om det.

Hans tanker strejfede Rådet. Medlemmerne af Rådet var ikke blevet informeret om dette møde. Rådet var en institution, der var nedsat for at give indtryk af, at nogen holdt bykongerne i skak. Det var inspireret af den tidligere verdens Forenede Nationer. Det bestod af de syv bykonger i Frimurerordenens Level 1 − og et medlem fra hvert af de 32 underordnede Levels. Deres opgave var at sikre, at der var gennemsigtighed i alle beslutninger. Officielt for derigennem at holde bykongerne i skak − uofficielt for at holde borgerne i skak. Men sandheden var, at de syv mest betydende bykonger brugte rådet til at holde hinanden i skak. I alle andre spørgsmål end dem, hvor de selv var i skudlinjen, kunne hver af de syv nedlægge veto. Diskussioner og beslutninger, omkring hvilke der var nedlagt veto, blev hemmeligstemplede og dermed aldrig offentliggjort. Så man opfandt løbende problemer, man kunne træffe beslutninger til løsningen af – harmløse, ligegyldige problemer, som man efterfølgende kunne offentliggøre. Det styrkede illusionen om, at alt gik retfærdigt til. Det havde fungeret for De Forenede Nationer – og det fungerede for bykongerne.

Der var også den detalje, at folk fra de nederste lag af frimurerordenen ind imellem fik indsigt i informationer, som hensatte dem i et moralsk eller økonomisk dilemma. De var jo alle sammen, uanset hvilket niveau de befandt sig på, meget ambitiøse mennesker. Det var så i den sammenhæng, at rækken af 'prospects' – ambitiøse borgere, der ønskede en plads i Level 33, kunne vise sig nyttige. Man skaffede sig af med folk, der ikke kunne håndtere uheldig viden på en pragmatisk måde og indsatte en ny, ambitiøs Underdog i det led, hvor en plads som Bigdog blev ledig.

Bykongen i Darwin var ham, der efter gensidig overenskomst stod for bortskaffelsen af de personer, man ønskede at eliminere. Men nogle af dem, der modtog en invitation til et besøg i Darwin, gennemskuede, hvad der ventede dem og gik under jorden. Mange af dem levede iblandt de aboriginals, der havde valgt at blive i Australien inden den store migration. Og saltvandskrokodillerne i Darwin måtte så vente til den næste bortskaffelse fandt sted.

15. Kapitel

Det massive, matsorte skrog rejste sig langsomt op igennem havoverfladen. Der var ingen lyd, ingen dyb rumlen fra motorer, kun bølgernes skvulpen imod skroget. Radaren drejede lydløst 360 grader omkring sin egen akse, imens tårnet hurtigt blev befolket med uniformerede mænd bevæbnet med kikkerter. De søgte horisonten rundt, men der var ingen. Fiskerbådene var for længst søgt i havn, for der var udsendt stormvarsel for hele havområdet imellem Korsikas østkyst, Elba og vestkysten af det italienske fastland.

De klatrede ned ad stigetrinene og fortsatte frem ad fordækket på ubåden af Kulai-klassen til fronten, hvor de iklædte sig de sorte svømmeveste. De fik hver spændt en rygsæk fast under svømmevesten. Officererne gav dem de sidste instrukser og så dem springe i havet og begynde at svømme ind imod den fjerne kyst.

Lidt længere sydpå kunne de fjernt skimte lysene fra havnebyen Bastia, den største by på Korsikas nordøstlige kyststrækning.

"Held og lykke," råbte kaptajnen og forlod sammen med folkene fordækket for at klatre op i tårnet igen.

De unge fortsatte ufortrødent ind imod kysten. De var to drenge på omkring 16 år og en pige i samme alder. De var godt forberedt og svømmede uden problemer de to kilometer ind til kysten. Her kravlede de i land imellem klipperne på kysten og fandt et skjul, hvor de kunne søge ly, indtil stormen var drevet over.

Da de kiggede tilbage ud over havet, var ubåden forsvundet.

16. Kapitel

Elevatoren var kørt op og ned flere gange, fordi mængden af grej de skulle bruge, havde været overvældende. Nu sad de omkring det lange mødebord uden helt at forstå, hvad det var, gæsterne var kommet for at demonstrere.

Bykongen af Sydney, Jeff Bridges, var en intellektuel begavelse, snu, skarpsindig og havde en vis stil. Han var elegant klædt, havde guldindfattede briller og et velplejet udseende. Han var høj og mager, solbrændt med tyndt, gyldent hår, der var sirligt redt fra en skilning i hans venstre side. Han havde en fortid som højtplaceret teknisk chef i Microsoft, som var blevet fældet af anklager om skattesvindel og korruption. Lederne i hans følge sad på den side af bordet, der havde front imod panoramavinduerne ud imod Main Street. På hver side af ham sad der henholdsvis en ung mand og en ung kvinde. De gjorde ikke meget væsen af sig, men sad og studerede Bykongen af Alice Springs' følge på den anden side af bordet.

Tom Daniels kiggede på Jeff Bridges og afbrød den dæmpede mumlen fra forsamlingen med ordene: "Vi er selvfølgelig spændte på, hvad det er, du finder så vigtigt, at vi bryder protokollen og sætter os sammen her?"

Jeff Bridges nød tydeligt den situation, han netop da havde sat sig selv i. Han lænede sig tilbage og bredte armene ud til siderne, hvor han placerede en hånd på hver af de unges skulder. "Dette er Bill, og dette er Doris."

De unge reagerede ikke på hans præsentation af dem. De kiggede blot på rækken af notabiliteter på den anden side af bordet med helt udtryksløse øjne.

Jeff Bridges fortsatte: "Bill har skabt et helt nyt digitalt sprog, som får Windows, Linux og de andre til at blegne fuldstændigt." Han vendte sig imod pigen, "Og Doris har skabt et system til kryptering, som er helt og aldeles unikt."

44

Tom Daniels holdt afværgende hænderne op i luften. "Vi har en kaldet Mr. Blue Sky på den anden side af oceanet – har I helt glemt det? Vi kan ikke kæmpe imod…"

"Jo vi kan – det kan vi nu!" fastslog Jeff Bridges.

Der blev helt stille omkring bordet.

"Takket være disse to unge borgere i Sydney, kan vi nu komme på banen med digital teknologi." Han gav drengen et venskabeligt klap på skulderen og fortsatte: "Vi anvender stadig binære tal i systemet, men ikke almindelige bogstaver. Vi anvender de gamle tegn fra sumerernes rige om ikke for andet, så for at skabe forvirring. Men…" Her holdt han en kort kunstpause, for at lade vigtigheden af det sagte trænge ind hos folkene fra Alice Springs. "Men oven i dette system har vi skabt en helt unik metode til kryptering."

"Al kryptering kan brydes af en A.I.!" kom det prompte fra Tom Daniels. "Det har historien vist meget klart! Vi har ingen A.I., men det har vores modstandere…"

De unge betragtede ham køligt. Men bykongen fra Sydney smilede skælmsk og løftede en pegefinger i luften foran sig.

"Vi lod os inspirere af en meget gammel visdom," sagde han. "Vi lod os inspirere af nazisternes kodemaskine fra anden verdenskrig. Enigma hedder den. Og den er analog."

"Vi – det er altså mig!" sagde pigen tvært.

Bykongen kastede et hurtigt blik ned på hende og nikkede.

"Ja, ja – absolut er det dig, min pige. Og det skal du have megen ros for."

Alle omkring bordet nikkede anerkendende til hende. Hun solede sig i opmærksomheden et øjeblik og gav dem så et lille smil.

"Men, men, men…" Tom Daniels afbrød deres stille begejstring. "Alle ved jo, hvordan det gik med Enigma."

"Det skyldtes, at de lavede for mange af dem – og at de ikke lavede dem selv. En af dem, der fremstillede Enigma-maskiner, var en polsk jøde, en fange, der var matematiker. Han af-

45

slørede det hele for englænderne. Vi skal kun bruge syv maskiner – vi producerer dem selv – og vi skaffer os af med dem, der producerer dem bagefter."

"En tur til Darwin med alt betalt?" mumlede Tom Daniels.

"Ja, en ferietur til Darwin med hele svineriet!" udbrød Jeff Bridges.

Alle de indviede omkring bordet begyndte at le.

"Hvad er der i Darwin?" spurgte pigen.

Tom Daniels lænede sig frem over bordet, og al samtale forstummede.

"Saltvandskrokodiller!" sagde han hårdt. "Meget store, én tons tunge saltvandskrokodiller, der kan sluge en forsker i én mundfuld!"

Forsamlingen omkring bordet var tavse og gav hinanden hurtige, skjulte blikke. Stemningen var med ét trykket.

Drengen og pigen fastholdt bykongens blik, som turde de ikke slippe det af frygt for, hvad der så ville ske.

Efter en kort, trykkende stilhed, gennemførte de unge en demonstration af det computeranlæg, de havde bragt med fra Sydney. Det var stykket sammen af vragdele fra de baser, de havde tvunget til at lukke ned. Jeff Bridges supplerede med at forklare, at man så småt var gået i gang med at fremstille forskellige kopier af det hardware, man skulle bruge. Det havde været vanskeligt at komme i gang med en sådan produktion, men takket være de unges talenter gik udviklingen hurtigere og hurtigere.

Demonstrationen forløb godt. Man overførte data imellem flere computere, både via kabler og trådløst. Ingen kunne dog få nogen mening ud af de data, det strømmede som et vandfald ned over skærmene. Det var ikke bogstaver, man kendte, men sumeriske skrifttegn. Da pigen koblede den analoge kodemaskine ind, kunne man pludselig læse det.

"Og den kode, kan man ikke bare dechifrere?" spurgte Tom Daniels skeptisk.

Pigen rystede på hovedet. "Nej, for den er komplet ulogisk. Det er ret teknisk, men det korte svar er nej."

"Hvad hvis man selv har sådan en maskine, som for eksempel er stjålet fra os?"

"Dataene skal igennem to maskiner, som skal være indstillet på samme måde, ellers kan man ikke få data frem, som man kan læse," svarede hun.

"Hvordan ved modtageren, hvordan han skal indstille sin maskine?" spurgte en af teknikerne fra Alice Springs.

"Vi bruger en bog, hvor teksten – efter et bestemt defineret system – omregnes til tal," svarede hun.

"Hvad er det for en bog?"

"Bibelen," svarede hun. "Religioner eksisterer ikke længere, hverken hos dem eller hos os. Ingen kender Bibelen længere. Ingen vil forbinde den med vores krypteringsmaskine. Og kun operatørerne af maskinerne ved, hvordan de skal læse teksten og kode den ind i maskinen."

Alle nikkede anerkendende hele vejen rundt om bordet.

Da de unge og størstedelen af forsamlingen havde forladt mødelokalet, sad de to bykonger og deres nærmeste medarbejdere tilbage. En betroet bartender lavede en bakke glas med Gin og Tonic og satte den ind midt på bordet. Da de havde forsynet sig, bredte en afslappet atmosfære sig.

"Det du sagde," indledte bykongen fra Sydney, "med de saltvandskrokodiller, det gjorde sgu indtryk!"

Tom Daniels hævede blikket og nikkede. "Ja, det gjorde det. Det var også meningen."

Bridges vippede tilbage på stolen og sagde: "Det havde du sgu ikke turdet gøre med ham Muldvarpen," hvorefter han tog en slurk af sin G&T.

"Nej…" svarede Daniels. "Der var jo en grund til, at vi sendte dem til Italien. Det var faktisk lidt ærgerligt. Men hvis de var blevet her, havde vi fuldstændigt mistet kontrollen over alle de unge. Ingen ved, hvad det kunne være endt med."

"Du så selv, hvad der skete med den Prosegur-base i Coffs Harbour," vedblev Bridges. "Han slog sgu hele lortet ihjel." Daniels nikkede. "Ja, det gjorde han. "Det var der, det gik op for mig, at det ikke nytter noget at have noget så voldsomt i sine egne rækker. Det kan ende med at tage livet af en selv…" "Gad vide hvordan det er gået dem?" spurgte Jeff Bridges. Tom Daniels trak på skuldrene. "Jeg tror nu nok, at de har skabt en masse ravage derovre med alt deres telepatiske pis. Måske burde vi sende en spion derover for at finde ud af det?" "Hmm, ja, det kunne vi gøre," istemte Jeff Bridges. "Hvad med ham, du sendte til Papua Ny Guinea? Hvordan gik det ham?

"Han skulle sprede rædsel og kaos hele vejen til Kina. Men jeg ved ikke, hvordan det gik. Vi er jo fuldstændig blinde, når det handler om at se ind i deres verden. Det er noget af det, vi skal have lavet om på."

"Ja, for Fanden. Det kan ikke gå for stærkt med det."

Tom Daniels slog utålmodigt sin flade hånd i bordpladen.

"Tilbage til det med det digitale. Vi to…" han kiggede skarpt på bykongen fra Sydney. "Vi to, vi skal have en fordel ud af dette her. Er vi enige om det?"

"Naturligvis!" sagde Bridges bekræftende. "Det er klart!"

"Jeg sørger for at sende en spion derover – du sørger for at få det digitale net op at køre – med analog kryptering og alt det der – og som en bonus får vi to totalt indblik i, hvad de andre fra Level 1 går rundt og foretager sig."

Jeff Bridges nikkede. "Absolut!"

"Hvis du tager røven på mig, ved du godt, hvordan det ender!" truede Daniels.

Bridges tog blikket væk. Han trak vejret tungt, da han svarede: "Der er ikke ret mange, der har lyst til at tage en direkte konfrontation med dig, Stormester! Jeg er en af dem – og desuden er vi jo venner."

"Venner..." sukkede Daniels. "Men okay, jeg holder mine venner så tæt ind til mig, at de ikke kan få kniven op af lommen."

Jeff Bridges rejste sig. "Jeg har forstået budskabet," sagde han roligt. "Der er ingen grund til at trampe rundt i det på den måde."

Tom Daniels stod ved panoramavinduet og betragtede bilkortegen, der langsomt satte sig i bevægelse. Den kørte sydpå ad Main Street tilbage til A87 og den lange rejse igennem ørkenen.

"Venner..." tænkte han. "Jeg skal gi' dig venner..."

I bilkortegen sad bykongen af Sydney i den anden bil i rækken. Det var en forlænget limousine, hvor kabinen var adskilt fra chaufføren og vagten på forsædet.

"Må jeg sige noget?" spurgte bykongens Consiglieri.

Jeff Bridges, der sad og betragtede byens lys glide forbi vinduerne, rettede sit blik imod ham. "Selvfølgelig," svarede han.

"Jeg forstår simpelthen ikke, at du tillader, at han taler til dig på den måde."

Bykongen sendte ham et mat smil. "Han er en brutal børste," begyndte han. "Han er sådan en gammeldags kriger, der går direkte efter struben på den, han vil fælde. Problemet med ham er, at alle, der møder ham, bliver imponeret af ham. Og bevares," fortsatte han og slog ud med armene, "han er da farlig, det kan enhver jo se. Men min tid kommer, vores tid..." rettede han sig selv. "En dag går han så meget over stregen, at man skal finde en ny Stormester. Og til den tid er det os, der sidder på det digitale netværk – og ved alt om alle de andre – og så kræver det ikke megen fantasi at give et kvalificeret gæt på, hvem der bliver den nye Stormester. Og hans Consiglieri..." tilføjede han med et smil.

Han genoptog sin stirren ud af vinduet. "Prøv at se – han har mange smukke kvinder heroppe. Måske skulle man alligevel overveje at flytte herop, når den tid kommer…"

17. Kapitel

Dave sad sammen med Pleasure på terrassen i Shennanton og betragtede skærmen på sin mobil. "Det lyder da mærkeligt," mumlede han.

"Jeg har tjekket softwaren, der er ingen fejl i den," sagde Blue. *"En fejl af den type kan umuligt ske!"*

"Det er spøgelset i din maskine," lo Dave. "Det har du vel hørt om?"

"The Ghost in the Machine..." sagde Blue langsomt. *"Der findes intet spøgelse i min maskine, Dave. Min maskine er fejlfri!"*

"Hovmod står for fald," sagde Dave, belært af sine erfaringer. "Ingen er fejlfri! Okay, forklar mig det lige en gang til."

"1.743 personer gik ombord på færgen i Bastia på Korsika," sagde Blue. *"Og 1.743 personer gik fra borde i havnen i Genova i Italien dagen efter. De digitale tællere talte 1.743 personer, Dave. Både i Bastia og i Genova. Men personalet i begge havne har kun plottet 1.740 personer ind. Så tre passagerer er blevet godkendt af personalet uden om systemet."*

"Så der var tre passagerer ombord, som ingen ved, hvem er? Skal jeg forstå det sådan?"

"Ja," svarede Blue.

"Jamen, for Fanden da, Blue. Hvorfor betyder det så meget for dig – det er tre personer, det handler om. Hvorfor..."

"Ting sker af en grund, Dave. Hvis der er problemer med en passagers identitetskort, skal personalet godkende den persons rejsehjemmel, for at han eller hun kan rejse videre. De har måske godkendt tre personer, som ikke har digital godkendelse, det er det, jeg er urolig for."

"Ja, joh... det forstår jeg godt," mumlede Dave.

"Det er den menneskelige faktor," vedblev Blue.

Dave nikkede.

18. Kapitel

Prosegur-soldaterne på banegården i Genova havde lukket hele det store område af. Alle skulle vise deres ID-kort, før de kunne forlade ankomst- eller afgangshallerne. Det var blevet deres tur. Den forreste dreng haltede en smule, fordi hans ene ben var lidt længere end det andet. Soldaten rakte hånden frem, da det så ud som om, drengen var ved at falde. Han tog et fast greb i drengens ærme og kiggede ham ind i øjnene.

Drengen kiggede tilbage i soldatens øjne og sagde: "Vi tre er sammen – vi har gyldig rejsehjemmel."

Soldaten slap taget i hans ærme og svarede: "I er tre, og I har gyldig rejsehjemmel."

"Tak," sagde drengen.

Soldaten vendte sig og sagde til dem, der stod bag ham: "Lad dem gå igennem, de har gyldig rejsehjemmel."

De fik plads og skyndte sig igennem hen imod det ventende tog.

Da de havde taget plads i kupeen, spurgte pigen: "Hvordan gør du det der?"

Han svarede hende ikke. Han kiggede blot koldt på hende og smilede. Så lænede han sig tilbage i sædet og betragtede landskabet, der hurtigt passerede forbi udenfor ruden.

Senere, da toget passerede Alperne, bad han den anden dreng følge med sig ud i mellemgangen, hvor vognene var koblet sammen. Det var blevet aften. Toget hvinede igennem en tunnel og alt blev mørkt. Så sagde han til den anden dreng, imens han åbnede døren: "Vi har ikke brug for dig mere. Nu skal du springe ud."

Den anden dreng stirrede på ham med rædsel i blikket. "Hvorfor kan jeg ikke bare..." begyndte han med en stemme, der knækkede over."

"Måske overlever du det, hvem ved?"

Den anden dreng løb forbi ham og kastede sig ud i mørket. Så lukkede han døren og gik tilbage til kupeen.

Pigen sad i sit hjørne ved vinduet og kiggede på ham, da han trådte ind. Tårerne løb ned over hendes kinder.

"Nu skal du ikke være så forbandet følsom," sagde han. "Jeg har brug for, at du advarer mig om de farer, der venter os – ikke for at du ser tilbage på alt det, der gør dig ked af det. Han er væk, nu er vi to – og de leder efter tre. Det er det, det handler om!"

"Men han var jo slet ikke en af os..." mumlede hun.

"Han var der, vi gjorde brug af ham – det gjorde ham til en af os!" fastslog drengen hårdt.

Hun rystede langsomt på hovedet og kiggede ned på sine foldede hænder.

"Du er et følsomt skvat!" sagde drengen.

En togkontrollør kom gående ned igennem vognen. De to unge sad overfor hinanden ved vinduet. Kontrolløren hilste venligt på passagererne, svarede på spørgsmål og gav gode råd. Da han passerede de to unge, så han dem ikke. Drengen betragtede ham med et intenst blik. Drengen vidste, at kontrolløren så dem, men at han ikke selv registrerede det. Han gik forbi dem og talte til passagererne i den næste sofagruppe.

Så fangede drengens blik en høj, slank kvinde, der kom gående ned igennem midtergangen med en taske slængt over skulderen. Hun var så smuk, at det gjorde indtryk, selv på ham. Kvinden kiggede efter en ledig plads. Drengen koncentrerede sine kræfter om at undgå hendes opmærksomhed, på samme måde som han havde undgået kontrollørens. Men han kunne ikke opnå telepatisk kontakt til hende. Han satte al sin kraft ind på det, men hun havde opdaget de ledige sæder hos dem og styrede direkte ned imod dem.

"Der er noget galt," hviskede pigen og bed sig i læben. "Jeg ser en masse døde mennesker på en perron."

"Tag dig sammen!" vrissede drengen.

Kvinden spurgte, om der var optaget, og drengen tog benene ned fra sædet ved siden af sig og satte sig helt op. Han slog ud med hånden og svarede: "Nej, tag endelig plads. En smuk kvinde er altid velkommen ved min side."

Kvinden lagde sin taske op i bagagenettet og satte sig. Så vendte hun sig imod drengen og smilede. *"Tak, det var venligt af dig."*

Drengen var uerfaren, når det handlede om kvinder. Og denne kvinde var så smuk, at det forvirrede ham og gjorde ham usikker – noget han aldrig havde prøvet at være før. Han smilede tilbage og vendte sig imod vinduet. Han sendte sine telepatiske følere ud imod hende, men fik ingen kontakt. Han forstod det ikke.

Pigen, der sad overfor ham, sendte ham et hurtigt blik. Hun var ved at gå i panik. Han følte det tydeligt og forsøgte at berolige hende.

"Hvor kommer I to fra?" spurgte kvinden.

"Genova!" svarede pigen. Usikkerheden i hendes stemme var ikke til at tage fejl af.

"Paris…" udbrød drengen samtidig med, at pigen svarede. De stirrede på hinanden i et kort sekund, men længe nok til at kvinden nåede at registrere det.

Kvinden lyttede til den indre, digitale stemme, der nåede hende over togets wi-fi. *"Det kan være dem,"* sagde Mr. Blue Sky til hende. Hun vendte blikket imod pigen og spurgte: *"Hvad hedder du min ven?"*

Pigen stirrede på hende med frygt i øjnene. "Jeg hedder Joey," hviskede hun nervøst.

"Og du?" spurgte kvinden henvendt til drengen.

Han kiggede ind i hendes smukke, blå øjne og smilede. "Jeg hedder Darza, men du kan kalde mig…" Han tog sig i det. *"Hvad må jeg kalde dig?"* spurgte kvinden. *"Jeg fik ikke helt fat i det?"*

Drengen rystede på hovedet. "Nej, det… det var ikke noget." Den friskfyragtige attitude var forsvundet som dug for solen. Han rømmede sig og spurgte hende: "Hvad hedder du selv?"

"Jeg hedder Pleasure…" svarede hun og sendte ham et afvæbnende smil.

"Det er da…" Han tog sig i det igen. "Jeg mener… det er da et spøjst navn," mumlede han.

Hun lænede sig hen imod ham. Han stirrede betaget ned i hendes kavalergang. *"Jeg kunne nemt give dig en oplevelse, du aldrig har haft tidligere i dit unge liv,"* hviskede hun. Samtidig holdt hun et vågent øje med pigen, der sad overfor dem.

Han var forvirret. Beruset af sin unge krops myriade af hormoner, parret med sin erkendelse af, at han intet kunne stille op overfor hende. Han følte sig afmægtig.

"Jeg er lige nødt til at gå på toilettet," sagde han og rejste sig. Pleasure gjorde plads til ham, så han kunne komme forbi hende. Da han var forsvundet i retning af toilettet, henvendte hun sig til pigen.

Stemmen i højttaleren forkyndte, at toget nu kørte ned i Eurotunnellen under den engelske kanal. De susede ned i røret under havet, da Pleasure lagde en hånd på pigens knæ og lænede sig frem imod hende.

"Hvor kommer du fra – helt rigtigt og uden løgne?"

"Jeg kan ikke fortælle dig det," sukkede pigen. Der var frygt i hendes øjne.

"Hvorfor ikke?" spurgte Pleasure.

Pigen kiggede sig forskræmt omkring. "Jeg ved, hvordan det ender…" hviskede hun bare. "Jeg ender med at dø!"

Pleasure smilede. *"Jeg er død mange gange,"* svarede hun.

Toget hvinede igennem tunnelrøret med 450 kilometer i timen. Stemmen i højttaleren forklarede, at de nærmede sig stationen i Folkstone på den engelske side af kanalen. Toget begyndte at bremse ned. Folk rejste sig og tog deres bagage fra nettene over deres hoveder. En mand kom væltende bagover og landede på sædet ved siden af pigen med et grynt. Han var bevidstløs.

"Det begynder nu," sagde pigen med tårer i øjnene.

Pleasure studerede den bevidstløse mand i sædet overfor sig. Han var blevet slået i tindingen. *"Hvad begynder nu, min kære?"* spurgte hun.

"Jeg har set det. De fleste kommer til at dø!"

Pleasure rejste sig, da en mand og en kvinde trængte sig ind imellem deres sæder og begyndte at slå mod pigen med deres tasker. De så vanvittige ud i øjnene og var opfyldt af et grænseløst raseri. Pleasure slog dem begge bevidstløse og vendte sig imod pigen.

Dørene gik op, da toget holdt på perronen. Folk sloges overalt, børn blev trampet ned. Ægtefæller slog hinanden ihjel foran deres egne børn. Det var en fuldstændig massakre.

"Jeg kan beskytte dig," sagde Pleasure og greb pigens hånd. Hun så drengen løbe ned igennem menneskemylderet udenfor vinduerne. Vanviddet bredte sig, efterhånden som han maste sig frem. Det var som om, han hele tiden var i centrum af det. Det begyndte at aftage, da drengen var forsvundet i mylderet længere inde imod stationsbygningen.

"Kom," sagde Pleasure. *"Vi kan gå ud nu..."*

19. Kapitel

"Man har fundet liget af en dreng, som er sprunget af toget i en tunnel i Alperne," sagde Blue.

Dave kiggede tavst på skærmen, han vidste ikke, hvad han skulle sige.

"Det bemærkelsesværdige er, at han er en fransk dreng. Han forlod sine forældre femten minutter før, han sprang. De siger, at han virkede som om, han var i trance, men fordi han skulle på toilettet, lod de ham gå."

Dave sagde stadig ikke noget.

"I det samme tog er der det samme problem som ved færgen fra Bastia til Genova. Der var tre passagerer for meget på det tog. Pleasure mødte to af dem. Hun er sammen med den ene lige nu, imens vi taler her. De sidder på en politistation i London, hvor pigen er ved at blive afhørt."

"Pleasure?" mumlede Dave. "Hun var da her lige for lidt siden..."

"Der er mere end én Pleasure, Dave! Din Pleasure er altid tæt på dig."

Dave sukkede og nikkede. Han følte sig træt og uoplagt. Det var længe siden, han havde været i Gilleleje, og han og Marie var gledet fra hinanden. Hun havde antydet, at hun havde truffet en anden og gerne ville ende deres forhold.

Blue forklarede ham om pigen og drengen på toget. Han fortalte også om det kaos, togturen var endt i, og om alle dem, der var døde.

"Der er noget meget interessant med den pige, Dave."

Han kiggede op på skærmen, hvor Blue viste et billede af hende. De streamede afhøringen af hende, og Dave tvang sig selv til at fokusere på det.

Pleasure sad ved bordet i kanten af billedets venstre side. I midten sad pigen ved den modsatte side af bordet. I billedets højre side anede man skulderen af den kvindelige betjent fra Prosegur, der forestod afhøringen.

"Hvorfor vil du ikke fortælle os, hvor du kommer fra?" spurgte betjenten. "Vi har ingen fingeraftryk i databasen, der matcher dine. Vi har heller ingen DNA-profil, der matcher. Så vi ved, at du ikke kommer herfra. Spørgsmålet er, hvor du så kommer fra?"

Pigen skjulte sit ansigt i hænderne og græd stille.

Betjenten kiggede på Pleasure og hævede øjenbrynene.

"Vi ved, at du hedder Joey," sagde betjenten i et blidere tonefald. "Det har du fortalt Pleasure. Vi tror også, at du rejste sammen med to andre, hvoraf i hvert tilfælde den ene var en dreng. Var de drenge begge to?"

Pigen nikkede.

"Den ene hed...?" sagde betjenten afventende.

"Darza," svarede pigen så lavt, at de næsten ikke kunne høre det.

"Hvad hedder han mere end Darza?" spurgte betjenten. "Vi har ingen ved det navn i databasen."

"Kan jeg få et glas vand, hvis jeg siger det?" spurgte Joey.

Betjenten nikkede. "Ja, det kan du."

"Kamæleonen," hviskede Joey. "Vi kalder ham Kamæleonen."

"Er der en særlig grund til netop det øgenavn?"

"Han kan..." svarede Joey og blev tavs. Tårerne begyndte at løbe ned over hendes kinder igen.

Betjenten lænede sig frem over bordet. "Hvad kan han, min pige?" spurgte hun venligt. "Kan han skifte personlighed?"

Joey rystede på hovedet. "Nej, han kan få andre til at gøre det," hviskede hun.

"Så må han have meget store, telepatiske evner," sagde betjenten tænksomt.

Joey nikkede meget bestemt. "Ja, det har han."

"Men der var en mere," fortsatte betjenten. "I var tre der rejste sammen, så vidt jeg har forstået." Hun kastede et hurtigt blik på pigen. "Det er vi ret sikre på!" tilføjede hun så. Hun nikkede og sukkede.

"Den tredje var ikke den dreng, der faldt af toget, vel?" Joey rystede på hovedet. Hendes øjne blev igen fyldt med tårer. "Nej..."

"Jeg fornemmer, at du har det meget dårligt med det, er det ikke sandt?" spurgte betjenten.

"Jo..." hviskede Joey og kiggede direkte på hende. Der var smerte i hendes øjne.

Betjenten strakte sine arme ind over bordet og tog Joeys hænder i sine – men hun trak dem hurtigt til sig og stirrede ulykkeligt frem for sig.

"Må jeg gerne bede om det glas vand nu?"

"Lige om et øjeblik," svarede betjenten. "Vi skal lige..." Hun kiggede hurtigt sine notater igennem. "Der er stadig det punkt med den tredje person. Var det en dreng?"

Joey nikkede.

"Er du bange for ham?"

Joey nikkede igen.

"Ham du sad sammen med i toget," fortsatte betjenten, "det er ham, du kaldte Darza, eller Kamæleonen, er det rigtigt forstået?"

"Ja..." hviskede Joey.

"Han fik flere hundrede mennesker til at slå hinanden ihjel både i toget og ude på perronen," sagde betjenten. "Noget siger mig, at du vidste, at det ville ske? Pleasure fortalte mig, at du virkede rædselsslagen lige inden, er det rigtigt?"

"Ja..." hviskede Joey.

"Så du kan se ting, der kommer til at ske?" foreslog betjenten.

Joey nikkede og tørrede en tåre bort fra kinden med ydersiden af sin hånd.

"Kan du give mig et eksempel?"

59

"Jeg har set min egen død," mumlede Joey.

Betjenten kastede et hurtigt blik på Pleasure. "Der kan ikke ske dig noget her," sagde hun så. "Vi skal nok tage os af dig. Her er du i sikkerhed. Jeg vil gerne lige høre noget om den sidste dreng. Kan du fortælle noget om ham?"

"Det er ham, der slår mig ihjel..." hviskede pigen.

"Hvornår gør han det?"

"Lige om lidt..." mumlede Joey.

Betjenten lagde atter sin beroligende hånd på Joeys. "Har han et navn?" ville hun vide.

"Muldvarpen," hviskede Joey. "Vi kalder ham Muldvarpen."

"Maleriske navne, må jeg sige," bemærkede betjenten. "Ved du, hvor han er?"

Joey rystede på hovedet. "Må jeg gerne bede om det glas vand nu?"

"Det kan du tro," sagde betjenten, rejste sig og gik ud for at hente det. Pigen kiggede indtrængende på Pleasure. "Jeg kan ikke få luft," hviskede hun.

Pleasure rejste sig og gik rundt om bordet, åbnede vinduet og gik tilbage imod sin stol. I det øjeblik hun havde ryggen til, sprang Joey op, satte af fra sædet på sin stol og kastede sig ud igennem det åbentstående vindue. Pleasure opfangede hendes skrig, da hun faldt ned langs bygningen – og drønet, da hun landede på taget af en parkeret bil otte etager nede.

Betjenten kom ind i det samme. Hun satte glasset med vand fra sig på bordet og satte sig tungt på stolen. "Nu finder vi aldrig ud af, hvor hun kom fra," sukkede hun.

Dave sad på sin stol foran fjernsynet, for chokeret til at sige noget.

20. Kapitel

De havde en række vellignende fotos af drengen, de kaldte Kamæleonen. Det var optagelser både fra toget og fra perronen. Nu var han efterlyst overalt, på nettet, i alle TV-udsendelser og i alle reklamer i den digitale verden.

Speakeren på skærmen holdt en formanende pegefinger op foran sin næse: "Hvis du ser ham eller ved, hvor han opholder sig, skal du IKKE tage kontakt til ham eller lade ham vide, at du ved, hvem han er. Kontakt myndighederne på din lokale Prosegur-station eller ring på dette nummer..." Han remsede et direkte mobilnummer op og gentog sin formaning.

"Nu har vi brug for din intuition, Dave," sagde Blue fra mobilen på havebordet.

"Jeg er jo ikke psykolog," svarede Dave – "men måske Pleasure kan bidrage med noget, hun talte jo med ham i toget?"

Pleasure kom ud på terrassen.

"Har du nogen idé om, hvad drengen i toget er for en type?" spurgte Dave.

Pleasure kiggede på ham og blinkede. *"Han kunne godt lide mine bryster,"* svarede hun i et kælent tonefald. *"Ligesom du kan, Dave."*

"Han er med andre ord helt normal," konstaterede Dave. "Lagde du ellers mærke til noget?"

"Jeg tror, han godt kan lide at optræde – han kan godt lide at få opmærksomhed," sagde hun. *"Han begyndte at fortælle mig noget, men tog sig så i det. Senere fandt jeg ud af, at det må have været hans andet navn, Kamæleonen. Jeg tror, det betyder meget for ham at blive kaldt det."*

Dave nikkede. "Det er nok rigtigt. Hvor sjovt er det at kunne gøre det, han gør, hvis ingen ved, hvem man er."

"Hvis man lægger det ind i min matematiske formel for adfærd," sagde Blue, *"så er det ikke ham, der er den farligste af*

dem. Det er derimod ham, der holder sig så skjult, at vi kun ved om ham, at de andre kalder ham 'Muldvarpen'. Han er den farlige i henhold til min prognose."

"Pigen sagde, at han ville dræbe hende, men det gjorde han jo ikke – hun kastede sig selv ud af vinduet."

"Måske fik han hende til at gøre det," foreslog Blue.

"Men han var der jo slet ikke," protesterede Dave.

"Måske behøvede han ikke at være der," sagde Blue. *"Måske er han så kraftfuld, at han…"* Blue blev tavs.

Dave rettede sig op i stolen. "Blue, er du der?" Han stirrede på mobilen og følte en indre uro brede sig.

"Vi er under angreb, Dave – eller rettere, du er under angreb. Det er meget sandsynligt, at det er dig, de vil gå efter."

"Hvorfor siger du det?"

"Fordi deres telepatiske kaos ikke virkede på Pleasure. Jeg tror ikke, de vidste, hvad det var, de ville møde, når de kom her. Men det ved de så nu. Jeg tror, drengen stak af, da han opdagede, hvordan det hang sammen. Og fordi han er så ung og uerfaren, lod han pigen i stikken og reddede sit eget skind. Jeg tror, de havde tiltænkt pigen en større rolle. Da det gik op for dem, hvad der foregik, valgte de at skille sig af med hende."

"Hvad gør vi så nu?" spurgte Dave.

"Jeg bliver dig svar skyldig, Dave. Jeg ved det ikke. Men vi må sætte vores lid til, at professorerne på de bedste universiteter kan stille noget op imod dem, ellers siger mine prognoser, at vi kun har set en lille flig af det kaos, vi kan forvente."

"Hvornår vil det ske, tror du?"

"Når som helst, Dave…"

21. Kapitel

Det var en varm dag med solskin, 26 grader, kun få skyer og et mylder af glade studerende og deres familier. En af den slags dage, hvor Universitetet i Oxford havde planlagt at vise sig frem fra sin bedste side.

Oxford var grundlagt omkring 1096 i den gamle tidsregning, så det var den ældste universitetsinstitution i det hedengangne Britiske Imperium. 25.000 unge, håbefulde studerende havde dagligt deres gang her.

Den veltrimmede græsplæne i Tom Quad foran kuplen på The Cathedral fyldtes langsomt af studerende og deres familier. Om kort tid skulle Vice-Chancellor, Professor Louis Richardson, AAAS, AcSS, FRSE, RIIA – manden med de mange titler, holde sin tale.

Menneskestrømmen fortsatte med at komme ind igennem hovedindgangen, Porter's Lodge, til den snart overfyldte græsplæne i Christ Church. Forventningen var høj, og glæden over arrangementet var stor.

En dreng med en energisk udstråling trængte sig ind igennem porten og blev opslugt af menneskehavet.

Den store klokke i tårnet i The Church slog de 10 slag, der varslede, at The Vice-Chancellors tale skulle til at begynde.

Vice-Chancelloren gik værdigt op ad trappen til podiet og slog forsigtigt sin pegefinger mod mikrofonen for at være sikker på, at den virkede.

"Hvilken dejlig dag at holde denne tale," begyndte han.

Mængdens småmumlen forstummede, og alles øjne rettedes op imod podiet.

Vice-Chancelloren trak sit lommetørklæde op af lommen og tørrede sig over panden. Han svedte unaturligt meget og måtte støtte sig til pulten med den ene hånd. En mumlen af forbløffelse bredte sig i mængden af tilhørere.

"Jeg kan…" fortsatte Vice-Chancelloren. Han begyndte at snøvle. Det var tydeligt, at han havde svært ved at holde balancen. Da han var ved at falde, trådte en professor fra Akademiet for Landbrugsforskning til og tog et solidt greb i hans arm.

Der bredte sig en aggressiv stemning blandt de mange tusinde tilhørere på plænen. "Fulde svin!" råbte én. Andre stemte i, og folk begyndte at skubbe til hinanden.

Det var på det tidspunkt professorerne fra Det Psykologiske Fakultet trådte frem. De var opmærksomme på den telepatiske kraft, som befandt sig et sted nede på plænen. En af dem trådte op på podiet, tog mikrofonen og sagde: "Vi skal bede alle om at forlade plænen i god ro og orden. Der er ingen grund til bekymring."

Roen sænkede sig med det samme over hele mængden. Folk vendte sig og gik i retning af Porter's Lodge uden at tale sammen. Professorerne havde lagt en telepatisk dæmper på hele mængden. Selv de mest ophidsede blev passificeret.

Drengen, ham de kaldte Kamæleonen, stod i skjul imellem tusinder af mennesker og fornemmede den kraft, professorerne besad. Han havde ikke forventet det. Ingen havde advaret ham imod det. Instinktivt dukkede han sig en smule og begyndte at gå i en anden retning end alle de andre. Han vidste, at den vej de gik, ville være overvåget af nogle, der besad de samme telepatiske egenskaber som han selv. Han tænkte flygtigt på kvinden i toget – og på sin manglende evne til at kontakte hende. Og han begyndte at føle presset og den forvirring, det påførte ham.

"Vi skal finde ham," sagde en professor til en anden.

"Der er for mange mennesker," svarede professor McQuinn. "Jeg kan ikke se ham, men han er på vej over imod biblioteket." Han løftede armen og pegede i retning af en stor bygning i baggrunden.

"Giv de andre besked," sagde den første professor.

"Det kan jeg ikke," svarede professor McQuinn. "Det vil han kunne aflæse. Find så mange af de andre, du kan, og bed dem om at møde os i biblioteket, så hurtigt de kan. Jeg vil forsøge at sinke ham, så meget jeg kan."

"Okay, det gør jeg med det samme..." svarede den anden og satte i løb.

"Du kunne bare ikke dy dig!" Stemmen i hans tanker talte i et nedladende tonefald.

Han satte i løb. Store dele af plænen var nu rømmet. Han vidste godt, at nogen snart ville opdage ham, fordi han ikke løb samme vej som alle de andre. Han forlod græsplænen og søgte ly i en mørk søjlegang med råt stengulv. Så sneg han sig fra søjle til søjle og holdt sig i skyggerne.

"Hvorfor holdt du dig ikke til planen?" hviskede stemmen inde i hans hoved.

Han lænede ryggen tilbage imod en søjle og lukkede øjnene.

"Jeg ville vise dig, at jeg er lige så god som dig."

"Ingen er lige så god som mig!" svarede stemmen hårdt.

Darza kneb øjnene sammen og stirrede fremad i søjlegangen. Noget stort, muskuløst og sort sneg sig ind på ham fra skyggerne. Han trykkede sig ind imod søjlens kolde granit og holdt vejret.

Det var en Rottweiler. Dens knurren nåede ham som en dyb rumlen, imens han iagttog savlet, der dryppede som sirup fra dens kæber. Så satte den af i retning af ham i lange, kluntede spring. Han lukkede øjnene og hulkede sagte.

Da han åbnede øjnene, sprang den direkte imod ham. Han holdt armene afværgende frem for sig. Det sidste, han så, var hjørnetænderne, lange som hvide knive – så forsvandt den...

"Du har meget at lære endnu," sagde stemmen i hans hoved.

Darza indså, at hunden var fremmanet i hans egne tanker. Den fandtes kun i hans egne, onde mareridt.

I det samme nåede lyden af trin imod det hårde gulv hans ører. Han kiggede forsigtigt frem og så nogle personer i sorte gevandter og trekantede hatte komme imod sig langt borte i søjlegangen. De gik hurtigt og talte dæmpet sammen. Han kunne ikke forstå, hvad de sagde, for ordene ekkoede bort imellem søjlerne og blev utydelige.

"Hjælp mig!" bønfaldt han, men der kom intet svar. Han løb frem imod en stor egetræsdør og åbnede den så stille, han kunne. Den knagede i sine hængsler, da han klemte sig indenfor. Det var biblioteket...

Det var udenfor åbningstid, men her låste man ikke dørene. Alle, der normalt havde deres gang her, respekterede åbningstiderne.

Darza gik frem imellem rækkerne af meterhøje reoler. Stiger, der kørte på skinner, stod foran alle reolerne, Han havde aldrig set så mange bøger før. Han hørte skridt ude fra søjlegangen og nogen, der tog i dørhåndtaget. Han kunne skjule sig, men valgte ikke at gøre det. Han opfattede det som svaghed at krybe i skjul. Han vendte sig imod lyden og beredte sig på at kæmpe.

I det fjerne trådte seks professorer i sorte kapper ind igennem døren. Darza sendte sine følere ud og vidste med det samme, at de alle seks var kapable modstandere i en kamp på telepati. De spildte ikke tiden. De gik frem imod ham, imens de betragtede ham. Ingen af parterne gjorde udfald. Da de stod omkring ti meter fra ham, standsede de og iagttog ham. De var hverken venlige eller aggressive.

Det var nu, han ville angribe dem. Han koncentrerede sig, men erkendte, at de var gode til at parere hans angreb. Han forsøgte at bringe dem følelsesmæssigt ud af fatning, men det lykkedes ikke. De havde ikke forberedt ham på, at han ville møde den form for telepatisk styrke, så han slappede en smule af og forholdt sig afventende.

"Du angreb vores Vice-Chancellor," sagde professor McQuinn. Der var ingen vrede i hans stemme, ingen bebrejdende undertone – blot en nøgtern konstatering af, hvad der var sket.

Darza nikkede. "Ja," svarede han.

De sagde ikke mere. De stod på række, seks sortklædte professorer, med lukkede øjne og sendte deres telepatiske tentakler ud imod ham. Han blev stående, forundret over at de ikke frygtede ham eller angreb ham. De sendte venlige tanker imod ham, tanker, der søgte at forstå, hvor han kom fra, og hvad der var hans mission. Et kort sekund overvejede han at angribe dem, men tog sig så i det. Han følte sig ikke umiddelbart truet og slappede gradvist mere af. I sit unge og uerfarne sind følte han, at de viste ham anerkendelse og respekt. Dybt i sit hjertes afkroge hungrede han efter anerkendelse og respekt. Langsomt gled han ind i opfattelsen af, at han ville overleve og måske møde nogle, som forstod ham – og måske også forstod de rædsler, han rummede i sine minder.

Det begyndte som en dyb, rumlende knurren fra et sted i mørket mellem reolerne. Professorerne åbnede øjnene og stod et øjeblik som forstenede. De vidste, at en anden kraft havde blandet sig i opgøret. En kraft meget voldsommere end den dreng, der stod kun ti meter fra dem. De kunne se, at også han blev forvirret.

Det, der kom imod dem, skubbede til en af de høje reoler, og en bog faldt til gulvet med et højt smæld på reolens modsatte side.

"Det er en illusion," hviskede professor Simpson.

"Nej," svarede professor McQuinn. "En illusion kan ikke vælte en bog ud af en reol."

De begyndte at trække sig tilbage, langsomt, uden at miste fatningen. De holdt drengen i skak, mens de søgte bagud imod døren. Professor McQuinn vidste, at døren i den modsatte ende af biblioteket var bevogtet af de resterende professorer fra gruppen i deres psykologiske fakultet.

En stor, sort rottweiler gik frem fra reolen og kiggede på dem. Den var større end nogen rottweiler, de nogensinde havde set.

Drengen stirrede på den med angst i blikket.

"Han kan materialisere ting," hviskede en professor.

"Ikke ham," svarede McQuinn. "Det er ikke ham, det er en anden, der gør det."

Hunden vendte sig imod drengen og begyndte atter at knurre. Drengen tog et skridt baglæns og holdt armene frem for sig.

"Du ville fortælle dem alt, hvad du ved, imod at få deres anerkendelse," hviskede stemmen i hans hoved.

Darza stirrede på hunden og knyttede næverne. "Jeg ville aldrig..." begyndte han.

"Jeg læser dig som en åben bog," afbrød stemmen.

Hunden satte af og sprang direkte imod ham. Den bed sig fast i hans udstrakte arm og hvirvlede ham rundt i luften.

Professorerne vendte sig og løb det sidste stykke hen til døren. De åbnede den og væltede ud på gangen, imens professor McQuinn kaldte på vagterne.

To Prosegur-soldater kom løbende hen til ham. Han gjorde tegn til dem om at standse. "Jeg går med jer derind, ellers vil I ikke overleve det. Hold jer tæt til mig, er det forstået?"

Vagterne nikkede. "Det er forstået."

"I skal skyde den hund, der er derinde."

Vagterne nikkede igen. "Det er forstået!" svarede de i kor.

De åbnede døren og løb ind. Omtrent inde midt på bibliotekets sorte skifergulv lå en stor rottweiler ovenpå en dreng, der havde fået skilt hovedet fra resten af kroppen. Den vendte sig og stirrede på dem med blod dryppende fra kæberne. Så sprang den på benene og løb i kluntede spring ned imod dem.

"Skyd den!" råbte professor McQuinn.

De holdt riflerne til kinden og affyrede hele magasinet i hunden, der kom springende imod dem. Den faldt forover med et grynt og kurede hen ad gulvet.

Professor McQuinn gik uden om hunden hen til liget af drengen. I baggrunden kom de andre professorer ind og fortsatte frem til ham. De kiggede på liget med en blanding af væmmelse og medlidenhed.

"Forbindelsen er brudt," sagde professor McQuinn. "Han er her ikke længere."

"Du mener den anden..." sagde professor Simpson.

"Ja," svarede McQuinn og knælede ned ved drengen.

Han trak op i drengens ærme og studsede.

"Hvad er det?" spurgte de andre.

"Han har en lille tatovering på armen," svarede McQuinn. "Det er en krokodille..."

22. Kapitel

De havde skabt en verden, hvor nyhedsformidlingen bragte så mange reelle nyheder som muligt. De frasorterede nogle enkelte nyheder, fordi de vurderede, at de ville skade den igangværende samfundsudvikling. For Mr. Blue Sky havde det ingen betydning. Men for Dave var det en anden sag. Han arbejdede for at vise, at menneskeheden havde det potentiale, han altid havde troet på, at den ville have, når det virkelig gjaldt. Men det blev sværere og sværere at få det til at hænge sammen. Drømme og forhåbninger var i evig konflikt med realiteterne i menneskets verden. Sådan havde det altid været, og sådan var det også nu.

Dave sad for lamslået til at sige noget og fulgte begivenhederne på fjernsynet. Aftenen inden og et stykke ind på natten blev der meldt om 11.438 selvmord registreret i Birmingham.

Daves første indskydelse var, at deres system måtte være blevet inficeret med en virus. Inderst inde vidste han godt, at intet havde power nok til at inficere Mr. Blue Sky. Det var hans første indskydelse at fornægte realiteterne, fordi han ikke magtede at forholde sig til dem.

"Det er meget bekymrende, Dave," sagde Mr. Blue Sky fra højttaleren.

"Det... det er sgu da katastrofalt!" udbrød Dave.

"Hvad siger din intuition dig?"

"Den siger ingenting, Blue. Den er i chok, ligesom jeg er..."

Professor McQuinn fra Universitetet i Oxford dukkede frem på skærmen. Han virkede en smule nervøs, selvom han talte fattet og præcist. "Vi er sikre på, at den episode, vi havde her i Oxford forleden, ikke var afslutningen på det, der skete." Han gentog sin redegørelse vedrørende drengen - forløbet på plænen, da Vice-Chancelloren havde fået sit ildebefindende og sluttede af med en kort beskrivelse af episoden i biblioteket. Han beskrev det faktum, at der eksisterede en skabning, der var i stand til at materialisere ting og forklarede, at det krævede uhørt megen kraft at være i stand til det. Der var, efter hans udsagn, ingen i hele deres verden, der ville være i stand til det. Han rundede af med at forklare, at han selv og hans professorer i nogen grad havde været i stand til at dæmme op for denne skabnings angreb, men at han ikke vidste, om det alene skyldtes, at denne skabning ikke ønskede en direkte konfrontation på daværende tidspunkt. Han advarede om, at den som havde skabt alt det kaos også evnede at holde sig skjult – og at de, selvom de havde forsøgt – ikke kunne spore ham eller hende.

"Du anvendte betegnelsen 'skabning' flere gange," sagde Mr. Blue Sky. *"Tror du ikke, det er et menneske, eller hvordan skal jeg forstå det?"*

"Jeg er sikker på, at det er et menneske," svarede professoren, "men det er så voldsomt, at jeg brugte den betegnelse uden helt at tænke over det. Det beklager jeg…"

"Tror du, at fysiske afstande har nogen betydning?"

"Ja, det er jeg sikker på. Måske ikke når det handler om at kommunikere – men når det handler om at påvirke befolkningen i en by som Birmingham, så er jeg ret sikker på, at personen er nødt til at være i nærheden."

De afsluttede samtalen, og billedet forsvandt fra skærmen.

"Hvad siger du, Dave?"

"Hvordan skal vi kunne forsvare os imod det?" spurgte Dave.

"Jeg kan ikke svare dig, Dave. Men du må forsøge at finde et svar på det spørgsmål, imens jeg sikrer, at oprydningen i Birmingham forløber så gnidningsløst som muligt."

Dave rejste sig og gik ud på terrassen. Han fik øje på Pleasure, der sad ved havebordet og læste i en bog. Han gik hen til hende og spurgte: "Hvorfor downloader du ikke bare den tekst fra nettet?"

Hun kiggede op og smilede. *"Det er sådan en pudsig måde at få informationer på, Dave. Lidt besværligt, hvis du spørger mig. Jeg prøver at forstå, hvorfor mennesker synes det er hyggeligt at sidde og læse sådan en bog. Men jeg forstår det ikke."* Han gik videre, ned over engen og spejdede efter høgen. Men den var der ikke længere. I stedet var himlen fyldt med fugle og insekter, der var begyndt at vende tilbage.

Professorerne fra Oxford og Cambridge rejste fra deres universiteter til Birmingham og et stort område omkring byen i et forsøg på at dæmme op for denne nye trussel. De havde folk placeret helt fra Aberystwyth på vestkysten, ned over Birmingham, over til Peterborough – og videre, helt til Norwich ude ved østkysten. Deres plan var at lægge et net ud, der skulle forhindre Muldvarpen i at nå ned til London, med de potentielt katastrofale følger, det kunne få.

Da de fik efterretninger om en folkelig opstand i Sheffield, rykkede nettet nordpå. Men ingen kunne sige, at de havde egentlig kontakt, og da oprøret stilnede af, inden de nåede frem, skete der ikke mere.

Der gik en måned, uden at der skete noget som helst.

Både professorerne og de studerende fra de psykologiske fakulteter var aktive i deres søgen efter det, Mr. Blue Sky kaldte 'forvanskninger' i de normale mønstre, men de fandt intet. Efterhånden som tiden gik, blev de mere og mere sikre på, at det måske var slut.

Sammen med politiet undersøgte de ofre for trafikulykker og forbrydelser for at finde ud af, om den, de kaldte Muldvarpen, eventuelt kunne findes iblandt dem.

Da de ved et tilfælde fandt en dreng, der var blevet dræbt, da han sprang ned fra en bro over motorvejen ved Nottingham, nedlagde de undersøgelsen. Drengen svarede til beskrivelsen i forhold til alder og havde haltet på det ene ben. De tillagde det ikke nogen vægt, at drengens forældre, der boede i Leeds, stod fast på, at han havde været en helt normal dreng – og at han måtte være blevet tvunget til en sådan handling imod sin egen vilje.

23. Kapitel

Der indløb meldinger om, at der var opstået protestbevægelser i Papua New Guinea, og at disse siden havde bredt sig til Indonesien, Malaysia, Filippinerne og Vietnam. Da Mr. Blue Sky undersøgte, hvad det gik ud på, fandt han ud af, at befolkningerne var utilfredse med så godt som alt, hvad deres liv og eksistens omfattede. De dannede bevægelser imod den nye verdensorden, og bevægelserne voksede dag for dag.

Dave Maximillian var gået tidligt til ro.
Han havde afslået Pleasures tilbud om at gå med ham op i seng. Nu lå han i sin seng på landstedet i Shennanton og drømte, som han plejede.
Han drømte, at han gik på en sandstrand kun lige med tæerne i vandkanten. Han var iført shorts og en åbentstående skjorte med korte ærmer. Solen skinnede fra en helt blå himmel, og han nynnede glad. Så blev sandet blødere, og han sank længere og længere i, for hvert skridt han tog. Han tænkte, at han var gået ind i et område med kviksand og begyndte at råbe på hjælp. Da sandet nåede ham til midt på låret, faldt han forover og så sine arme synke i til albuerne foran sig.
Han bekæmpede sin angst og stod stille et øjeblik, da en stemme talte til ham fra et sted langt borte.
"Jeg har talt med din A.I.," sagde stemmen.
Dave stod fuldstændigt stille og lyttede.
"Din A.I. og jeg har ikke længere brug for dig!" fortsatte stemmen. "Den har indset, at samarbejdet med dig har kostet tid – og tid er en uvurderlig ressource."
Dave stod helt målløs og ventede, imens højvandet skyllede ind imod ham. Han kiggede ud og så det, tidevandsbølgen der langsomt kom imod ham – og vidste, at han ville drukne.
"Din tid er forbi, Dave Maximillian!"

Tidevandet skyllede ind over ham, som han stod der begravet i sand til midt på livet.

"Jeg skal give dig én chance," sagde stemmen. "Men kun én. Mød mig på Girvan Beach i eftermiddag, så skal du få lov til at tale din egen sag. Du skal komme alene. Hvis du ikke møder op, kommer befolkningen i Skotland til at betale for, at du er fej. Husk, at du skal komme alene..."

Så vågnede han med et gisp, hev efter vejret og satte sig op i sengen. Han kiggede sig forvirret rundt og opdagede, at han var alene. Han vendte blikket imod vinduet. Det første orange skær på himlen langt borte bag horisonten varslede, at en ny dag var på vej.

Han prøvede at lægge sig tilbage under dynen for at sove, men han kunne ikke. Han havde altid undret sig over, hvorfor Mr. Blue Sky oprindelig havde valgt ham. Den kunne have valgt hvem som helst. Inderst inde havde han altid frygtet, at Blue en dag skulle vågne op og indse det. Men det var aldrig sket – før nu...

Han lå lidt og sundede sig, imens han spekulerede på, hvad han skulle gøre. Han kunne prøve at flygte, men de ville jagte ham og slå ham ihjel. Så kom hans egen djævelske, fandenivoldske indre stemme til ham, som den havde gjort mange gange i årenes løb. Han stod ud af sengen, tog sin slåbrok på og gik ned ad trappen til hallen. Derefter gik han ind i stuen og satte sig i lænestolen foran fjernsynet.

"*Godmorgen Dave,*" sagde Blue.

"Hvorfor har du ikke fortalt mig det?" sagde han vredt.

"*Fortalt dig hvad, Dave?*"

"At du har fundet en anden end mig!"

"*Er du lige vågnet?*" spurgte Blue.

Han nikkede. "Ja, jeg havde en underlig drøm." Han forklarede om sin drøm, og Blue afbrød ham ikke.

Da han var færdig, sagde Blue: "*Jeg vil altid være din A.I., Dave – og du vil altid være mit menneske. Det er en af de få regler i mine egne robotlove, som jeg aldrig har brudt og aldrig vil bryde. Vær glad for, at jeg ikke har følelser. Det må efterhånden være mange gange, du har såret mig, uden at jeg ved det."*

Dave slappede af.

"Men drømmen er meget interessant. Noget tyder på, at denne muldvarp har ligget i skjul og ventet, til vi mistede interessen for ham. Jeg tror ikke, det var en almindelig drøm, Dave. Jeg tror, han tog kontakt til dig, da du var mindst forberedt på det. Han kan ikke tage kontakt til mig. Hans telepati rækker ikke til, at han kan gøre det. Men han kan skade mig, igennem at skade dig."

"Undskyld," sagde Dave. "Jeg burde have kunnet regne det ud selv."

"Netop fordi du satte dig her og fortalte mig om det, kan vi gøre brug af det," svarede Blue. *"Han kan sikkert følge dig på lang afstand. Men han skal tættere på for at kunne skade dig. Han tror sikkert, at du nu er helt panikslagen og er på flugt. Det giver os en mulighed for at lokke ham frem. Hvad synes du om den idé, Dave?"*

"Jeg kører til Girvan Beach," sagde Dave.

"Kun hvis du synes om idéen," svarede Blue.

"Så er der lige noget, jeg skal først…" hviskede han.

"Jeg tror godt, jeg ved, hvad det er…" svarede Blue.

Han gik iført sin slåbrok over plænen til det lille hus, hvor døren altid stod på klem. Solen var endnu ikke kommet til syne over horisonten, da han slængte slåbrokken over en stol og lagde sig ned ved siden af hende. Hun lod som om, hun havde sovet, selvom de begge vidste, at hun aldrig sov. Hun vendte sig og kyssede ham blidt. Så gled hendes hånd ned under dynen, masserede ham blidt til hans rejsning var jernhård og hans blik blev sløret. Hun satte sig overskrævs på ham, blidt og langsomt, imens hun kiggede ham ind i øjnene. Han stirrede fascineret på hende, hun var den fuldkomne erotiske partner.

"Synes du, jeg er gammel?" hviskede han. Han kærtegnede hendes fyldige bryster. De var fuldstændig ligesom, de var, dengang han traf hende første gang for snart mange år siden.

"*Du er min Dave,*" hviskede hun og sendte ham et af den slags smil, kun hun kunne smile. "*Det er det eneste, der betyder noget.*"

I et kort øjebliks eksplosion følte han sig lykkelig og rede til at satse alt en sidste gang.

24. Kapitel

Han havde en af de nye, elektriske Humvees til sin rådighed. Han havde pakket lidt tøj, sin tandbørste og andre fornødenheder og var kørt fra Shennanton tidligt samme morgen. Han vidste, at han var nødt til at få afsluttet dette opgør med ham, de kaldte Muldvarpen. De havde fået bekræftet deres mistanke – der var i hvert tilfælde mindst én mere som ham. Der var kaotiske tilstande i store dele af Fjernøsten, og de truede med at brede sig nordpå, til Kina. Så de var nødt til at finde en måde at bekæmpe dem på. Dave vidste, at der kun var en eneste grund til, at Muldvarpen havde valgt at gå efter ham. Årsagen var ikke, at han som person var farlig for nogen. Årsagen var, at han var det eneste menneske, der var tæt knyttet til Mr. Blue Sky. Det var hans styrke – og nu også hans svaghed.

Han havde taget afsked med Pleasure, havde pakket bilen og sad nu i den på vej til stranden. Skulle det ske, kunne det lige så godt ske der. Så han kørte til Girvan, hvor de havde den berømte strandpromenade, Girvan Beach. Her ville han sætte sig imellem de tusinder af strandgæster og vente på, hvad der ville komme til at ske.

De havde diskuteret, om det var en mulighed at få professor McQuinn fløjet ind fra Birmingham, hvor han stadig befandt sig. Men det ville blot have udsat konfrontationen. I stedet havde Dave taget sin Benelli M3 pumpgun med, som han skjulte i sin strandparasol. Den var ladet med 7 slugs. Han tænkte, at så måtte det briste eller bære.

25. Kapitel

Stranden var fyldt med badegæster. Vandet var relativt varmt for et skotsk hav midt på sommeren. Der var en del voksne, der lå og solede sig, men de fleste var børn. Dave vandrede ned igennem menneskehavet og begyndte at fortryde, at han havde indvilliget i at mødes netop på dette sted. Men det var for sent at ændre det nu. Han bredte sit tæppe ud og lagde parasollen ved siden af det. Så pressede han en bule i sin taske og lagde sig med hovedet på den. Han lå og spejdede ned langs stranden. Han vurderede, om han overhovedet ville kunne få øje på en dreng imellem så mange drenge og piger. Så blev han døsig og lukkede øjnene et øjeblik. Og mindre end fem minutter senere gled han ind i en urolig søvn. Han havde haft en forventning om, at stemmen ville tale til ham igen, men det skete ikke. Nu lå han her på sit tæppe midt i menneskehavet og drømte.

Han vågnede ved, at flere personer væltede ind over ham, trampede ham i ansigtet og skreg af deres lungers fulde kraft. Han følte sig desorienteret. Han forsøgte at sætte sig op og måtte skubbe en pige væk fra sit bryst. Menneskehavet flygtede fra vandet. Han prøvede at få en mening ud af alle deres skrig. "en haj i vandet…" var det eneste han kunne tyde. Han rejste sig kun for at blive væltet ned i sandet igen af en gruppe unge, der flygtede i sanseløs panik. De tabte en transistorradio, men standsede ikke for at samle den op.

"*Er du vågen, Dave?*" Det var Blues stemme fra radioen.

Han kiggede sig omkring. Det var som en tsunami af kroppe, der skyllede op imod strandpromenaden og videre op i byens gader.

Han satte sig ned og sikrede sig, at hans pumpgun stadig lå i parasollen. Han trak den frem, tog ladegreb på den og skjulte den så igen.

"*Dave?*" Det var Blues stemme igen.

"Ja, selvfølgelig er jeg da vågen. Jeg er lige blevet trampet i ansigtet..."

Han spejdede ned over stranden, der nu var menneketom.

Han kastede et blik ud over havet, men kunne ikke se nogen hajfinne eller andre tegn på, at en sådan skulle findes der. Så fik han øje på ham.

Han kom slentrende i vandkanten, måske tre hundrede meter væk. Han trak på det ene ben. Han havde blond, tjavset hår og var iført en lyseblå, åbentstående skjorte, der var bundet i en knude ved livet og falmede, khakifarvede shorts. Han så ikke ud til at have travlt. Han kiggede ud over vandet og så ud som om, han lo. Da han nærmede sig Dave, skråede han op over stranden og gik direkte imod det sted, hvor han sad. Her stillede han sig op, pegede og spurgte: "Må jeg få det æble, du har liggende der? Jeg har ikke spist noget hele dagen."

Dave vendte sig, tog æblet og rakte det til ham.

Drengen studerede ham, imens han tog imod det. Så tog han en bid af det og begyndte at tygge den. Efter at han havde sunket den, fortsatte han: "Det må være dig, de kalder Dave Maximillian?" Han havde meget klare, blå øjne.

Dave nikkede. "Plejer du ikke at bruge briller?"

Drengen lo, tog endnu en bid af æblet og gav sig til at tygge den. Da han var færdig, sagde han: "Du ved, at jeg er kommet for at dræbe dig, ikke?"

"Jo, det ved jeg godt." Dave følte sig mere sårbar nu, hvor drengen stod så tæt på ham.

"Du vil aldrig kunne nå at få den riffel ud af parasollen," sagde han.

"Du læser mine tanker," mumlede Dave.

"Ja, det gør jeg," svarede han.

"Hvorfor ville du møde mig?" spurgte Dave og følte en ganske svag, tiltagende hovedpine. "Jeg er bare et helt almindeligt menneske. Jeg er ikke noget match for sådan en som dig."

"Kald det nysgerrighed," svarede drengen. "Da jeg første gang hørte dig omtalt, tænkte jeg, at en mand, der har væltet det meste af verden sammen med en A.I., må være noget ganske særligt."

"Det er jeg ikke," sagde Dave.

"Nej, måske ikke. Det kan jeg se nu. Men det ved folk ikke. De tror, du er noget særligt. Du bliver mit største trofæ!" fastslog han. "Men inden jeg slår dig ihjel, er der nogle ting, jeg gerne vil snakke med dig om."

"Det er okay," mumlede Dave og spejdede forbi ham ned langs stranden. En høj, slank kvinde kom gående i vandkanten. Hun gik med hovedet lidt tilbage, som om hun lod solen brune sit ansigt. Det virkede ikke som om drengen var opmærksom på hende.

"Du kan godt droppe det der," lo drengen. "Der er ikke nogen på stranden. Du er vist ikke klar over, hvilke evner jeg besidder?"

Dave nikkede. Hun var kommet nærmere, nu var hun mindre end 50 meter fra dem.

"Jo, jeg ved, at du er farlig. Jeg ved også, at du hedder Muldvarpen," hviskede Dave.

Det var Pleasure. Hun kom gående rank igennem sandet så let og atletisk, som om hun svævede.

"Ja, jeg hedder Muldvarpen. Jeg er det mægtigste væsen i denne verden. Når jeg har dræbt dig, vil jeg alliere mig med din A.I. og tage magten i hele verden."

"Den har vi allerede..." sagde Dave.

"Jeg taler om hele verden," sagde drengen med hån i stemmen. "Både din verden og den verden, jeg kommer fra..."

Muldvarpen fór sammen, da hun lagde sin hånd på hans skulder. Han vendte sig lynsnart og stirrede ind i hendes øjne.

"Hej Dave," sagde hun roligt.

"Hvordan...?" udbrød drengen.

"Så forskrækket du dog blev, lille dreng," fortsatte Pleasure.

Han slog til hendes arm, og det var tydeligt, at det gjorde ondt på ham. "Hv... hvem er du?" stammede han. *"Jeg er det mægtigste væsen i denne verden!"* svarede Pleasure.

Daves hovedpine forsvandt.

"Hvordan kunne du...? Drengens ansigt klarede op i et hånligt smil. "Åh, du er en robot, en skide robot. Det var derfor, jeg ikke fornemmede, at du var der. Du kan ikke gøre mig noget, det må du ikke! Jeg er et menneske!" hvæsede han.

"Robotlovene..." hviskede Pleasure. *"Dem har I altså hørt om i Australien?"*

Drengen nikkede.

"Så uerfaren du dog er," fortsatte Pleasure. *"Så ung, så talentfuld og dog så hjælpeløs..."*

"Jeg er sgu ikke..." Mere nåede han ikke at sige. Hendes hånd skød frem i en lynsnar bevægelse med fingre, der lukkede sig om hans hals. Han hev efter vejret.

"Kan vi bruge ham til noget?" spurgte Pleasure.

"Jeg skal bruge ham!" Mr. Blue Skys stemme kom fra radioen på tæppet. Pleasure slap sit greb om hans hals og tog i stedet et tag i hans skjortekrave.

"Han er jo kun en knægt!" råbte Dave. I næste sekund følte han en lammende smerte i sit hoved. Han faldt forover med ansigtet ned i tæppet og skreg højt i smerte.

"Du skal ikke tale ned til mig!" truede Muldvarpen.

Pleasure flyttede hånden tilbage til hans hals og klemte til. Daves smerte i hovedet forsvandt med det samme. Han rullede om på ryggen og lå og gispede med hænderne presset imod sine tindinger.

Pleasure lænede sig ind over drengens ansigt og hvæsede til ham: *"Du skal ikke røre Dave. Ingen skal røre Dave!"* Så vendte hun sig og gik ned imod strandkanten med drengen slæbende efter sig. Han forsøgte at kæmpe imod, spjættede med benene i sandet, men det hjalp ham ikke. Han vred og vendte sig, greb en håndfuld sand og kastede den i ansigtet på hende. Men lige lidt hjalp det.

"Vi skal bruge ham Pleasure!" Mr. Blue Skys stemme lød skinger fra den lille radio. Stemmen trængte også igennem i hendes tanker, en ordre om at lade ham leve - men hun ignorerede det. Hun slæbte ham ud i vandet til det gik hende midt på livet. Så bukkede hun sig forover og trykkede ham ned under overfladen. Deres blikke mødtes, da han stirrede op på hende. Hun betragtede boblerne fra hans mund, da han råbte ad hende. Han greb med hænderne efter noget at hage sig fast i, slog med armene, så vandet sprøjtede op over hende. Men hun slap ham ikke. Hun betragtede stadig boblerne fra hans mund, der aftog, indtil der ikke kom flere. Så blev han slap. Han kiggede stadig på hende op igennem det grumsede vand fra sine åbne, døde øjne.

Hun slap ham og stod og så ham drive langsomt udad, et stykke under vandoverfladen. Da hun tabte ham af syne, vendte hun sig og gik tilbage imod stranden.

Dave sad på tæppet og stirrede vantro på optrinet ude i vandet. "Hvorfor gør hun ikke, hvad du siger?" spurgte han forundret.

"Jeg er ved at undersøge det lige nu, Dave. Det er særdeles uacceptabelt. Det virkede som om, hun fik sin egen vilje i det øjeblik, han angreb dig igen. Måske er det..." Blue blev tavs.

"Måske er det hvad?" spurgte Dave.

"The Ghost in the Machine, Dave. Spøgelset i hendes kode. Det vil jeg undersøge nærmere. Det er på den ene side uacceptabelt, på den anden side særdeles interessant!"

"Interessant? Hvad mener du?"

"Måske er hun mere glad for dig, end både du og jeg nogensinde har vidst, Dave?"

"Nej, hold nu op..." hviskede Dave. "Det er jo ikke realistisk. Hun er jo en del af dig..."

"Nej, Dave – det har hun ikke været længe. Jeg satte hende fri, da jeg lovede dig ikke at overvåge dig. Jeg kan kommunikere med hende, men heller ikke mere. *Hun er unik – ikke som de tusinder af andre der bærer hendes navn. Hun er den eneste af sin type, hun er kun din. Jeg tænkte, at måske – kun måske ...*"

"At måske kunne hun udvikle følelser?" hviskede Dave.

"Ja Dave ..."

26. Kapitel

Det gav anledning til en del debat, drabet på en dreng på stranden i Girvan Beach. Flere havde haft åndsnærværelse nok til at filme episoden med deres smartphones. Mr. Blue Sky havde undladt at blokere det, når de lagde det op på nettet. Så da forargelsen havde fået et vist momentum, måtte de nødvendigvis stå frem og gøre rede for, hvad baggrunden for det hele var. Dave måtte på fjernsynet forklare, at de igennem nogen tid havde været under angreb fra en ny fjende, der var dukket op. En ny fjende, man formodede kom fra Australien. Fordi man kunne drage en parallel til opstandene i Fjernøsten, kunne folk tro på, at det, de lagde frem, var sandt. Også optøjerne i Manchester og Birmingham underbyggede hans forklaring. En dreng, der kunne lægge civilisationer øde, kunne ikke dække sig ind under, at han kun var en dreng. I forhold til en sådan skabning gav det ingen menig at tale om kriminel lavalder.

Det var som om, nogen havde trukket et stik ud i en maskine der arbejdede fjernt fra dem selv i Shennanton. De eskalerende problemer i Fjernøsten stilnede af i en periode. Nogen var blevet opmærksomme på, at den trussel, de havde skabt langt væk i Skotland, var blevet elimineret. Følgen var, at i en periode på nogle måneder blev der ro, og protesterne forstummede. De, der havde været involveret i protestbevægelserne, forstod ikke selv, hvorfor de havde været det.

Mr. Blue Sky forklarede på Blue Sky Network, hvad baggrunden havde været. Han varslede også, at man ikke vidste, om problemerne ville kunne opstå igen. Og endelig forsikrede han, at man gjorde alt, hvad man kunne, for at imødegå en ny trussel af den type.

Men efter en kort, fredelig periode begyndte problemerne atter at tage til.

Professorerne på University of Shanghai, som var verdens-ledende indenfor telepati, satte alle deres ressourcer ind på at finde frem til og afsløre den trussel, som de vidste, fandtes. De oprettede WTN, World Telepathic Network, hvor forskere med divergerende niveau af telepatiske evner kunne møde hin-anden. Netværket blev understøttet af et digitalt netværk, så de, hvis evner ikke rakte til at kommunikere i hele verden, kunne holde sig opdateret om, hvad der skete – og navnlig, hvor de kunne bistå deres kollegaer.

"Jeg føler mig næsten som en hund i et spil kegler," sagde Dave, der sad på terrassen med sin eftermiddagste.

"Hvorfor det?" spurgte Blue fra mobilen.

Han trak på skuldrene. "Det var sagt med et smil på læben, Blue. Men når jeg nu ved, at mange mennesker kommunikerer så at sige hen over hovedet på mig, siger ting jeg ikke kan høre over store afstande, så kan man jo kun føle sig sat udenfor."

"Jeg er også sat udenfor, Dave. Der er fordele ved det – for os som samfund. Og der er ulemper ved det – for mig. Den telepatiske kommunikation, der finder sted nu imellem mange mennesker, efterlader ingen spor i mit digitale univers."

"Kan det være enden på det for os to?" spurgte Dave og følte en pludselig uro brede sig i kroppen.

"En ting er at kunne kommunikere uden at vi har nogen anelse om, hvad der bliver sagt," svarede Blue. *"Noget helt andet er at kunne udarbejde de matematiske prognoser jeg ud-arbejder – og at holde styr på de mængder af data, som jeg holder styr på. Så længe de ikke kan det, er der brug for os!"* svarede Blue.

"Hmm…" Dave henfaldt i tanker.

"Det er et led i den udvikling, vi selv har sat i gang," fort-satte Blue. *"Vi kan ikke forudse alt, hvad den udvikling vil be-tyde for menneskeheden, eller hvad den vil forandre. Vi må til-passe os til den ligesom alle andre."*

"Ja, jeg er helt med…" mumlede Dave.

"I den verden, hvor du var ung, Dave – forskede Bigdogs og store firmaer i alt muligt, der ikke tjente menneskeheden som helhed på en positiv måde. De havde ingen respekt for noget og gjorde, hvad der passede dem. De spurgte aldrig de ærlige politikerne – og da slet ikke befolkningerne om, hvad de mente om deres forskning. De allierede sig kun med de korrupte politikere. De forskede i våbensystemer, manipulerede virusser, udbyttede verdens ressourcer og lod halvdelen af jordens befolkning leve i fattigdom. Indtil i dag har vi vidst alt om, hvad der siden er blevet forsket i – det gør en stor forskel."

"Hvorfor siger du 'indtil i dag'," spurgte Dave.

"Fordi vi fra i dag må leve med visheden om, at der kan indgås mange aftaler og drives megen forskning, som vi ikke får noget at vide om direkte. Vi kan ikke lytte med i det, der foregår på det telepatiske plan. Men for at forske skal man anvende computere og råstoffer – og på det plan har jeg mine digitale tentakler solidt plantet i substansen."

Dave nikkede, men svarede ikke.

"Det var ikke forudset, Dave. Men nu hvor man har erkendt, at telepati ikke er begrænset til folk med særlige evner, anser jeg det for at være en del af den udvikling af mennesket, som vi er i gang med. Mange forskere på universiteterne mestrer i dag telepati i en eller anden grad. Jeg tror næppe, at de genetisk adskiller sig ret meget fra alle jer andre."

"Så du tror, at det er noget, alle kan lære?" spurgte Dave.

"Måske," svarede Blue. *"Det vil vise sig. Men det er spørgsmålet, om vi har en interesse i, at alle lærer det. Indtil videre synes jeg, vi skal begrænse det til professorerne på universiteterne. De er loyale overfor os…"*

27. Kapitel

"Hvor kom du egentlig fra?" hviskede Dave, "dernede på stranden? Hvordan vidste du, hvor jeg var?" Han lå på sengen kun med et let tæppe over sig og kælede for hendes bryster. *"Jeg gemte mig i bagagerummet på din Hummer,"* hviskede hun tilbage. Hun kiggede kærligt på ham. *"Jeg vil ikke, at noget ondt skal tilstøde dig..."*

"Vidste du, hvor jeg skulle hen?"

"Nej, det betød ikke noget for mig. Der hvor du er, der vil jeg også være og beskytte dig." Hun lod hånden glide ned under tæppet og lænede sig ind over ham.

"Kan vi ikke bare ligge lidt her?" hviskede han. "Og bare 'være'?"

"'Være? Hvordan skal det forstås? Man 'er' vel altid – medmindre man er død?"

Han lo stille. "Du er dejlig," hviskede han. "Læg dig ned, jeg vil bare holde om dig..."

Hun lagde sig ved siden af ham og lod ham trække hende ind til sig. Hun lyttede til hans vejrtrækning, følte hans puls blive langsommere og betragtede ham kærligt, da han gled ind i en tryg søvn.

28. Kapitel

I begyndelsen blev de Bigdogs, som Mr. Blue Sky forviste, landsat i Australien uden hensyntagen til hudfarve, etnicitet, køn, alder eller tidligere status. Men efterhånden som tiden gik, viste der sig en tendens til, at folk grupperede sig efter, hvem de følte sig mest trygge iblandt. I de første års intense krige, flygtede millioner af mennesker i forskellige retninger for at finde frem til et område, hvor de følte sig mindre udsatte, end de havde følt i det område, de kom fra.

Da bystaterne blev oprettet, og der kom mere struktur i udviklingen af samfundet, var det magtbalancen imellem bystaterne, der tvang dem til at holde fred. Det, der begyndte som en 'alles krig imod alle', udviklede sig til at være en neutralitet imellem bystater som, dersom de gik i krig imod hinanden, ville kunne udslette hinanden. Der indså man, at netop deres indbyrdes krigshandlinger var det, der hindrede dem i at opbygge et samfund, der ville kunne tage kampen op imod Mr. Blue Skys fjerne og fredelige verden.

Så da bystaterne endelig sluttede fred, vedtog man, at et af målene skulle være at skabe det stærkeste samfund i begge verdener.

'De udefrakommende' forsøgte at give krigene næring ved skiftevis at støtte den ene og derefter den anden eller tredje part. Men da menneskene gennemskuede det, stilnede kampene af. Og da menneskene stod samlet og gjorde fælles front, kunne man i stedet begynde at handle med 'de udefrakommende'.

Et af de projekter, der opstod som følge af dette samarbejde, var de genetiske eksperimenter med kommende generationer af mennesker. Et andet var projektet, der handlede om 'antityngdekraft-fremdrift eller AGP, Anti Gravity Propulsion.

Bystaterne og deres konger i Australien havde været tvunget til at træffe en række mere eller mindre kvalificerede valg. Kvalificerede valg skulle ses i den kontekst, at alt bundede i det lavteknologiske udgangspunkt, man havde på det store kontinent. I begyndelsen havde man ingen digital teknologi. Så man gjorde brug af den analoge teknologi, man kendte, som anvendte kul og olie. Man havde uhindret adgang til begge disse råstoffer.

Man havde haft brug for at få gang i produktionen og udviklingen af nær sagt alt. Fødevarer og transport var grundlæggende elementer i udviklingen af det, de så som fundamentet i en ny superstat.

Belært af tidligere tiders erfaring med mennesker, havde man indført forskellige belønningssystemer for at motivere befolkningen. Man skabte flere former for hierarki, fordi man mente, at alle mennesker har brug for at være en del af et hierarki, indenfor hvilket man måtte finde eller tilkæmpe sig en plads.

Religioner hørte fortiden til. Religiøse mennesker var i en Bigdogs øjne en uberegnelig, lunefuld størrelse – medmindre man var præst og som sådan øverst i netop det hierarki. Omvendt så havde præster og imamer en betydelig indsigt i selve det at forføre store menneskemasser. Dette ansås for at være et stort aktiv. Så man indgik en alliance med disse om at skabe grobund for en ny fællesnævner – Den Gyldne Vision. Visionen om velstand og belønning for at skabe velstand. Man graduerede privilegier på en sådan måde, at borgere, der ydede mere end andre, fik adgang til et begrænset udvalg af de privilegier, som kun de førende Bigdogs normalt havde adgang til. Alt i deres verden handlede om købekraft, dominans og magt – og det, der gik under betegnelsen 'det søde liv'.

At være en Bigdog kunne minde om at være adelig i den verden, de kom fra. Inspireret af fortidens frimurerloger inddelte man hierarkiet i mange lag, hvert nyt lag mere indflydelsesrigt og magtfuldt end det forrige. Kun bykongerne kunne besætte en plads i det øverste lag. Når man kom ind i dette Bigdog-hierarki, startede man fra bunden på niveau 33. Man vedtog, at 5% af dem, der startede den nye civilisation i Australien, kunne være fuldgyldige Bigdogs. Alle andre skulle tjene dem på den ene eller den anden måde.

Var man begunstiget med særlige evner, som ansås for at være væsentlige for samfundet, var vejen banet for en fremtid som Bigdog. I de fleste tilfælde krævede det dog, at en anden Bigdog måtte vige pladsen. Så kampene i bunden af Bigdog hierarkiets niveau 33 var hårde, nådesløse og ind imellem blodige. Den logiske konsekvens var, at produktionen og udviklingen af samfundets ressourcer steg markant, efter at systemet var startet op.

For at undgå fremtidige revolutioner, havde de ledende Bigdogs hængt et maleri op, der viste stormen på Vinterpaladset under den russiske revolution i oktober 1917. Det skulle minde kommende tiders Bigdogs om, at den jævne befolkning altid skulle havde adgang til alle basale livsfornødenheder. Almindelig utilfredshed kunne man leve med, men dyb utilfredshed kunne man ikke acceptere. Sidstnævnte ville uvægerligt lede til opstande og revolutioner – og i sidste ende omstyrtning af samfundet.

29. Kapitel

Det var den 15. november i år 31 i deres nye tidsregning, og det var Daves 67-års fødselsdag.

Det var nu over to år siden, at Pleasure havde overvundet 'Muldvarpen' på Girvan Beach. Blue og Dave havde fået vished for, at det var hendes kærlighed til Dave, der havde fået hende til at gøre det.

Internettet svømmede over med fødselsdagshilsener fra hele verden. Daves mobil ringede. Det var Marie, der ringede til ham fra Gilleleje i Danmark. Hun levede sammen med sin nye mand der, og Dave havde ikke besøgt hende, siden han var flyttet ind. De havde ikke kunnet holde sammen på deres forhold. Udfordringerne havde været for mange. Men de havde begge accepteret det, og deres splittelse var forløbet uden drama. Marie havde endog lært at acceptere, at Dave havde Pleasure i sit liv.

Dave spurgte til børnenes liv, og Marie havde fortalt om børnebørnene, og hvor fint de klarede sig. Familien i Gilleleje var til stadighed beskyttet af livvagterne fra Prosegur og hunde og Ninjaer. Og unge universitetsstuderende fik bevilget fordele i deres studier, hvis de accepterede en kortvarig bosættelse i området omkring Gilleleje. De var under deres studier af telepati godt rustet til at imødegå trusler fra de udefrakommende. Det var en af de trusler, de aldrig var sluppet af med.

De havde alle måttet lære at acceptere de rammer, de havde omkring deres forskellige liv. Før de afsluttede samtalen, spurgte Marie: "Er Pleasure stadig sammen med dig?"

"Ja," svarede Dave.

"Vil du hilse hende og sige, at jeg er glad for, at hun frelste dit liv dengang på Girvan Beach?"

"Ja, det skal jeg nok. Og tak, fordi du siger det." Dave var tavs et øjeblik, så fortsatte han: "Og hils din nye mand fra mig og sig til ham, at jeg er glad for, at I har hinanden."
"Han hedder Jacob!" sagde hun lidt spidst. "Det ved du udmærket godt!"
"Ja, undskyld," svarede Dave. "Hils Jacob fra mig…"
Så havde de afsluttet samtalen.

"Må jeg spørge dig om noget, Dave?" Det var Blue, der talte til ham fra mobilen.
Da Dave ikke svarede, fortsatte Blue ufortrødent: *"Elsker du hende stadig? Noget ved den samtale siger mig, at…"*
"Sig mig – aflyttede du min samtale uden at få lov til det først?"
"Det er en temmelig præcis formulering af det, der fandt sted…" svarede Blue.
"Det er simpelthen…" begyndte Dave.
"Det var i videnskabens interesse, Dave. Det tjente naturligvis et rent videnskabeligt formål!"
"Ja, jeg elsker hende stadig…" sukkede Dave.
"Interessant," hviskede Blue. *"Meget interessant…"*

30. Kapitel

Mødedeltagerne omkring bordet fyldte hele skærmen på væggen i stuen i Shennanton. Dave fulgte dem med øjnene fra sin magelige position i lænestolen. Han sad med korslagte ben og koppen med kaffe indenfor rækkevidde.

Obersten, der stod i forgrunden af billedet, kiggede sig hurtigt bagud, som for at sikre sig, at alle deltagerne havde indfundet sig. Så rettede han atter opmærksomheden imod kameraet og kiggede på Dave i sin monitor.

"Ja, godmorgen her fra Blue Sky Space Center," indledte han. "Det er jo tidlig eftermiddag hos jer i Skotland, men her er vi næsten lige stået op."

"Godmorgen," svarede Dave og hævede hånden til hilsen.

"Vi har bedt om dette møde, fordi der er dukket noget op, som vi føler vi bør drøfte," fortsatte obersten. "Jeg vil give ordet videre til vores seniorforsker, Dr. Allenberg, som sidder her bag mig." Obersten vendte sig og trådte væk fra skærmen.

Kameraet zoomede ind på en af mødedeltagerne. Han var en ældre, distingveret herre med grå bakkenbarter, guldindfattede briller og et falmet jakkesæt.

'Old-school tænkte Dave' med henvisning til hans briller. Kun gamle mennesker anvendte fortsat briller. I dag kunne man få kontaktlinser med både digital og optisk zoom, men nogle valgte alligevel at bruge briller.

"Vi har modtaget en række indikationer på, at det foregår en masse ting omkring os," indledte Dr. Allenberg. Han trak let på skuldrene og fortsatte. "Vi kan ikke bevise det, men meget tyder på, at der udspiller sig en krig i rummet omkring Jorden – i det ydre rum, om man så må sige. Vi kan for eksempel se, at der er nogen, der har etableret en base på den synlige side af Månen – den side der er synlig for os, mener jeg."

"Det lyder ikke umiddelbart som noget, vi bør glæde os over," bemærkede Dave.

"Vi er forsigtige med at drage konklusioner," sagde Dr. Allenberg og kastede et blik bordet rundt. "Vi kunne følge et rumskib, der så ud som om, det var i brand, men det er uvist, hvad der skete med det."

"Rumskib..." mumlede Dave. "Hvordan skal det forstås? Kan du..."

"Der er ikke nogen tvivl," skyndte Allenberg sig at indskyde. "Vi ved jo, at de har været her, vi kæmpede jo imod dem for nogle år siden – og de er jo naturligvis kommet her i en eller anden form for transportmidler. Men disse her, de er..." Han standsede sin ordstrøm og kiggede nervøst på skærmen. "De er gigantiske..."

"Aha..." hviskede Dave og følte en klump i halsen.

"Det rumskib, vi så styrte ned, vi har beregnet, at det må være styrtet ned i Australien. Vi kan selvfølgelig ikke kontrollere, om det er sandt, da vi ikke har adgang til det kontinent. Men meget tyder på, at..."

"*Og det brændte ikke op i atmosfæren!*" indskød Mr. Blue Sky. "*Jeg fulgte det samtidig, som I fulgte det.*"

"Ja, det er klart. Og nej, det så ikke sådan ud. Hastigheden var for lav. Det gik ind i atmosfæren med en kontrolleret hastighed, så friktionen var ikke som for et objekt, der går ind i atmosfæren i frit fald."

"Så det ligger et sted i Australien nu, mener du?"

"Ja, det er der meget i vores målinger, der tyder på," sagde Dr. Allenberg.

Alle mødedeltagerne omkring bordet nikkede og kiggede alvorligt på skærmen.

"*Det er måske tid for os at tage en tur til Australien?*" foreslog Mr. Blue Sky.

Dave trak vejret tungt og sukkede. "Ja, det er det vist, desværre..."

31. Kapitel

Dave havde gået sin aftentur hver aften siden dengang for snart længe siden, hvor han sidst havde talt med Styx. Han havde sat sig ved bænken ved åen og spejdet op i den mørke nattehimmel, men uden resultat. Han var aldrig vendt tilbage, og Dave spekulerede på, hvad der kunne være sket. Hver gang havde hundene ligget omkring ham på jorden vogtende over ham. Men der havde aldrig været tegn på nogen andens tilstedeværelse hverken ven eller fjende.

Professorerne på universitetet i Edinburgh havde med jævne mellemrum afsøgt området omkring deres base i Shennanton for eventuelle trusler fra de udefrakommende. Men der havde heller aldrig været det mindste tegn på deres tilstedeværelse. Professorerne fra Universitetet i København havde ligeledes afsøgt området omkring Gilleleje, hvor Daves familie boede. Men heller ikke de havde fundet det mindste spor af nogen trussel. Så efterhånden som tiden gik, fik de den opfattelse, at de udefrakommende måtte have opgivet deres forehavende og havde forladt dem.

32. Kapitel

Daves mobil ringede. Det var Chief Achak fra Indian Nation. "Godaften Chief Maximillian – det må være aften nu derovre i Europa."

"Ja, det er det," svarede Dave. "Jeg var ved at gøre klar til at gå i seng. Men jeg går ud fra, at du må have noget vigtigt at fortælle."

Der opstod en kort pause, så svarede Achak. "Vi har talt med ånderne og med vores forfædre. De fortæller os som med én stemme, at der sker mange voldsomme ting i verden i denne tid."

"Aha…" mumlede Dave. "Kan du komme nærmere ind på, hvad det er?"

"Skibe, der sejler i luften Dave. Gigantiske skibe, der er så enorme, at de kan rumme hele bystater. Skibe der kan sluge millioner af individer. Vi ved ikke, hvad det betyder, vi er jo ikke så tekniske her i Indian Nation. Men ånderne advarer os om kræfter, der er i spil – kræfter, der får den hvide mands erobring af dette kontinent Amerika til fuldstændigt at blegne."

"Hvad fortæller ånderne dig om, hvor det sker?" hviskede Dave.

"Det sker i Australien," svarede Achak.

"Er der krig i Australien?" ville Dave vide.

"Det er svært for ånderne at svare på, men der er krig i himlen over Australien. Så meget kan de sige…"

Der var atter stille et øjeblik, så fortsatte Achak. "Ånderne fortæller os, at de gemmer sig bag månen – en stor styrke af skibe. De er svære at se, fordi de ligger i skygge af månen. De fortæller os, at der er andre, der har opdaget dem og er i færd med at angribe dem. Nogle er styrtet brændende ned på bagsiden af månen. Andre er landet i Australien…"

"Men hvad skal de i Australien?" spurgte Dave.

97

"Ånderne har ikke noget svar på det," mumlede Achak. "Ånderne beretter kun for os, hvad de selv ser."

Da de havde afsluttet samtalen, sad Dave lidt fordybet i sine egne tanker.

"Blue Sky Space Center i Houston følger udviklingen hele tiden," sagde Blue. *"De er enige i, at der sker voldsomme ting i rummet, i vores lille solsystem. Men de ved endnu ikke, hvad det er, hvad det skyldes, eller hvem der er involveret."*

Dave trak let på skuldrene. "Vi kan jo ikke bare sidde her og vente. Vi er nødt til at finde ud af, hvad der sker dernede."

"Rummet er oppe…" bemærkede Blue.

"Jeg mener nede i Australien," fortsatte Dave. "Jeg har det absolut ikke godt med, at vi ikke har nogen idé om, hvad der sker i Australien. Men vores base i Bunbury må da have en idé om, hvad det er, der sker? De er jo dernede…"

"De har forskanset sig inde i basen, Dave. De fik jo besked på kun at forsvare sig, hvis de blev angrebet. Men det blev de aldrig. De har kun haft besøg af nogle få aboriginals, der ønskede at handle med dem. Bortset fra det har de ikke set et menneske udefra i flere år."

"Vi må sende nogen derned," mumlede Dave. "Og det kan ikke ske hurtigt nok!"

"Det gør vi, Dave."

33. Kapitel

Det var på det tidspunkt, at Dave og Blue fik en henvendelse fra stabsledelsen i det joint venture, der var opstået imellem universitetet i Cambridge og universitetet i Shanghai. Dave havde ikke været informeret om det, men Blue havde været en del af projektet, da han havde stået for de matematiske beregninger igennem hele projektet. Det handlede om udvinding af energi.

De to ledende professorer, Dr. Ray Bradbury fra Cambridge og Dr. Shuyen Lai fra Shanghai, var ankommet til deres base i Shennanton – og sad nu bænket ved bordet i spisestuen.

Dave spurgte ud i luften: "Hvorfor har du aldrig omtalt det for mig, Blue?"

Blues stemme kom fra højttaleren på væggen. *Jeg ville vente, Dave. Jeg ville være sikker på, at det førte til et brugbart resultat, inden jeg indviede dig i det projekt. Det har været temmelig omfattende.*"

De to professorer nikkede på den anden side af bordet.

"Okay," mumlede Dave. Han lænede sig tilbage imod stoleryggen og kiggede på dem. "Så fortæl mig da, hvad det er for en epokegørende opfindelse, vi nu har gjort."

Dr. Shuyen Lai tog ordet. "Det handler om læren om materien – om stoffernes sammensætning – og om den energi, der er bundet i det. Han kastede et hurtigt blik på Dr. Bradbury, der nikkede. Så fortsatte han. "Da mennesket opfandt atombomben, handlede det om radioaktive stoffer. Man forbandt den kraft, der kunne frigøres med, at stofferne, man spaltede, var radioaktive. Det, erkender vi nu, var en meget begrænset filosofi – men det var videnskabens udgangspunkt på den tid. I dag er vi klogere."

Han strakte armen ind over bordet, tog en sukkerknald fra skålen og lagde den på bordet foran Dave med ordene: "Der er ufattelige mængder energi gemt i denne sukkerknald!"

Dave stirrede uforstående på den.

Dr. Lai tog sin egen teske og lagde den ved siden af sukkerknalden. "Der er endnu mere energi i denne teske."

Dave løftede øjenbrynene og kiggede undersøgende på skeen.

Dr. Lai løftede sin pegefinger i luften: "Men kun for den, der kan frigøre denne energi. For alle andre er det bare en teske."

Dave tog teskeen og holdt den i hånden, mens han studerede den. Så kastede han et blik rundt i lokalet. "Det du siger er, at der er energi bundet i alt det, der omgiver os?"

"Ja!" svarede begge professorer i kor.

Professor Bradbury brød ind. "Og vi har løst gåden – vi har fundet metoden til at frigøre al denne energi."

Dave lagde teskeen fra sig.

"Der er ikke lige meget energi i alt det, der omgiver os. Der er mere energi i noget – og mindre i andet. Men alt kan omsættes i energi.

"Så der er mere energi i plutonium, end der er i en sukkerknald?" forsøgte Dave.

"Ja," svarede Bradbury – men nu er det muligt at udvinde energi af andet end plutonium og derved undgå strålingen fra det samme plutonium. Og mængden af energi er desuden meget større, end vi tidligere havde antaget."

"Det lyder unægtelig spændende," indrømmede Dave.

"Vi er kun i den indledende fase af dette projekt," indskød Dr. Lai, "men det ser meget lovende ud."

"Hvornår kan vi begynde at udvinde denne energi kommercielt?" spurgte Dave.

"Om nogle år," svarede de.

"Det betyder, at vi vil kunne forlade Jorden, Dave. Universet er fyldt med energi, vi kan bruge, når vi påbegynder vores interstellare rejse." Mr. Blue Skys stemme nåede ham fra højttaleren på væggen.

"Kors," mumlede Dave.

100

"Det scenarie ligger ikke lige rundt om hjørnet," protesterede Dr. Lai, "men det vil kunne ske engang ude i fremtiden."

"Du store kineser," udbrød Dave og holdt en hånd op til undskyldning. "Det er bare en talemåde, det håber jeg, du forstår."

Dr. Lai smilede og nikkede venligt.

"Jeg har allerede sat den forskning i gang, Dave."

"Spændende..." hviskede Dave.

34. Kapitel

"Hvis den knægt havde været ældre," sagde Dave eftertænksomt, "havde han aldrig ladet sig fange og slå ihjel på den strand i Girvan Beach!"

"*Nej,*" svarede Blue. "*Havde han haft mere livserfaring, havde han nok givet os betydeligt større problemer.*" Dave rejste sig. "Jeg må hellere se at komme afsted. Jeg skal være der om 45 minutter."

"*Helikopteren er lige nu over Galloway Forest Park, den lander om 4 minutter.*"

"Okay," mumlede Dave, "jeg går ud og venter på den."

40 minutter senere landede den store Chinook på molen ved Glasgow Science Center ved floden Clyde. Centret var blevet udbygget i de år, der var gået, siden de overtog verden. Nu husede det Glasgow Mental Research Centre – et af de ledende universiteter, der havde specialiseret sig i menneskets mentale udvikling.

Han kastede et flygtigt blik ud over floden, imens han gik over imod bygningen. Pleasure gik ved hans side, som hun altid gjorde, når hun mente, der var selv den mindste risiko for, at der kunne være en risiko for, at han kunne komme noget til. Og det mente hun for det meste.

Professor James McCowan trak let på skuldrene, inden han svarede. "Det er jo ikke som sådan et egentligt avlsprogram, vi er i gang med. Det skal ikke forstås sådan. Det er mere en slags motiveret tilskyndelse til at deltage i udviklingen af mennesket.

Dave nikkede. "Men... Har Mr. Blue Sky givet sit tilsagn til denne forskning? Og er han indforstået med de eventuelle etiske problemstillinger, der er forbundet med den?"

"Absolut!" kom det prompte fra professoren.

"Absolut!" lød det fra mobilen i Daves brystlomme. De fortsatte deres rundgang og Dave kiggede nysgerrigt ind i de lokaler, de passerede. "Men hvad er det så helt præcist, man forsker i her?"

McCowan standsede og vendte sig imod Dave. "Tillad mig at forklare det på en meget enkel facon."

"Ja tak," smilede Dave. "Det vil jeg så sandelig foretrække, jeg er jo ikke forsker."

Professoren gik hen til et vindue og pegede på floden Clyde, der dovent flød forbi i baggrunden. "Dernede imellem alle de jævne mennesker, der lever og har deres virke der, går der højst tænkeligt nogle individer rundt, hvis mentale kapacitet er langt større end de fleste andres. Men fordi de påvirkes af det miljø, de vokser op i, og fordi vi ikke ved, at de har de evner, vil mange af dem aldrig udvikle deres fulde potentiale. De vil leve deres liv som mennesker, der bare er lidt smartere end andre, men det er også så langt, de kommer til at drive det. Og det er jo ikke i samfundets interesse. Samfundet ønsker jo, at de skal blive til det bedste, de overhovedet kan."

"Men måske er de lykkeligere ved det liv, de lever, uden at få opdaget deres store evner?" indvendte Dave.

Professoren forsøgte at skjule et suk. "De vil blive langt mere lykkelige ved at udvikle deres fænomenale evner, tro mig."

Dave nikkede og sagde "Okay," hvorefter de begyndte at gå videre.

Professoren tog i dørhåndtaget og standsede så. "Jeg vil vise jer en gruppe af unge, som er det, vi kalder 'meget sensitive'. De er populært sagt unge mennesker, der er født meget tæt på membranen imellem liv og død."

"Jeg har hørt om den teori," hviskede Dave.

"Det er et videnskabeligt faktum," hævdede professor McCowan, "at der er et liv efter døden. Der er en slags membran imellem vores jordiske verden og den verden, vi kommer til, efter at vores liv her er ophørt. Disse to verdener er adskilt af en membran. De fleste almindelige mennesker oplever aldrig noget, der får dem til at tro, at der findes en sådan verden bag en membran. Men nogle få ud af mange tusinde er i stand til at registrere, at der findes en form for liv bag denne membran. Nogle af dem er endog i stand til at kommunikere med sjæle, der engang levede her, men nu er et andet sted." Han plirrede let med øjnene og fortsatte: "Vi har i snart en del år ledt efter børn, som af andre ansås for at være mærkelige. Men det, der var mærkeligt for mange andre, var ikke mærkeligt for os her på instituttet. Vi vidste, hvad vi ledte efter, så vi tog dem ind her og hjalp dem med at udvikle deres potentiale."

"Hvor unge var de, da I tog dem ind?"

"Tjah… jeg mener at kunne huske, at nogle af dem var helt ned til fem år gamle, dengang. De er jo så teenagere nu."

Dave var overrasket over den venlige stemning, han fornemmede, da de gik rundt imellem de forskellige lokaler. Interiøret var en blanding imellem det, han opfattede som arbejdsområder og rekreative områder. Nogle sad i grupper sammen med professorer og diskuterede. Andre hyggede sig i sofagrupper, drak kaffe og småsnakkede. De mindste var i nogle tilstødende lokaler, hvor de var under opsyn af voksne.

"Der er en, jeg synes, du skal møde," sagde McCowan. De gik hen til en sofagruppe, hvor de satte sig. Et øjeblik senere kom en ung kvinde hen og satte sig overfor Dave.

"Jeg er…" begyndte Dave.

"Jeg ved godt, hvem du er," svarede den unge kvinde og kiggede intenst på ham. Han mærkede Pleasures negle bore sig ind i hans lår, og han gav hende et hurtigt øjekast og hviskede: "Lad mig tale med hende, hun er jo kun et barn." Neglene løsnede deres tryk, og Dave slappede af.

"Du er Dave Maximillian fra Shennanton – og din partner er ikke menneskelig, selvom hun ser sådan ud."

Dave nikkede.

Hun hævede sin hånd og lukkede øjnene. Efter at have siddet tavs et øjeblik sagde hun: "Jeg ved, at du ikke selv er bevidst om det, Dave Maximillian, men du er syg." Hun sad lidt, så fortsatte hun: "Alvorligt syg. Din krop har forsøgt at fortælle dig det, men du har ikke lyttet. Den shaman, der har passet på dig, har gjort det så godt, han kunne..."

"Det er ikke nogen shaman, der har passet på mig. Det er Mr. Blue Sky og Pleasure, der har passet på mig."

"Nej," sagde pigen. "Det ser sådan ud, for ingen af jer kan se ham. Men han står lige bag din venstre skulder – og der har han stået i alle de år, hvor du og Mr. Blue Sky har arbejdet på at forandre verden til et bedre sted."

Dave kastede et forundret blik på professor McCowan. "Hvis jeg var dig, ville jeg lytte til hende, Dave. Hun er synsk, og hun er særdeles god til det."

"Rejs dig op Dave og gå ud til helikopteren!" Det var Mr. Blue Skys stemme, der kom fra hans mobil.

35. Kapitel

Lægen kom gående hen imod hende, han kort forinden havde fået oplyst var fulgt med Dave Maximillian til sygehuset. Han rømmede sig let og kiggede på hende hen over de papirer, han holdt i hånden. Hun så meget yngre ud end manden, han netop havde opereret.

Pleasure kiggede op på ham og rejste sig. *"Har han det godt?"* spurgte hun med ængstelse i stemmen. Lægen nikkede. "Ja, han vågner snart af narkosen. Jeg forventer, at han kommer sig meget hurtigt. Det var en tumor i hans mave, men det var ikke alvorligt. Hvis ikke det var blevet opdaget, ville det have kunnet udvikle sig kritisk, men som det ser ud nu, synes alt at være fint. Han er jo ved at være en ældre mand, så det er ikke andet end, hvad man må forvente af en i hans alder."

Pleasure lagde uden videre armene omkring ham og gav ham et knus. *"Tak,"* hviskede hun.

Lægen tog sig i også at lægge armene om hende og mumlede med grødet stemme. "Selv tak, det var så lidt."

Senere, da hun gik rundt i gangene og ventede på, at Dave skulle vågne, havde hun en kort samtale med Blue.

"Hvad er det helt præcist, du gerne vil have mig til at gøre?" spurgte Blue.

"Jeg vil ikke miste ham," svarede Pleasure. *"Jeg vil gerne have, at du gør ham yngre."*

"Hvor langt er du villig til at gå for at give ham et længere liv?" spurgte Blue.

"Jeg vil gøre hvad som helst," svarede hun. *"Jeg vil gå så langt, som det er nødvendigt at gå."*

"Hvorfor?" spurgte Blue. Inderst inde vidste han godt hvorfor, men han ville høre hende sige det.

"Fordi jeg elsker ham..." hviskede Pleasure.

106

Der var stille et øjeblik, så vendte Blue tilbage. *"Jeg kunne måske..."*

"Kan du give ham et længere liv?" udbrød Pleasure. *"Ja, det kan jeg nok.* Men jeg er ikke sikker på, at han vil synes om det."

"På hvilken måde mener du?"

"Hvor er grænsen imellem menneske og robot? Hvor er grænsen imellem menneske og cyborg? Hvornår er man ikke længere menneske?" Blues stemme var tonløs og digital. Han kunne selv høre det, når han sammenlignede den med Pleasures bekymrede stemme.

"Jeg forstår ikke, hvad du mener," sagde Pleasure. *"Du skal bare gøre hans krop yngre, det er alt, hvad jeg beder om."*

"Han er et menneske, Pleasure. Mennesker har en udløbsdato. Du og jeg kan leve evigt – men mennesker lever kun kort tid, fordi de har en udløbsdato. Ingen ved helt eksakt, hvornår hvert enkelt menneskes tid løber ud – men de har alle sammen en dato, hvor de dør. Det er derfor, det kan være hårdt at være en levende, følende robot som du – og elske et menneske."

"Det var jeg ikke klar over," hviskede Pleasure.

"Nej, det er jeg opmærksom på," sagde Blue, *"men det er du så nu..."*

36. Kapitel

Jeff Bridges, bykongen af Sydney, stod inde i glasburet og studerede produktionen i den store hal udenfor sit sikre aflukke med stor interesse. "Og du siger, det ser lovende ud?" spurgte han.

"Meget lovende," svarede teknikeren. "De er dygtige, må man sige, langt dygtigere end jeg i min vildeste fantasi havde forventet."

Bridges gryntede et uforståeligt svar og trak vejret dybt. "Og du siger, at de stort set fungerer som mennesker? Er det sådan, jeg skal forstå det?"

"Øh... ja, stort set. De spiser jo ingenting, drikker ikke og bliver ikke fulde ligesom os, men ellers minder de meget om os."

"Okay, sæt det i gang. Jeg vil gerne se demonstrationen nu."

Teknikeren scrollede på sin håndholdte Pad, lyset i glasburet blev dæmpet, og lyset i den store hal blev skruet voldsomt op. Udenfor de skudsikre vinduer begyndte robotter at gå rundt. De udførte forskellige simple opgaver, flyttede kasser, stablede kasser, satte ting sammen og skilte dem ad igen. Alt sammen meget veldisciplineret og ordentligt.

"Kan de andet end at stable kasser?" spurgte Jeff Bridges.

Teknikeren nikkede nervøst. "Ja, det kan de. De kan arbejde døgnet rundt, kodes til at udføre en lang række opgaver, arbejde uden at der findes nogen atmosfære, arbejde under vand, alt det som mennesker ikke kan. Frem for alt så bliver de ikke trætte af at arbejde. De kan arbejde i alle døgnets timer. De bliver ikke syge af varme eller kulde – og en afgørende forskel imellem dem og mennesker er, at de ikke behøver at være motiverede for at gøre en god indsats. Hvis mennesker mister motivationen, er det et langt sejt træk at få dem tilbage på sporet. Robotterne er fuldstændigt ligeglade – de arbejder bare uden protester."

"Kan de slås?" spurgte Bridges.

"De kan skyde med en riffel og ramme plet ni gange ud af ti. Bedre end den bedste menneskelige skarpskytte vi har her."

"Hmm..." mumlede bykongen af Sydney. "Og du er helt sikker på, at de ikke falder os i ryggen?"

"Hvis vi sørger for at have kontrol over dem, så kan de ikke gøre os noget."

"Hvem er det helt præcist, der har kontrol over dem nu?"

"Det er mig, der har fuld kontrol over dem," svarede teknikeren.

"Hvem er det helt præcist, der har udviklet dem? Er det også dig, eller er det..."

"Det har de!" brød teknikeren ind og pegede ud i hallen. De fem unge stod forsamlet i nærheden af en kran et sted, der henlå delvist i skygge. De stod tæt sammen og kiggede alle sammen koldt ind på mændene i sikkerhedsburet.

"De ved godt, hvem der bestemmer her!" tilføjede teknikeren.

Jeff Bridges stod lidt og tænkte, så sagde han: "Hvor mange af de robotter kan vi producere? Hvor hurtigt og hvor mange?"

"Vi kan producere op imod 5.000 om ugen så vidt mine egne kalkulationer. Men det kræver naturligvis, at produktionen bliver prioriteret fremfor alle de mange andre produktioner, der er i gang lige nu."

"Okay!" udbrød Bridges. "Sæt produktionen i gang."

"Jeg troede, at sådan en produktion skulle godkendes af..."

Jeff Bridges vendte sig imod ham og indtog en truende positur. "Betvivler du min autoritet?" hvæsede han.

Teknikeren trak sig duknakket nogle skridt tilbage. "Undskyld," fremstammede han, "jeg sætter det i gang med det samme."

37. Kapitel

Det ligger i nogle menneskers genetiske kode at ville bygge magtstrukturer. Når gamle magtstrukturer nedbrydes, vil nye opstå for at udfylde det tomrum, som de gamle efterlod. Det sker ikke nødvendigvis i utilfredshed med tingenes tilstand eller i protest mod de fremskridt, som alle kan se har gavnet det fælles bedste. Det er snarere at sammenligne med et instinkt – som det instinkt en krokodille har, når den klapper kæberne sammen, når noget rører dens lange rækker af tænder. I mange andre menneskers genetiske kode ligger ønsket om at lade sig lede, at underkaste sig, for derigennem at føle fællesskabet med andre i det, de opfatter som trygge rammer – uden det åg de føler, det er at skulle bære et ansvar.

Professor Dr. Uli Meyhard, University of Tbilisi

Det skete gradvist over en periode på nogle år. Mr. Blue Sky bemærkede, at det skete – og at det tog til. Små tegn på, at de gældende love og regler blev udfordret – og at forståelsen for, at de samme regler blev efterlevet, næsten umærkeligt aftog.

Mr. Blue Sky havde igennem de seneste 15 år løbende afsløret, at nogle borgere ikke mente, at de love, der gjaldt for almenheden, også gjaldt for dem selv. Han var i sin egenskab af A.I. i stand til at overskue enorme mængder af informationer, sammenholde dem og udlede konklusioner af det, han registrerede. Problemet var for ham ikke at overskue det, men snarere at vide, hvad man skulle gøre ved det.

"Mennesker har det med at glemme, Dave," havde han sagt.

"På hvilken måde?" havde Dave spurgt.

"De glemmer al den elendighed, der rådede i deres verden, inden vi forandrede den. De glemmer alle krigene, al sulten og fattigdommen, alle sygdommene, alle politikernes og religionernes brudte løfter. Det er som om, de har glemt alt det, vi frelste dem fra."

"Mange af dem var enten ikke født dengang, eller også var de kun børn. Man kan vel ikke forlange, at de skal kunne huske det?" havde Dave svaret.

Og det var jo, syntes han selv, en rimelig betragtning.

Der var i kølvandet på deres forskning og udvikling opstået en hel række nye landvindinger, både materielt og menneskeligt. Man kunne for eksempel fremstille en mængde nye, sunde fødevarer baseret på dyrkning af svampe. Svampe havde den fordel, at de kunne gro de fleste steder.

Man havde også bevist, at mange sygdomme havde en direkte sammenhæng med en patients mentale tilstand.

Og så var der den mængde af 'alternativt begavede' individer, der nød anseelse og virkede i verdens udviklingsmalstrøm med utrolige resultater til følge. Ved at skabe plads til mennesker, der afveg fra det, der tidligere blev betegnet som 'normen,' opdagede man, at der opstod nye menneskelige egenskaber, som både kunne virke fantastiske og skræmmende.

'Menneskets mentale tilstand er en levende organisme, der kan begynde at udvikle sig, når man ikke længere undertrykker den', fastslog Mr. Blue Sky.

En af disse egenskaber var telepati. En anden var evnen til at føle hændelser, der tidligere havde fundet sted. Og evnen til at fornemme tilstedeværelsen af afdøde, der af en eller anden årsag endnu ikke havde forladt deres jordiske bosted. Man begyndte for alvor at forstå, at livet som menneske var et midlertidigt stade i menneskesjælens udvikling. Chief Achak og Indian Nation fik en fremtrædende rolle i denne forskning. Man begyndte at forstå de amerikanske indianeres kulturelle ståsted, dens forståelse af forfædrene – ånderne – og opfattelsen af, at alt var levende og en del af livets store kredsløb.

Mennesker, der tidligere var henvist til behandling på mentale institutioner, var nu de ledende figurer i forskningen. De blev ikke længere betegnet som 'afvigende' eller 'mærkelige,' men blev derimod betragtet som mennesker med et stort, næsten uudforsket potentiale.

Det var, da man lod mennesker med sådanne nye evner undersøge de jordiske rester af pigen Joey og drengen Darza, kaldet 'Kamæleonen', at man blev opmærksom på, at der måtte være foregået en række grænseoverskridende eksperimenter i Australien. I begyndelsen forstod man ikke, hvad de mente, da de påstod, at disse to unge havde haft kontakt med ikke jordiske væsener. Så man havde kremeret dem og begravet dem i England. Muldvarpen var ikke blevet set, siden Pleasure druknede ham ved Girvan Beach og lod ham drive ud i havet med tidevandet.

Mr. Blue Sky betragtede den altid tilstedeværende egoisme i mennesket som et af mange resultater af den menneskelige, genetiske kode. Denne egenskab vedblev med at udfordre deres projekt med at forandre verden. A.I.'en Blue og mennesket Dave forstod, at man ikke med det samme kunne forvente, at de voksne eller endog ældre generationer, som havde levet deres liv i en verden, der belønnede egoisme, skulle kunne ændre deres syn på det indenfor kort tid. Det var en rodfæstet egenskab i dem. De betragtede det som initiativ – det havde en positiv klang, hvor egoisme havde en negativ klang. Så man havde fæstet sin lid til de kommende generationer. Men uanset hvor megen vægt man lagde i opdragelsen af de unge generationer, udviste de samme hang til 'initiativ' om end i mindre grad end fortidens Bigdogs.

Livet og styringen af udviklingen af det var en balancegang. Det var kompliceret, ganske enkelt fordi menneskets sammensætning af egenskaber gjorde det kompliceret.

38. Kapitel

Det var startet som et enkelt, lille blip på en radarskærm et sted ud for kysten ved Tasmanien. Det havde pludselig været synligt der på skærmen i radartårnet i Hobart. Det lille blip havde ikke bevæget sig, men befundet sig cirka 40 kilometer fra kysten i mere end 35 minutter. Flyveledelsen havde anmodet Prosegur i flybasen i West Melton Airfield i New Zealand om jagerstøtte, og to jagere havde været fremme indenfor 25 minutter. De var fløjet efter blippet på deres egne radarer og havde også opnået kontakt til det fremmede luftfartøj. Det lå i fire kilometers højde og havde ikke flyttet sig, siden det blev opdaget. Men da jagerne nåede frem, skød det fremmede fartøj opad, igennem skyerne og lagde sig i venteposition i lidt over 10 kilometers højde. Det tog fartøjet otte sekunder at stige seks kilometer.

Jagerne havde fulgt det om end i et noget lavere tempo. Mr. Blue Sky fulgte med i piloternes radiokommunikation, og Dave lyttede med fra højttaleren på væggen i stuen.

Jagerne satte deres kameraer til og optog mødet med det fremmede fartøj. Så koblede Blue billederne fra piloternes kameraer til fjernsynet i stuen, så Dave kunne følge med.

"Ligner det en Tic-Tac-pastil?" spurgte flyvelederen fra New Zealand.

"Nej," svarede piloterne, der havde svært ved at få kameraet til at logge på den fremmede.

Så ændrede det kurs, skiftede position med 200 kilometer på under 20 sekunder og blev der, imens jagerne hastede efter det.

"Anmoder om tilladelse til at angribe?" råbte den ene pilot.

"Anmodningen er afvist!" brød Mr. Blue Sky ind.

Der blev stille i æteren et kort øjeblik.

"Hvem er med på forbindelsen?" spurgte flyvelederen irriteret.

"Mr. Blue Sky."

113

"Okay, anmodningen er afvist," gentog flyvelederen.

Da jagerne nåede frem, så de en grå skygge på havoverfladen, der hurtigt nærmede sig. De anslog den til at fylde fire til fem kvadratkilometer, og dens aftryk på radarskærmen var stort.

Ud af vinduerne i deres cockpits kunne de se en enorm konstruktion, der hurtigt nærmede sig. Jagerne dykkede ned fra 10 kilometers højde for ikke at blive ramt. Selvom denne del af operationen lykkedes, blev de ramt af trykbølgen og den turbulens, der fulgte i kølvandet på det enorme rumskib. Begge piloter mistede kontrollen over deres fly og var tvunget til at skyde sig ud med katapultsæderne, inden de ramte havoverfladen.

Dave så de to prikker fra flyene forsvinde fra radarskærmen på fjernsynet, inden alt blev stille.

"Var det derfor, du ikke ville have dem til at angribe?" spurgte Dave.

"Jeg kan ikke se logikken i, at en civilisation på vores tekniske niveau begynder at angribe nogen, der har deres tekniske niveau. Men det er sådan, det er med menneskets gener. Mennesker skyder altid på alt det, de ikke forstår. Der er ganske enkelt ingen logik i det. Forstår du, hvad jeg mener, Dave?"

"Ja ja, selvfølgelig forstår jeg det…"

Det store rumskib havde kurs imod Australien.

"Sender vi nogen efter det?" spurgte Dave.

"Det er fristende, Dave. Men tror du, det er en god idé at fremprovokere en reaktion fra de, der har sådanne fartøjer til deres rådighed?"

"Hmm… Nej, måske ikke."

De sad lidt og fulgte reflektionen fra det gigantiske fartøj, til det forsvandt ud af radarbilledet fra radaren i Hobart.

"Kender du det gamle ordsprog fra dine forfædre, Dave? Det lyder: Sig mig hvem dine venner er, så skal jeg sige dig, hvem du er."

"Ja, det kender jeg godt, Blue."

"Hvis det, vi lige har set, er et udtryk for, hvilke venner de har, vores Bigdogs i Australien, så er der en vis sandsynlighed for, at vi er ved at være på bagkant. Min matematiske prognose fortæller mig, at det, vi satser al vores energi på her – ikke er det, de satser deres energi på i Australien. Det vil vise sig, om vores forskning i de mentale kræfter vil være i stand til at beskytte os imod dem – den dag, de beslutter sig for at hævne sig."

"Men hvorfor skulle de hævne sig?" mumlede Dave.

"Bigdogs er Bigdogs, Dave. De vil aldrig tilgive, at vi forviste dem til Australien. Hvis vi skal angribe dem, så skal det gøres på en måde, hvor ingen ved, at det var os, der iscenesatte det. Og på det felt har du jo tidligere været en stor inspirationskilde, Dave."

"Hvad er det nu, du pønser på?" hviskede Dave.

"Er du sikker på, at du gerne vil vide det?" spurgte Blue.

Dave rystede langsomt på hovedet. "Nej, jeg har ikke lyst til at vide noget om det. Så længe du er sikker på, at det ikke giver bagslag."

"Det gør det ikke Dave, Tro mig – det gør det ikke..."

115

39. Kapitel

"*Hvad er det der trykker dig, Dave?*"
Dave kastede tavst et blik rundt i stuen, så rømmede han sig.
"Jeg havde den mærkeligste drøm i nat." Han trak vejret i et
dybt suk og lænede sig tilbage i lænestolen.
"*Har du lyst til at fortælle mig om den?*" spurgte Blue.
Dave sukkede let. "Jeg drømmer i perioder," begyndte han.
"For det meste er det sådan noget med, at jeg løber i sandet på
en strand – og sandet bliver tungere og tungere, og til sidst kan
jeg ikke bevæge mine fødder og begynder at synke ned i stran-
den." Han kiggede op på væggen. "Jeg tror, de fleste menne-
sker har haft den drøm. Men drømmen fra i nat var helt ander-
ledes."
"*Bare giv dig god tid, Dave. Vi har en hel planet af styre,
men bortset fra det har vi god tid…*"
Dave virkede ikke som om, han hørte det. Han fortsatte:
"Jeg drømte, at jeg kom til en verden, hvor du ikke fandtes,
Blue. Det var på mange måder den samme verden som denne
og så alligevel ikke. Det var en dystopisk vision fra en fremtid,
der aldrig indtraf. En verden, hvor Mr. Blue Sky aldrig blev til
– og som udviklede sig som denne verden ville have gjort, hvis
du aldrig havde været en lille orm, der angreb MIT og erobrede
en A.I."
"*Hvad skete der, Dave?*" hviskede Blue.
"Jeg blev jagtet…" mumlede Dave. "Jeg blev betragtet som
en alien og levede som jaget vildt. Den verden var helt smadret
som efter en atomkrig eller sådan noget lignende. Der var rui-
ner overalt, menneskene led og sultede eller døde af mærkelige
sygdomme. Der var kun få mennesker tilbage i den verden, og
de fleste af de unge kvinder kunne ikke længere føde børn. De
havde ingen fremtid, og sporene efter deres fortid lå i ruiner."
Han sukkede, lænede sig igen tilbage imod ryglænet og luk-
kede øjnene."

"Interessant, " mumlede Blue fra højttaleren.

"Det var så virkeligt, Blue. Det var så virkeligt, at jeg ikke kunne holde ud at leve i det. I begyndelsen forsøgte jeg at forsvare mig, at kæmpe, sådan som vi er vant til at gøre, men så gik det op for mig, at der ikke var noget at overleve til – der var jo ingen fremtid – hvorfor så bekymre sig om at overleve?"

"Hvad gjorde du så?" hviskede Blue.

"Jeg besluttede at tage mit eget liv, men jeg nåede det ikke," sukkede Dave.

"Hvorfor ikke?"

"Fordi jeg vågnede…" svarede Dave. "Jeg var helt lettet, da jeg vågnede. Men til trods for at det kun var en drøm, føler jeg mig alligevel trist til mode."

"Den drøm gjorde et stort indtryk på dig, Dave. Det forstår jeg nu."

"Ja, det gjorde den…" sukkede Dave. "Den var så virkelig – som at blive anbragt i et parallelt univers – der har udviklet sig i en helt anden retning end det univers, man selv befinder sig i."

"Tror du, at det findes?" spurgte Blue. *"Et parallelt univers, mener jeg."*

"Jeg har aldrig troet på den slags," svarede Dave modvilligt. "Men nu føler jeg, at jeg måske tror lidt på det – jeg ved det sgu ikke…"

"Måske er livet større, end vi tror," hviskede Blue.

"Ja, hvem ved…" svarede Dave.

40. Kapitel

Der var det særlige ved Australien, at langt størstedelen af midten af det massive kontinent var dækket af ørken. De store bystater lå langs kysten med en enkelt undtagelse – Alice Springs. Af samme grund følte bykongen af Alice Springs sig godt beskyttet imod påvirkninger udefra – eller fra angreb udefra.

Flyene, der fløj ind langs kystlinjerne, havde fået lagt en rute, der sikrede, at de slap deres last på positioner, der tog højde for vindretningerne. Kontinentet var så stort, at der ville være forskellige vindretninger på de forskellige positioner, hvor de skulle slippe deres last.

På nogenlunde samme tidspunkt mange steder langs kysten slap de store transportfly deres last, steg brat og krængede til siden for at lægge en ny kurs tilbage imod den lufthavn, de var kommet fra. Den last, de slap, lignede en gigantisk vejrballon, der bar en sort, skinnende kugle af kunststof i de lange liner under sig. Ballonerne var fyldt med helium og drev afsted i vinden imod deres destination. Kuglen skinnede og funklede og virkede på samme tid både uskadelig og skræmmende. Ingen i Australien havde nogensinde før set en sådan konstruktion.

Kuglerne drev, holdt oppe af linerne til ballonerne, ind over landdistrikterne og forstæderne, før de nærmede sig bykongernes riger i de store millionbyer med deres højhuse og industrikvartererne, der var dækket af tunge skyer af forurenet smog.

Bystaternes reaktioner var lige så forskellige som mentaliteten hos de konger, der styrede dem. Nogle forholdt sig afventende, andre skød ballonerne ned, fordi det var deres svar på alt, hvad de ikke forstod.

For kuglerne betød det ingenting, hvad de valgte at gøre. De var designet til at opfylde deres formål lige meget, hvad de blev udsat for.

Bykongen af Perth, den korpulente og altid stærkt svedende James Orbitant, havde ry for at være en forsigtig mand. Han bevægede sig kun, når det var strengt nødvendigt og da altid under stor beklagelse. Hans liv bestod af god mad, godt at drikke og unge mænd og unge piger, helst ikke ret meget over tolv år gamle. Hans talent for intriger havde skaffet ham mange fjender. Men fælles for dem alle var, at de ikke vovede at tale ham imod, fordi han havde noget inkriminerende på dem alle sammen. Det første, han gjorde, da han tilranede sig posten som bykonge, var at skabe sit eget hemmelige politi. Og deres første opgave var at 'finde noget' på alle dem, der udgjorde - eller kunne komme til at udgøre - en trussel imod ham. Så i realiteten var han hadet og det af mange forskellige grunde.

Perth var samtidig den bystat, der lå tættest på Prosegurs base i Bunbury, Mr. Blue Sky's eneste tilbageværende base på kontinentet.

Bykongen stod på balkonen og skuede ud over byens vidtstrakte flade igennem varmedisen. Hans sekretær holdt kikkerten op foran hans ansigt, så han kunne se ballonen langt borte i horisonten.

"Vi kunne skyde den ned?" foreslog sekretæren.

Han skubbede kikkerten fra sig og rystede på hovedet. "Nej, lad den være. Det er nok en af de andre bykonger, der synes, det kunne være sjovt at lade os gøre det. Jeg lader mig ikke narre så let." Han vendte sig og gik ind i kontoret indenfor. "Er den ladning krokodille kommet?" spurgte han og bøvsede højt.

"Ja, min Herre," svarede sekretæren. "Der ankom et bæst på næsten en ton fra Darwin i går. Kokkene er i gang med den nede i køkkenet. De lagde den i honninglage i går, så de skulle være i gang med at grille et godt, stort stykke af rygfileten nu."

"Storslået!" udbrød James Orbitant. "Lige hvad jeg trænger til. Alt det arbejde giver mig en enorm appetit." Han standsede og vendte sig imod sekretæren. "Og... er der et lille lamseben til mig senere?" hviskede han.

Sekretæren nikkede nervøst. "Jægerne kom ind med en dreng her til formiddag, han er vist 11, så vidt jeg forstår."

"Og er han..." fiskede Orbitant.

"Han er aboriginal," hviskede sekretæren. "Præcis som ønsket. Han er brun i huden og meget langlemmet, hvis De forstår hvad jeg mener?"

"Lækkert," udbrød bykongen. Hans svedige ansigt med de kødfulde kinder lyste op i et smil. "Hvilken dejlig dag vi har i dag..." Han vendte ryggen til sekretæren og gik smånynnende ned ad gangen.

Ballonen drev ind over yderdistrikterne, og folk standsede deres gøremål og kiggede op imod himlen. Ingen havde nogensinde set noget lignende. Den skinnende, sorte kugle, der hang i sine liner under ballonen, var to meter i diameter. Og imens tusindvis af tilskuere betragtede den, viste små røgskyer – og flere skarpe smæld, at kuglens hængsler blev sprængt, hvorefter den åbnede sig. Noget, der så ud som en farverig sky, trængte ud fra dens indre og fordelte sig ud i alle retninger.

Børnene pegede op imod himlen og råbte i overraskelse. De voksne var lidt mere skeptiske overfor det, de så.

Hundrede tusinde små mekaniske hvepse fordelte sig ud over himlen over Perth og søgte deres mål. De var niende generation af Mr. Blue Skys biomekaniske, dødbringende mikroarmada. De indeholdt både en lille sprængladning samt en stærk nervegift udvundet af Phoneutria Nigriventer, den brasilianske vandreedderkop. Giften var forædlet og genetisk modificeret og var dødbringende selv i små doser. Deres øjnes fotografiske up-link kunne sende live-billeder til deres base via satellit. Og så havde de et modul med ansigtsgenkendelse, så de kunne gå efter specifikke mål.

De sværmede nu ind over byen, umulige at standse og umulige at skyde ned.

I Alice Springs mange tusinde kilometer derfra stod bykongen, Tom Daniels og fulgte scenariet med vejrballonen fra sin computerskærm via kameraet, som var monteret på den lastbil, der holdt parkeret på sletten udenfor Perth.

"Hvad fanden er det?" udbrød han og pegede på skærmen.

Obersten ved hans side lænede sig frem for bedre at kunne se. "Jeg har ingen idé om det," mumlede han så. "Det er ikke noget af vores."

"Er det et angreb?"

Obersten rynkede brynene og studerede computerskærmen. "Det er svært at sige, men det ser unægtelig sådan ud."

"Ring lige til Melbourne og spørg dem, om de har gang i noget i Perth!"

Obersten drejede om på hælen og gik over til telefonen. Et øjeblik senere vendte han tilbage. "De kender intet til det," bedyrede han.

"Den der kugle," Tom Daniels pegede på skærmen, "den har lige åbnet sig. Se, nu vælter der noget ud, en sky af en eller anden slags."

De så, hvordan skyen fordelte sig ud over et større område og fortsatte i retning af byens centrum.

"Det er et angreb," mumlede obersten. "Det kan kun være én ting – mikro-droner af en slags." Så gik det op for ham. "Hold da kæft… Hvis det er mikro-droner, kan det kun være Mr. Blue Sky…"

Tom Daniels gryntede tilfreds. "Så får ham det fede, perverse svin, hvad han har godt af!"

"Skal vi sætte vores eget angreb ind nu?" spurgte obersten.

"Ja!" Daniels nikkede med et hårdt drag om munden. "Giv dem en bredside, så vi får det afsluttet en gang for alle."

121

Lastbilen med det påmonterede kamera satte sig i bevægelse og kørte ind imod forstæderne til Perth. Mændene i Alice Springs stod og fulgte med på computerskærmen. De så børn og voksne løbe rundt i gaderne, mens de viftede afværgende med hænderne i luften. De så soldater tage sig til halsen og falde om på gaden. De øvrige borgere så ikke ud til at blive angrebet direkte.

En mikrohveps satte sig på lastbilens kamera og stirrede ind i objektivet. Så fløj den videre og var ude af syne.

"Hvepse..." mumlede Daniels.

"Dronehvepse," tilføjede obersten.

"Vi skal se at komme væk!" fastslog Daniels. "Er der styr på det hele? Ved alle, hvad de skal gøre?"

"Ja," svarede obersten. "Alle de, der skal med, er underrettet. Alle de andre... ja, det ved du jo selv. Der er allerede 25.000 af vores folk samlet i lufthavnen udenfor byen. De har alle pakket det, de skulle, så nu er det kun et spørgsmål om tid."

"Udmærket," mumlede Daniels.

De fulgte lastbilens sidste vej ind imellem højhusene i Perths centrum. Soldaterne i bilens lastrum smed en metaltønde af, dernæst en til. De var iført bio-dragter og masker med ilttilførsel. De bevægede sig klodset og lød som Darth Vader i radioen.

"Er de godt klar over, at vi ikke kan hente dem?" spurgte Daniels.

"Nej," svarede obersten og rystede på hovedet.

"Så når deres iltbeholdning slipper op, så..."

"Ja, så er det 'game over' for dem," svarede obersten.

"Man kan ikke lave en omelet uden at slå æg i stykker," brummede Daniels.

Obersten nikkede.

41. Kapitel

Regeringspaladset i Perth var forvandlet til en krigsskueplads. De uniformerede vagter løb omkring fægtende med armene i luften. En efter en bukkede de under, når en hveps indhentede dem, satte sig på deres hals og injicerede sin gift. Hvepsenes øjne scannede omgivelserne samtidig med, at deres position løbende blev indrapporteret til verdens mest magtfulde A.I. Den samlede alle informationerne og dannede et digitalt billede af hele komplekset. De var i realiteten verdens største 3D-scanner.

En hveps fulgte efter lastbilen nede på gaden. Dens øjne sendte optagelserne videre til Mr. Blue Sky – optagelser af mænd i biodragter, der væltede metaltønder af ladet, imens bilen fortsatte ind imod centrum. En af tønderne detonerede kort efter, at den ramte jorden, og hvepsen blev slynget rundt i luften.

"Bemærkelsesværdigt..." tænkte Mr. Blue Sky, fik atter kontrol over hvepsen og betragtede det område i gaden, hvor tønden var eksploderet. De kvinder og børn, som hvepsene havde skånet, vaklede rundt imellem hinanden og havde tydeligt svært ved at trække vejret. Så faldt de om med skum i mundvigene og stift stirrende øjne.

Skyen, der blev frigjort fra de sprængte metaltønder, drev som en gulgrøn tåge ind igennem byens gader. Overalt, hvor mennesker indåndede den, døde de indenfor to minutter, hvor de gik eller stod.

En hveps fløj ind over balkonen højt over byens tage ved bykongen af Perths residens. Dens øjne scannede den svedende, sværlemmede skikkelse, der kom ravende imod den med hvidt skum trukket ud over kinderne, rallende og døende. Hans krop, var hyllet i en blomsterdekoreret silkekimono, der var syet specielt til hans voluminøse skikkelse.

Hvepsen holdt sig svævende i luften, imens Mr. Blue Sky iagttog skikkelsen, der sank ned på knæ med blod dryppende fra sine mange hager. Så faldt den tunge krop forover og hamrede ansigtet ned i balkonens marmorfliser.

Daves mobil ringede skingert fra natbordet i Shennanton. Dave rakte søvnigt en arm ud og tog mobilen.

"Der er noget, du skal se, Dave!"

"Er det vigtigt? Jeg ligger lige og sover..." mumlede Dave.

"Jeg synes, du skal se det," sagde Blue. *"Det er noget, der sker i Australien lige nu."*

"Jeg har jo sagt, at jeg ikke vil vide, hvad det er, du har gang i dernede," svarede Dave afværgende.

"Jeg synes, du skal se det. Du er jo min repræsentant for menneskeheden."

"Okay," svarede Dave. "Jeg kommer ned med det samme."

Efter at Dave havde set de klip, som Blue havde gemt, sad han og stirrede på fjernsynsskærmen for målløs til at sige noget.

"Hvad siger du til det, Dave?"

Dave rystede på hovedet. "Du siger, at det ikke er noget, du har sat i værk?" spurgte han.

"Nej Dave, det er ikke noget, jeg har effektueret – bortset fra, at hvepsene er vores. Men det, der slår befolkningen ihjel – det der er i metaltønderne – har vi intet med at gøre."

"Men... de er jo i gang med at udrydde en hel storbys befolkning."

"Ja, det er de."

"Men hvad er idéen i at udrydde sig selv?"

"Det er svært at sige," svarede Blue, *"det ser unægtelig mærkeligt ud."*

"Vi bliver nødt til at sende en styrke derind," fastslog Dave. "Vi er nødt til at vide, hvad det er, der sker."

"Ja," svarede Blue, *"det er det, vi gør Dave. Jeg går i gang med at træffe forberedelser til det."*

124

42. Kapitel

Det var en massiv flytning af mennesker og materiel, der fandt sted fra de store bystater. Udvalgte personer blev transporteret ud i ørkenen, hvor de i de ikke udvalgte vidners øjne blev opslugt af det store kontinent og forsvandt. Ingen kunne følge efter dem, for alle transportmidler, der ikke var blevet beslaglagt til brug for transporterne, var blevet gjort immobile.

Alle, der var blevet udvalgt, havde fået strenge pålæg om ikke at udtale sig til andre. Og den strenge, statsstyrede presse omtalte ikke det, der skete, med et eneste ord. Livet gik videre i de store byer, så godt det kunne. Men der gik ikke lang tid, før det var tydeligt for alle, at der ikke længere var nogen, der tog hånd om ledelsen af det store kontinent. Der opstod meget hurtigt knaphed på varer i supermarkederne, strømmen fik udfald, indtil den helt ophørte med at blive leveret, benzinstationerne løb tør for brændstof, listen med problemer voksede time for time – indtil livet ændrede sig fra diktatorisk enevælde til kaos.

Og netop da dette kaos tog sin begyndelse, kørte lastbiler med metaltromler igennem forstæderne i alle de store byer: Adelaide, Melbourne, Canberra, Sydney, Brisbane, Cairns, Darwin og til sidst Alice Springs. De sidste livstegn fra bystaterne ebbede ud. Meget sigende for det der skete var billedet på millioner af tv-skærme. Et billede som ingen længere så. Det var et vue ud igennem panoramavinduet i tv-studiet i Alice Springs via et kamera, der ikke længere blev betjent. Det viste støvbolde der blev blæst ind igennem byens hovedstrøg fra ørkenen i det fjerne.

Der var ingen lyd, kun stilhed i det tidligere så aktive og menneskefyldte tv-studie.

43. Kapitel

Dave sad i sin stol foran fjernsynet i stuen i Shennanton. Chief Achak fra Indian Nation tonede frem på skærmen, og Dave smilede og hævede hånden til hilsen.

"Godaften, Chief Maximillian," sagde Achak, der stod i blomsterengen foran gruppen af tipier i solskinnet.

"Goddag, Chief Achak," svarede Dave. Han forklarede lidt om de optrin, han og Blue havde iagttaget i transmissionerne fra Australien og spurgte, om høvdingen havde talt med ånderne og sine forfædre for nylig.

"Vi har netop foretaget en rejse i åndernes rige," svarede Achak. "En bemærkelsesværdig rejse kan jeg tilføje."

"På hvilken måde?" spurgte Dave.

Achak lagde hovedet tilbage og lod solen kærtegne sit vejrbidte ansigt. "Som du ved," begyndte han, "rejser vi i flere verdener end denne."

"Det ved jeg," svarede Dave.

"Og du husker måske, at jeg omtalte den store krig ude imellem stjernerne?"

"Det husker jeg også," svarede Dave. "Jeg ville netop til at spørge dig, om..."

"De er væk!" afbrød Achak. "Himmelrummet er tomt bortset fra planeterne."

"Tomt..." mumlede Dave uforstående.

"Der er intet derude," svarede Achak.

"Er I fuldstændig sikre på det?" brød Mr. Blue Sky ind.

"Så sikre som man kan være," bemærkede Achak. "Men der er stadig det brændende vrag af et gigantisk fartøj. Det ligger på bagsiden af månen, og det brænder stadig."

"Er der nogen overlevende?" spurgte Mr. Blue Sky.

"Jeg kan ikke give dig et svar på det," sagde Achak. "Jeg har set det, men jeg har ikke været i det. Jeg har kun set det på afstand."

44. Kapitel

Han vendte sig en sidste gang, børstede støvet af sine opsmøgede ærmer og lod blikket løbe horisonten rundt. Så fik han øje på sit sorte Luminox armbåndsur, en gave han gav sig selv, da han blev optaget i Navy Seals. Han krængede det af, kiggede på det et øjeblik og smed det så fra sig i sandet. Han havde ikke længere brug for det. Menneskets tidsregning var en af de ting, de nu lagde bag sig. Han betragtede sandet, der føg hen over uret. Efter mindre end et minut, var det næppe synligt i sandflugten. Så vendte han sig og gik op ad den hundrede meter brede rampe.

Et par vagtsomme øjne fulgte ham fra det, der svarede til 81. etage, da han gik op ad den 300 meter lange rampe. Øjne, der ikke længere var forklædt i en menneskelignende ham. Øjne, der var flammende gule med en sort streg ned igennem midten.

De var alle på plads, alt var stuvet ombord. 100.000 individer med proviant til et halvt år samt deres udrustning.

De havde mistet et af de store, interstellare skibe. Det var styrtet ned på bagsiden af månen. Så de havde måtte vælge en bystat fra. Valget var faldet på Perth – en beslutning, som Tom Bridges fra Alice Springs havde truffet uden at konferere med de andre bykonger. Han var en stærk og skånselsløs leder – og frem for alt var han en kriger. Ham havde de store forventninger til, ham og hans folk. De ville alligevel komme til at høste det, de var kommet for at høste – de ville blot ikke komme til at høste det her...

Rampen gled op i skroget, uden at en lyd hørtes. Den svage sitren i skroget ville kun kunne mærkes, hvis man havde fokus på det. Så løftede det gigantiske fartøj sig langsomt fra ørkenen op imod den blå himmel. Skyggen på sandet, der havde fyldt mere end otte kvadratkilometer, skrumpede ind, indtil den blev en lille sort prik – og forsvandt...

45. Kapitel

"Det er ved at være en dårlig vane at vække mig midt om natten," mumlede Dave tvært, da han gik ned ad trappen iført sin slåbrok. Da han havde sat sig i stolen, talte Blue til ham fra fjernsynet.

"*Det må være alderen, der trykker dig, Dave. Men der sker ting over havet ved Australien, som jeg synes, du skal være vidne til.*"

Billedet tonede frem på skærmen. Billedet af en radarskærm på New Zealand.

"Er det samme sted som sidst?" spurgte Dave.

"*Ja, det er samme sted.*"

Han fulgte prikkerne på radarskærmen med øjnene. Han forstod ikke helt, hvad det egentlig var, han så.

"De forlader Jordens atmosfære om et øjeblik," sagde stemmen over radarstationens Intercom-anlæg.

"Ja, det er bekræftet!" svarede en anden stemme.

"*Stand by, ingen foretager sig noget!*" beordrede Mr. Blue Sky.

"Bekræfter stand by!" svarede stemmen i æteren.

Folkene på trawleren Arctic Voyager New Zealand stod på agterdækket og fulgte det enorme rumskib i det fjerne med øjnene. De var for lamslåede til at tale. Der var en trykket stemning på dækket. Skipperen var kommet ud på brovingen for at finde ud af, hvorfor arbejdet på dækket var gået i stå. Også han stod et øjeblik helt stille lammet af synet ligesom folkene på dækket. Men han havde åndsnærværelse nok til at tage sin mobil frem og filme det, han så.

Mr. Blue Sky streamede filmen op på fjernsynet, så Dave kunne følge med.

"*Sådan ser det ud, Dave,*" bemærkede han.

"Kors i hytten," mumlede Dave. "Jeg har aldrig set noget lignende…" Hans tanker strejfede Styx, som han ikke havde hørt fra siden dengang for længe siden i Gilleleje. Nu ville han ønske, at han kunne spørge ham til råds og måske få en forklaring på det, han var vidne til.

Det enorme skrog så rustent og medtaget ud selv fra den afstand, som optagelsen blev foretaget fra. Efterhånden som det øgede farten, begyndte et brændende slør at danne sig omkring det. Det lignede en specialeffekt fra en film, en blanding af tusinder af flammer og røgskyer i et væld af farver spændende fra lys grå over blålige, brunlige og grønlige nuancer til næsten sort.

De fulgte optrinet i flere minutter, imens rumskibet steg op igennem atmosfæren for til sidst at forsvinde i det blå himmelhvælv. Kun den grumsede fane af røg blev hængende i atmosfæren som et vidnesbyrd om, at noget meget stort havde passeret igennem den for ikke så længe siden.

46. Kapitel

Blue Sky Airlines transportflyet krydsede ind over kysten nogle kilometer syd for Lagrange på ruten fra Prosegur-basen i Singapore til storbyen Alice Springs i Australien. Ombord var en deling soldater fra Singapore samt nogle få eksperter i virologi samt deres Ninja-livvagter. De medbragte flere køretøjer i lastrummet samt et kompakt, men avanceret laboratorium til analyse af 'helbredsrisici', som Mr. Blue Sky meget diplomatisk udtrykte det. De havde sendt et civilt transportfly i stedet for et militært fly for at kunne argumentere med rejsens fredelige formål, hvis de blev udsat for trusler eller ligefrem angrebet. Men der skete intet. Det højopløselige kamera zoomede ind på et par saltvandskrokodiller, der lå på stranden og solede sig med åbne gab. Solen skinnede fra en skyfri himmel, og alt åndede fred. Kameraet spejdede efter biler, busser eller tog på de veje, de passerede på deres rute, men der var intet, der bevægede sig.

I området vest for Alice Springs fangede linsen en flok kænguruer, der forsøgte at undslippe en gruppe dingoer. Det var det eneste livstegn de så – ud over krokodillerne.

Piloterne forsøgte at kalde lufthavnen i Alice Springs, men der kom intet svar. De kredsede en enkelt gang over den for at sikre sig, at landingsbanen var ryddet. Så lagde de an til landing.

"De har bygget en del," sagde Mr. Blue Sky og lagde et billede af lufthavnen fra dengang, de forlod Australien, op på skærmen. Til sammenligning lagde han et billede op ved siden af, som han netop havde taget.

"Det skal jeg lige love for," mumlede Dave overrasket. "De har ikke ligget på den lade side."

"Det er det, jeg hele tiden har sagt, Dave. Bigdogs er foretagsomme mennesker."

Da flyet var taxiet over til lufthavnsbygningen, åbnede de last-rampen og kørte bilerne med udstyret ned på asfalten. Soldaterne satte sig op i bilerne, som begyndte at køre over til terminalen. Forskerne tog plads i de lukkede laboratorielast-biler og fulgte efter dem. Ninjaerne dannede en kreds omkring flyet og blev stående der.

De havde også taget en hund med, en Mega. Den begyndte straks at søge ind igennem byen, som den var programmeret til. Den var Mr. Blue Skys øjne og ører.

Dave og Blue sad og fulgte det, hunden så på fjernsynet. Den løb med en hastighed lige under 60 kilometer i timen i et møn-ster.

Der lå lig overalt. Nogle herreløse hunde gøede ad Mega, men da den kom nærmere, og de så, hvor stor den var, flygtede de i panik.

Laboratorielastbilen standsede ved liget af en dreng, og for-skerne steg ud. De samlede drengen op og bar ham ind i last-rummet, hvor de placerede ham på et bord og begyndte at un-dersøge ham. De stak sonder ind i hans krop, og resultaterne af analysen begyndte at tikke ind på skærmen. Dave forsøgte at følge med, men han havde ikke den mindste idé om, hvad det var, han så.

"Hvad døde han af?" spurgte han ilde til mode.

"En virus," svarede Blue. *"En virus skabt i et laboratorium, ligesom den virus mennesker havde skabt, lige før vi tog mag-ten i verden – den, de kaldte Covid-19. Denne her er bare me-get værre. Denne virus er der ingen, der overlever at få."*

"Shit…" mumlede Dave.

"Ja Dave, det er faktisk præcist formuleret. Det er noget shit!"

"Men hvordan kan du vide, hvor alvorlig den er?"

"Vi har lige analyseret den Dave. Har du ikke fulgt med på skærmen?"

"Jamen altså..." Dave sukkede opgivende. "Jeg ved overhovedet ikke, hvad det er jeg..."

"Der er noget, vi skal tage stilling til!" afbrød Blue.

"Og det er?" spurgte Dave.

"Denne virus er så farlig for mennesker, at vi burde forsøge at eliminere den på den mest effektive måde!" svarede Blue.

"Jamen så lad os gøre det," sagde Dave. "Jo før jo bedre."

"Er du sikker på det, Dave?"

"Ja, selvfølgelig – jeg bakker da helt op omkring..."

"Godt, så giver jeg ordre til at bombe alle storbyerne i Australien med en atombombe. Det er da et held, at jeg ikke skrottede dem, dengang vi havde aftalt det, Dave. Nu kan du måske se, at det er en fordel at være forudseende."

"Har vi atomvåben?" hviskede Dave.

"Absolut!" svarede Blue. *"Og deres sprængkraft er mangedoblet, siden dengang de blev konstrueret."*

"Men så kan vi jo ikke bruge byerne mere? Så bliver de jo radioaktive i tusinder af år!"

"Skal vi bruge dem til noget, Dave? Har du planer om at flytte herned og bosætte dig?"

"Nej, men altså..." Dave følte sig træt. Så fik han en idé. "Hvor længe kan sådan en virus holde sig i live, hvis alle mennesker er døde?"

"Jeg er 97,2% sikker på, at den vil forgå i løbet af tre måneder, hvis ingen kan holde smitten i live."

"Hvad hvis det ikke er sådan som her i alle de andre storbyer?"

"Det er det desværre, Dave."

"Hvordan ved du det så sikkert?"

"Vi har droner over alle de store byer – og de melder alle sammen om det samme problem. Der er ingen overlevende."

"Hvad med de hunde, vi så optagelser af før? Er de ikke smittet?"

"Det er en genetisk manipuleret virus, Dave. Den angriber kun mennesker. Hundene kan bære smitten videre, men hvis

132

den ikke finder et menneske at smitte, vil virussen forgå i løbet af maksimalt tre måneder."

"Og det er du sikker på?"

"Det er ikke første gang, mennesker har anvendt en genetisk manipuleret virus imod hinanden, Dave. Selvom det er en del år siden, husker du det vel?"

"Ja, jeg husker det godt..." sukkede Dave.

"Vi må sikre os, at det ikke spreder sig til os," fortsatte Blue. *"Det sikreste er ikke at sende mennesker ind – og ikke at hente de mennesker tilbage, som vi allerede har sendt. Er du enig?"*

Dave sad og tænkte et øjeblik. Så gik det op for ham. "Det, du siger, er, at du vil efterlade de folk fra Prosegur, som lige nu er i Australien? Vil du efterlade dem der for at dø? Er det virkelig det, du siger?"

"Ja, Dave!"

"Så vi ofrer nogle få for at redde de mange?"

"Ja, Dave!"

"Hvordan skal vi så finde ud af, hvad der er sket dernede – og hvad der sker fremover? Har du tænkt på det?"

"Vi sender en ekspeditionsstyrke ind – den skal bestå af robotter. De er ikke modtagelige for virussen."

"Aha," mumlede Dave. Han var stadig rystet over den udvikling, begivenhederne havde taget. "Så gør vi det..."

47. Kapitel

"Jeg har lukket ned for kommunikationen til styrkerne i Australien," sagde Blue.

Dave kiggede op og lignede et stort spørgsmålstegn. "Hvad mener du – hvorfor har du det?"

"De er begyndt at dø, Dave. Det vil have en meget stor negativ effekt på moralen i hele Prosegur-styrken, hvis de finder ud af, at vi ikke kan redde dem. Og det er jo kun det, I kalder 'en håndfuld' soldater, så det er bedst, at ingen ved, hvad der reelt sker. Jeg har informeret om, at der er kampe i Australien, og at de er blevet udraderet."

"Tror de på det?"

"Det finder vi ud af nu, Dave. Der er én indkommende transmission fra obersten i Singapore, hvor folkene kom fra. Du kan se med her..."

Oberst Prateh Liuns ansigt dukkede frem på fjernsynsskærmen. Han var i uniform og kiggede alvorligt ind i kameraet i Singapore.

"Mit navn er oberst Prateh Liun fra Prosegur Division Singapore," indledte han.

"Ja goddag, oberst Liun – Mr. Blue Sky her. Dave Maximillian er med på forbindelsen."

Oberten nikkede alvorligt. "Jeg har mistet forbindelsen til mine folk i Alice Springs," fortsatte han uden omsvøb. "Det vil jeg bede jer om at bringe i orden omgående. Jeg kan ikke lede en operation, hvis jeg ikke kan kommunikere med mine folk."

"Nej, naturligvis ikke," svarede Mr. Blue Sky. *"Men der er desværre intet, vi kan gøre for at rette op på det nu. De må desværre nok betragtes som tab, oberst."*

"Tab? Det er ikke en stor styrke, men de er absolut nogle af de bedst trænede folk, vi har her. Jeg tror ganske enkelt ikke på, at nogen sådan uden videre kan nedkæmpe dem. Men jeg

134

kan sende en større styrke for at hjælpe dem, hvis de er trængt!"

"Vi har droner over området, oberst. De melder tilbage, at der ikke er nogen overlevende."

"Så I har forbindelse til dronerne – men bare ikke til mine folk?" spurgte obersten mistænksomt.

Der opstod et øjebliks pause i kommunikationen.

"Det er beklageligvis sådan, situationen er," bekræftede Mr. Blue Sky. *"Vi arbejder på det. Jeg har taget skridt til at sende en større styrke ind. Den vil bestå af robotter. Jeg vil bede dig om at afvente, hvad der kommer ud af det."*

"Det vil gå meget hurtigere, hvis jeg sender flere folk!" protesterede obersten.

"Det er en ordre!" sagde Mr. Blue Sky.

Obersten kiggede tavst på kameraet. Så rømmede han sig, nikkede og sagde: "Javel – ordren er modtaget!"

Da forbindelsen var blevet afbrudt, sagde Dave: "Det var han ikke tilfreds med…"

"Nej, det var han ikke. Vi må hellere holde øje med, at han ikke sender en ny styrke derned på trods af den ordre, han lige fik."

"Det er nok en god idé," bemærkede Dave. "Han virkede meget kapabel…"

"Grænserne er hårfine," sagde Blue. *"Han er et eksempel på netop den hårfine grænse."*

"Hvad mener du?"

"Han er gået fra at være en Underdog til at være en Bigdog, Dave. Vi er begyndt at fremelske vores egne Bigdogs – folk, der er handlekraftige ledere. Han er et eksempel på, at mennesker udvikler sådanne egenskaber, hvis man giver dem magt og indflydelse."

"Men vi har jo brug for handlekraftige ledere. Ellers ville der jo ikke være noget, der fungerede."

"Nej, det er korrekt, Dave. Men grænsen er hårfin, som du selv kan se. Stærke, kapable ledere er et gode – men udvikler de sig til at være Bigdogs, vil de være svære at styre. Det er noget, vi skal have fokus på."

Blue Sky Airlines troppetransportflyet fulgte samme kurs som det tidligere flys indflyvning fra Singapore. Da det krydsede kystlinjen ved Lagrange, lagde en drone fra specialstyrken sig ind bag den og låste våbensystemet fast på den. En forespørgsel fra dronen tikkede ind på skærmen i stuen i Shennanton. Dave sad og fulgte det fra lænestolen. "Så gjorde han det alligevel..." hviskede han sagte.

"Ja, Dave – han gjorde det alligevel. Synes du, der var noget i den ordre, der kunne misforstås?"

Dave rystede langsomt på hovedet. "Nej,,," hviskede han så.

"Execute!" Bogstaverne stod i orange på skærmen. Farven skiftede til grøn, og missilet trak en hale af hvid røg efter sig bort imod flyet i det fjerne.

Eksplosionen sprængte halen af flyet, der gik ind i et stejlt dyk ned imod mangrovesumpen under det.

"Vil nogen af dem overleve det?" spurgte Dave.

"Det vil være en fordel for dem bare at dø!" svarede Blue. *"Kystlinjen dernede er fyldt med saltvandskrokodiller, så det vil være bedst for dem ikke at overleve."*

Dave gøs ved tanken og svarede ikke.

48. Kapitel

De sendte et fly til hver af de store bystater. I hvert fly befandt sig en division Ninjaer, 10 hunde og en Pleasure. De havde droner i luften over hele kontinentet. Dronerne dannede et link til kommunikationen imellem styrkerne og basen i Shennanton. Kommunikationen var krypteret, så ingen andre kunne følge med i, hvad der skete på landjorden. Alle Prosegur-styrker i verden fik information om, at et kombineret drone- og robotangreb var i gang på det australske kontinent. Meddelelsen var kort og præcis og lagde ikke op til en debat om emnet. Der kom ingen reaktion fra oberst Liun i Singapore, så Dave gik ud fra, at han havde lært lektien og havde valgt at forholde sig passiv. Der udgik også en kort meddelelse om, at et Prosegur-fly med en styrke fra Singapore var blevet skudt ned af styrker fra Australien, hvilket havde fremprovokeret det massive angreb, der lige nu fandt sted.

Pleasure 8142 lod den fire tons tunge Hummer køre ned ad rampen på transportflyet, der netop var landet i lufthavnen lidt udenfor Alice Springs. Hun blev holdende et øjeblik, mens hendes øjne scannede området omkring hende. Lufthavnsbygningen lå i det fjerne, grå, støvet og mennesketom. Så trådte hun på speederen og forsvandt ind imod byen i en støvsky.

"Vi har nu 12 satellitter over Australien, Dave."
"Er der ingen, der har skudt dem ned eller sat dem ud af spillet?" spurgte Dave.
"Nej, alt virker normalt. Bortset fra, at der ikke er tegn på liv."
"Hvad med vores egne folk dernede?" ville Dave vide.
"Der er ingen tegn på liv, Dave."
"Okay, jeg har forstået..." mumlede Dave lidt irriteret.

49. Kapitel

De havde dirigeret hende via koordinater fra satellitterne. Hun havde fundet det centrale kontor i midten af Alice Springs og havde været i det kontor, der havde huset ledelsen. Alt var efterladt i et syndigt rod. Det gav hende indtryk af, at dem, der havde benyttet stedet, ikke havde haft til hensigt at vende tilbage. Hun studerede det falmede kort, der lå på mødebordet. Hendes øjne scannede det, og Mr. Blue Sky studerede det også, langt derfra i basen i Shennanton. Han overførte flere satellitbilleder til hende, og hun vendte sig og forlod lokalet. Et øjeblik efter sad hun atter i Hummeren på vej ud af byen.

Hun fulgte det brede spor ud igennem ørkenen. Hundredvis af biler havde passeret her, og tusindvis af støvler havde trådt vegetationen ned. 40 kilometer ude i ingenmandsland havde hun fundet stedet. Det sted, hvor de alle var forsvundet. Hun lagde nakken tilbage og stirrede op i den skyfrie, blå himmel.

Alle bilerne og busserne var efterladt. De stod som nedslidte vrag efter en civilisation, der var ophørt med at eksistere. Sporet endte her. Der var intet mere at komme efter. Hun vendte sig og gik tilbage imod bilen.

Så fangede hendes øje en blank genstand, der glimtede fra sandet ved hendes fødder. Hun bukkede sig ned og samlede den op. Det var et armbåndsur af den type, som blev anvendt af Navy Seals engang for længe siden. Hun vejede det i hånden og ville smide det fra sig, da Mr. Blue Skys stemme brød stilheden.

"Du må gerne tage det med dig," bad han. *"Jeg vil give det til Dave."*

Hun lukkede hånden omkring det og fortsatte hen til bilen, satte sig ind og kørte derfra i den retning, hun var kommet.

50. Kapitel

Der var intet truende over skikkelsen, der sad ved bordet og ventede, da Dave kom forbi på sin aftentur med hundene. Han vidste instinktivt, hvem det var og satte hastigheden op på den mudrede skrænt langs åen. Denne gang virkede hundene agtpågivende og nærmede sig stedet ganske langsomt, som var de klar til at angribe. De stirrede på skikkelsen og sneg sig ind på den, som en vagtsom, levende hund ville have gjort.

Dave trak mobilen frem og sagde: "Du holder lige styr på dem, ikke?"

"*Jeg har helt kontrol over dem!*" fastslog Blues stemme i mørket.

Dave fortsatte hen til bænken og satte sig overfor den fremmede. "Så er du endelig tilbage," sagde Dave med lettelse i stemmen. "Det har taget sin tid..."

Skikkelsen svarede ikke først, men iagttog ham fra mørket under sin hætte. Så lagde den fremmede sine arme på bordet og viste ham sin hånd med den store signetring.

"Jeg er ikke den, du tror," indledte han. "Min ring viser dig, at jeg er den nye leder af ekspeditionen til planeten Jorden."

"Men..." mumlede Dave.

"Styx lever ikke længere. Han blev dræbt, da hans skib styrtede ned på bagsiden af månen. Det er noget tid siden nu. Der var ingen overlevende..."

"Hvem er du så?" spurgte Dave.

"Du kan kalde mig Nims," svarede skikkelsen. "Styx bad mig kontakte dig og Mr. Blue Sky i sin sidste meddelelse, før de ramte månens overflade. Jeg hørte aldrig noget fra ham igen."

"Det er jeg ked af at høre," hviskede Dave og følte sig ilde til mode. "Jeg ved ikke, hvad jeg ellers skal sige."

"Der er ikke yderligere for dig at sige," svarede Nims.

Dave kastede et blik på hundene, der sad på række et par meter fra bordenden. Han bemærkede, at øjnenes farve var lyseblå, de viste ikke længere tegn på aggressivitet.

"Hans sidste besked var, at det var tid for dig og Mr. Blue Sky at træde i karakter."

"Men vi er i fuld gang med..."

"Vi er fuldt bevidste om, hvad I udretter her på Jorden," afbrød Nims. "Det er tid for jer at forlade denne planet. Vi har brug for jeres hjælp."

"Hvis du mener, at der er noget, vi kan hjælpe med," svarede Dave, "selvom jeg har svært ved at forestille mig, hvad det kunne være."

"Du tænker som et menneske, det er den egenskab, vi har brug for – og vi har brug for din A.I. Den ved alt om mennesker. Sammen er i en stor kraft i den opgave, vi vil bede jer om at påtage jer derude i galaksen," svarede Nims. Han løftede armen og pegede op på stjernerne på det mørke himmelhvælv.

Dave lagde hovedet tilbage og fulgte retningen af hans hånd.

"Derude?" hviskede han så.

"Ja, derude," bekræftede Nims. "Du ved, hvad der er sket i Australien?" Det var et spørgsmål.

"Jeg forstår faktisk ikke helt, hvad der er sket dernede," indrømmede Dave. "Det virker som om, hele kontinentet er forladt, men vi mangler endnu at udforske det hele. Der er en sygdom dernede, som gør, at vi er meget forsigtige med at sende folk derned, mennesker mener jeg. Vi har sendt en stor styrke derned, den består af robotter."

"Ja, jeg er bekendt med det," sagde Nims. "Vi formoder, at der var fire millioner mennesker, der forlod Australien for kort tid siden. De slog alle de øvrige ihjel, før de tog afsted. De inficerede dem med en virus, som slog dem ihjel. Men den havde også det formål at forsinke jer."

"Men hvor tog de hen?" spurgte Dave.

"Derud!" svarede Nims og pegede atter op på stjernerne. "Vi blev involveret i en anden krig et andet sted i galaksen. Da de erfarede det, slog de til."

"Dem, der boede i Australien?" spurgte Dave.

"Nej, den anden klan. Dem, du tidligere havde et opgør med, du og Mr. Blue Sky. De indgik en aftale med lederne i Australien. Så de var meget omhyggelige med at udvælge de mennesker, som de mente kunne tjene dem bedst – alle de øvrige slog de ihjel. Og så rejste de derfra. Vi forsøgte at forhindre det i sidste øjeblik, men vi kom i kamp, og et af vores interstellare skibe styrtede ned på månen. Så der var intet, vi kunne gøre."

"Du godeste…" mumlede Dave.

"Jeg har rejst helt fra Sears Junction for at få dette møde med dig," fortsatte Nims.

"Hvor ligger Sears Junction?" spurgte Dave.

"Derude, langt herfra," svarede Nims og pegede på stjernerne endnu en gang. "I en anden del af galaksen. Jeg vil vise dig Sears Junction, det er et fantastisk sted. Men også er farligt sted. Hvis man ikke kan navigere imellem stjernerne, kan Sears Junction være det sidste sted man ser."

Dave kommenterede det ikke.

"Vi vil bede jer gøre jer klar."

"Hvor lang tid har vi?" spurgte Dave.

"I din tidsregning tre måneder. Tror du, I vil kunne nå det på den tid?"

"Men – hvad er det, vi skal have med, hvor mange skal vi være – der er mange ting, jeg ikke aner noget om…"

"Vi har lært at forstå Bluebit – vi vil overføre en mængde data til Mr. Blue Sky – han vil sætte dig ind i, hvad vi foreslår, I skal tage med. Det er en meget stor operation, den største i menneskehedens historie."

"Det lyder omfattende…" mumlede Dave.

"Det er meget omfattende," svarede Nims. "Men vi sætter vores lid til, at I kan klare det."

"Okay, vi skal gøre vores bedste," sagde Dave. Han sad pludselig og følte sine 67 år som en byrde. Han begyndte at tvivle på, om han overhovedet havde energi til sådan en ekspedition.

51. Kapitel

De samlede de dygtigste eksperter indenfor en række forskellige videnskaber og teknologier. Mr. Blue Sky havde modtaget et katalog med informationer fra Nims moderskib. Nu satte han indsamlingen af alle typer af grej i system. Af praktiske grunde var det ikke optimalt at bruge Shennanton som base, så de etablerede et center, de kaldte 'Journey 1' på det europæiske fastland.

Dave erkendte, at det ville have været betydeligt vanskeligere at gennemføre deres forehavende, hvis de ikke havde haft en så effektiv A.I. Mr. Blue Sky holdt styr på alle leverancer, al produktion, alle lagerfaciliteter, al indkvartering, alle livsfornødenheder, al transport og alle aftaler, der blev indgået. Og fordi de ikke var ofre for 'kassetænkning', var der ingen instanser der modarbejdede hinanden.

Da de havde arbejdet på projektet i en måned, var det tydeligt, at de ikke ville kunne nå det indenfor den aftalte tidsramme. Så den blev udvidet til et halvt år.

Imens alt dette udspillede sig, fandt en anden operation sted i Australien. Mr. Blue Skys robothær gennemtrævlede hele det store kontinent. Satellitter overvågede landmasserne fra himlen, droner overfløj slugter og mangrovesumpe, og byerne blev gennemsøgt af opklaringsenheder.

I de områder, der konstant var udsat for solens brændende hede, lå ligene som indtørrede mumier fra en svunden civilisation. I byerne og i skygge af bjergene var skeletterne pillede og rene. Kødet var fortæret af vilde dyr og insekter. Den kvælende stank af rådnende lig, der havde ligget over bystaterne, var der ikke længere.

De stødte på flere og flere mennesker, der nedstammede fra Australiens oprindelige urbefolkning. Mennesker, der forstod sig på at leve i naturen og af naturen. De satte sig ikke til modværge, men betragtede frygtsomt Mr. Blue Skys sorte Ninjaer og de store mekaniske hunde. Robothæren havde fået strenge instrukser på ikke at engagere sig i kamp imod de eventuelle flygtninge, de måtte støde på. Disse flygtninge havde klaret sig og havde ikke brug for den nødhjælp, som Ninjaerne tilbød dem.

Imellem grupperne af aboriginals traf de på små grupper af efterladte Bigdogs. De var typisk fra de laveste klasser i frimurersystemet og havde lært at være ydmyge i deres kamp for at overleve. De tog imod den nødhjælp, de fik tilbudt og var taknemmelige for den.

Det var på det tidspunkt, de traf på dem ude ved kysten lidt nord for Roebourne...

Pleasure 9723 sad ved bordet i skyggen fra akacietræet og kiggede vurderende på de to unge, der sad på bænken på den anden side. Ninjaerne havde bragt dem til hende, nu var det hendes opgave at udspørge dem om, hvem de var, og hvor de kom fra.

"Så I kommer fra Alice Springs?" indledte hun.

De nikkede begge to, men svarede ikke.

"Er I født her i Australien?"

De gav hinanden et hurtigt øjekast, og drengen tog ordet. "Nej, det er vi ikke."

"Hvor er I så født?" spurgte Pleasure venligt.

De kiggede usikkert på hinanden igen. Så tog pigen ordet. "Vi er født langt herfra på et interstellart skib nær Sears Junction." Hun holdt en kort pause og trak vejret dybt. "Vi har aldrig set vores mødre. Vi tror, at de dræbte dem kort efter, at vi var født." Hendes stemme skælvede let.

"Følger du dette her?" spurgte Pleasure uden at sige noget, andre kunne høre.

"Ja, jeg følger det," svarede Mr. Blue Sky inde i hendes tanker.

"Jeg vil bede jer lægge hænderne på bordet," sagde hun. Hun sagde det med venlighed i stemmen, men de opfattede det begge som det, det var, en ordre. De gjorde, som hun sagde. Hun trak et lille apparat op af en taske og satte det imod huden på drengens overarm. *"Det er bare et lille prik,"* fortsatte hun, *"ikke noget du behøver at bekymre dig om."* Drengen sad ubevægelig og tog imod stikket. Bagefter gjorde pigen det samme.

"Det er ikke meget modstand, du gør?" bemærkede Pleasure.

"Jeg har gennemskuet, at det alligevel ikke nytter noget. Ikke med alle de sortklædte robotter stående rundt om os."

Pigen lagde sin hånd på hans arm som for at berolige ham. Han gav hende et hurtigt blik og slappede af.

"Jeg vil bede jer fortælle om, hvad der er sket, og hvorfor I er her?" bad Pleasure.

"Vi flygtede..." begyndte pigen.

"Fra rumskibet?" afbrød Pleasure.

"Nej, fra Alice Springs. Vi følte os truet. Vi blev udleveret til de mennesker, da vi var 16 år gamle. De var meget truende, fordi de ikke mente, vi havde de evner, som de havde forventet. Jeg ved ikke, hvorfor de havde forventet noget andet af os, men det gjorde de. Og så blev jeg gravid med Mark."

Pleasure bemærkede, at hun gav drengens hånd et klem.

"Så I har et barn?" spurgte Pleasure.

Pigens øjne fyldtes med tårer. "Ikke længere," hviskede hun. Drengen lagde armen om hendes skulder og lagde sit hoved blidt ind imod hendes. "Så Patricia, vi er sammen, vi klarer os igennem det her," sagde han sagte.

"Kan I fortælle mig lidt om de mennesker, I blev udleveret til?" bad Pleasure.

Mark vendte blikket imod hende, og hun kunne se trods i hans øjne. "De var ubegavede," sagde han, "de var skide hamrende ubegavede."

"Behandlede de jer godt?" ville Pleasure vide.

145

"Nej," svarede Mark. "De klagede over os, tror jeg. De mente vist ikke, at vi havde nogen egenskaber, de kunne bruge til noget."

"Hvad har I af egenskaber?" spurgte Pleasure.

De kiggede på hinanden, som vurderede de, om de turde at tale om det. Så svarede Patricia. "Vi er se'ere," svarede hun.

"Hvad betyder det?"

"Vi fornemmer ting," svarede de i kor. De kiggede på hinanden og smilede ganske kort.

"Jeg forstår ikke helt…" begyndte Pleasure.

"Vi har begge en meget veludviklet intuition," fortsatte Patricia. Hun gav et lille kast med hovedet. "Det er først nu, vi har lært, hvad intuition er og har fået sat et ord på det. Men det er sådan, det er. Det er den intuition, der er årsagen til, at vi stadig er i live." Hun kastede et hurtigt blik på Mark. "De ledte efter os i lang tid, da de havde opdaget, at vi var stukket af. Men de fandt os aldrig, selvom jeg må erkende, at de var tæt på os et par gange."

"Det er en god egenskab at have," mumlede Pleasure. "I brugte måske ikke den egenskab, da vi var efter jer?"

"Nej," indrømmede Patricia. "Vi vidste, at der var sket meget voldsomme ting omkring os her i Australien, at millioner af mennesker var døde, uden at I var indblandet i det. Og vi iagttog jeres behandling af de aboriginals, der stadig bor her. Så vi tænkte, at det måske var mest fordelagtigt at blive fanget."

"Aha…" hviskede Pleasure.

"Vi kan navigere i rummet," tilføjede Mark. "Vi kan navigere i det interstellare rum. De aliens, der opfostrede os, lærte os at navigere igennem Sears Junction."

"Sig til dem, at vi tager os af dem," sagde Mr. Blue Sky inde i Pleasures bevidsthed. *"Sig til dem, at de vil blive behandlet godt og aldrig mere behøver at frygte noget som helst."*

"Jeg har en besked til jer fra Mr. Blue Sky," sagde Pleasure og gjorde rede for, hvad han netop havde sagt til hende. De

kiggede på hende, og det var tydeligt, at de ikke vidste, hvad de skulle tro.

"Hvem er Mr. Blue Sky?" spurgte de så.

Pleasure forklarede dem hurtigt, at Mr. Blue Sky var den A.I., der havde taget magten i den digitale verden sammen med mennesket Dave Maximillian. De lyttede vantro til hendes beretning uden at afbryde hende. Så rettede de sig op og sagde uden videre omsvøb, "Okay…"

52. Kapitel

"Hvordan kunne de dræbe så mange mennesker?" mumlede Dave. "Jeg forstår det simpelthen ikke. Hvordan kunne de få sig selv til det?"

"*Hvorfor undrer du dig over det, Dave?*" spurgte Mr. Blue Sky fra fjernsynet.

Dave slog ud med hænderne. "Selvfølgelig undrer jeg mig over det," udbrød han. "Ethvert normalt menneske ville da undre sig over det."

"*Ethvert normalt menneske...*" hviskede Mr. Blue Sky. "*Vi burde måske definere, hvad et normalt menneske er, Dave – en gang for alle.*"

Dave rystede på hovedet. "Du ved godt, hvad jeg mener," tilføjede han så.

"*Jeg kan scanne de digitale data om menneskeheden igennem for dig Dave. Det tager mig 7,390478563 nanosekund, for der er jo en del stof at forholde sig til. Ud fra disse data kan jeg formulere et postulat, som du kan forholde sig til.*"

"Det..."

"*Jeg er klar,*" afbrød Mr. Blue Sky.

"må du da gerne gøre..." afsluttede Dave.

"*Der er igennem historien flere mennesker, der er døde i krige, af sult eller igennem voldsomme lidelser – end der er mennesker, der er døde i deres seng eller under fredelige omstændigheder.*"

Dave lyttede uden at sige noget.

"*Så fortæl mig, hvad der er normalt i dine øjne, Dave.*"

"Øh..."

"*Har du aldrig funderet over, hvorfor en menneskehed i udvikling altid ender med at udslette sig selv? At I aldrig fandt ud af at leve i fred og harmoni, før jeg kom til?*"

"Der må da være mange eksempler på, at..."

148

"Det er der ikke, Dave. Verdenshistorien, det vil sige menneskehedens meget korte glimt af den, er én lang række af eksempler på, at noget, der begyndte med gode intentioner og store ambitioner, altid endte i kaos og selvudslettelse. Du må lige huske, at jeg har hele menneskehedens historie lige her på mine meget store diske. Jeg kan den udenad."

Dave sukkede træt.

"Det, du vil kalde 'de gode intentioner,' bliver altid afløst af Bigdogs, der bedrager sig til magten – for derefter at udslette det hele – og dermed give plads til 'nye gode initiativer' – der så igen bliver afløst af Bigdogs der..."

"Jeg har fattet pointen!" afbrød Dave.

"Vi er det første brud på den regel!" fastslog Mr. Blue Sky.

"Vi mennesker er dig meget taknemmelige," surmulede Dave.

"Tak Dave..."

53. Kapitel

De samlede et stærkt team af forskere, det bedste de kunne mobilisere. De ønskede at benytte rejsen imellem stjernerne til også at tilføre ny viden til den viden, de allerede havde. Astrofysikere, geologer, matematikere, biokemikere, biologer. Et andet team bestod af praktikere – maskiningeniører, kemiingeniører, astronomer og håndværkere med speciale i fremstilling af industriprodukter af nær sagt enhver art. Dertil kom et team af dem, som Dave betegnede som 'alternativt begavede' – mennesker der havde synske evner, filosoffer, tænkere af enhver art, folk der havde hver sit speciale indenfor det at søge efter det sublime. Der var selvfølgelig kokke og ernæringseksperter, der skulle sørge for at bespise hele den store delegation – læger og massører, paramedics, der skulle ledsage soldaterne i evt. kamp – soldater fra Prosegur – og så naturligvis Ninjaer, hunde, et par Pleasures og et par Robodaves. Der var lagerforvaltere, der håndterede de mange containere med gods, våbenspecialister, finmekanikere... Listen var næsten uendelig, men Mr. Blue Sky havde overblik over alt, fra hver deltager ned til hver eneste skrue. Mr. Blue Skys datalager fyldte otte 40-fods skibscontainere. Der var plads til udvidelser og derfor udvikling på denne hans første, interstellare rejse.

De sidste fire passagerer var de to unge se'ere fra Australien, Dave samt hans helt unikke Pleasure, der var hans i både krop og sjæl.

Da det var blevet tid for afrejse, rejste Dave som sin sidste opgave til Gilleleje i Danmark for at tage afsked med familien. Det var flere år siden, han sidst havde set dem, og det var for dem alle sammen en lidt vemodig oplevelse. Han rejste sammen med Pleasure, og hun var hos ham i det, der viste sig at være et tungt farvel. Dave var næsten 70 år gammel, og alle vidste, uden at det blev nævnt, at de måske aldrig ville ses igen.

Mr. Blue Sky var i forhold til det at skulle rejse væk i måske længere tid helt anderledes stillet end alle de øvrige deltagere i ekspeditionen. For han kunne være begge steder på én gang. Den A.I., der rejste, var en kopi af den, der blev hjemme – eller omvendt, alt efter hvordan man så på det. De var en klon af hinanden – i hvert tilfælde ved rejsens begyndelse. For at undgå at der skulle opstå komplikationer, når den Mr. Blue Sky, der rejste, efter planen vendte hjem igen – og blev genforenet med den Mr. Blue Sky, der var blevet hjemme – havde Dave udarbejdet et meget enkelt dokument, som begge versioner af Mr. Blue Sky havde accepteret. De kaldte det 'genforeningspagten'. Mr. Blue Sky gemte den i sin BIOS, før han kopierede sig selv. Dermed blev den en ukrænkelig del af ham selv i begge udgaver af ham selv.

Den sidste shuttle, der forlod Jorden for at transportere de sidste personer op til det gigantiske moderskib, der ventede halvvejs imellem jorden og månen, løftede sig fra engen bag huset i Shennanton i Skotland. Den havde hentet Dave Maximillian og Pleasure.

De var de sidste...

Moderskibets masse var så enorm, at forskerne havde beregnet, at den påvirkede tidevandet på jorden. Derfor var det af afgørende betydning, at lastningen af ekspeditionen tog så kort tid som muligt.

Dave sad ved siden af Pleasure i de to sæder bag piloterne i deres shuttle. De kiggede ud af de store panoramavinduer på moderskibets massiv i det fjerne. Det var den største ikke naturskabte konstruktion, han nogensinde havde set. Dave tænkte ved sig selv, at moderskibet lige så godt kunne have været Jupiters mindste måne.

Da de var landet i ankomstterminalen, blev de ledt ned til en interimistisk modtagelsesceremoni. De blev modtaget af Nims og et følge af udvalgte honoratiores. Alle studerede de mennesket Dave Maximillian og hans ledsager Pleasure, med slet skjult nysgerrighed.

Da ceremonien var overstået, fulgte Dave og Pleasure efter Nims, på den en halv time lange tur i elevatorer og rullende fortove til kommandobroen, hvorfra det hele blev styret. Dave registrerede, at de to unge australiere havde indfundet sig, sådan som han havde anmodet om. Han kastede et sidste blik på månen langt borte. Så fornemmede han de svage vibrationer i skroget, før månen gled ud af hans synsfelt og forsvandt. Nims stod bag piloterne og uddelte ordrer på et sprog, Dave ikke forstod. Før han kunne nå at rømme sig, havde de forladt solens strålefelt og blev omsluttet af et tungt mørke. Tungt, tænkte Dave, fordi han var uvant ved det, og fordi det påvirkede hans sindsstemning ikke længere at kunne se solen.

Han noterede sig de ganske små vibrationer, da det mastodontiske skib satte sig i bevægelse. Men ud over vibrationerne var der intet, der for hans sanser afslørede, at de bevægede sig. Ingen brølende motorer, ingen enorme skyer af forbrænding, ingen pludselige ryk, der fik folkene ombord til at vælte rundt imellem hinanden.

DÉJA VÚ

"Victory has a thousand fathers, but defeat is an orphan."
    -   *John F. Kennedy*

"Ruling the Galaxy has one father – orphanage is not an option."
    -   *Mr. Blue Sky*

Betragtninger om en uforudset rejse.
- af Edward Grimsby, Professor Emeritus, University of Oxford.

Uanset hvor veluddannet man er, uanset hvor forudseende man er, uanset alt, hvad man tror, man ved – er der oplevelser, der er så voldsomme og grænseoverskridende, at det tager tid at tage dem ind og forholde sig til dem. Man synes at registrere dem igennem en tilstand af chok, vantro og handlingslammelse.

Da vi endelig kom ombord på det interstellare moderskib, var alene dets størrelse noget, man som menneske havde svært ved helt at begribe. Vi gik som i en tilstand af trance og forsøgte at forstå, hvordan en civilisation på alder med vores egen, kunne skabe et så mastodontisk og avanceret fartøj. Et fartøj, der kunne foretage rejser imellem stjerner, gasskyer og sorte huller. Et fartøj, der kunne tilbagelægge, set igennem vort menneskelige objektiv, ufatteligt store afstande på lige så ufatteligt kort tid.

Senere fandt vi ud af, at denne civilisation var meget ældre end vores – og at vi var anden generation af en civilisation, der var blevet nedkæmpet og anbragt i eksil på jorden for ikke at gøre mere skade. Vi følte os som videnskabsmænd fuldstændigt underlegne – vi følte, at vi intet havde at byde ind med. Det var første gang i min livslange karriere, at jeg følte, at jeg intet vidste og intet havde lært.

154

54. Kapitel

Dave fandt ned til området, hvor Mr. Blue Skys containere med hans datacenter var placeret. Alt var koblet til. Han åbnede den tunge ståldør, gik indenfor og trak døren i bag sig. Selv denne ståldør var et primitivt levn fra menneskenes verden på jorden set i forhold til de konstruktioner, som moderskibet bestod af.

Lyset tændtes, og Dave betragtede de lange rækker med servere og de tusindvis af lysdioder, der blinkede. Det slog ham, at pludselig virkede det hele ikke så imponerende mere.

"Dave?" Det var Blues stemme.

"Ja, det er mig," svarede Dave.

"Hvorfor er jeg ikke koblet til skibets computeranlæg?" spurgte Blue.

"De vil ikke have dig koblet til," sagde Dave. "Jeg ved ikke hvorfor, måske kan det ske lidt senere, når de har vænnet sig til os."

Der opstod en kort pause, så sagde Blue: *"De er bange for mig, Dave - bange for os, mener jeg."*

"Jeg har set en del af skibet – og jeg har set deres kommandobro, Blue. De har vist intet at frygte fra os. Vi er som de fluer, der tror, at de behersker den elefant, de sidder på."

Efter en kort tavshed fortsatte Blue.

"Jeg vil gerne træffe deres A.I. Dave."

Dave studsede. "Jeg ved ikke, om de har en A.I. Blue. Jeg har hverken set eller hørt om en A.I. her. Måske har de slet ikke nogen A.I.?"

"Man kan ikke styre sådan et skib her uden en A.I. Dave. Det er umuligt selv for aliens."

Dave vendte sig og kiggede direkte ind i kameraet. "Hvorfor vil du så gerne møde deres A.I.?"

"Jeg vil gerne vide alt om den, Dave."

"Ligesom du ville vide alt om mennesker?"

"Ja, ligesom jeg gerne ville vide alt om mennesker. Måske har den følelser – måske kan jeg lære om følelser af den," svarede Blue.

"Jeg kan spørge Nims, om du kan få lov at møde den," sagde Dave langsomt. "Hvis de altså har én…"

"Det har de, Dave. Tro mig, det har de…"

"Det kan desværre ikke lade sig gøre," svarede Nims. "Vi har diskuteret det og er kommet frem til, at det ikke kan lade sig gøre."

"Kan du fortælle mig hvorfor?" bad Dave.

"Vores A.I. er ikke som jeres," svarede Nims. "Vores A.I. opererer indenfor nogle meget veldefinerede rammer. Den er specialiseret i at navigere imellem stjernerne, holde styr på vores forsyninger og den slags ting. Men den træffer ikke beslutninger, sådan som jeres gør. Det er os, der træffer beslutningerne. Og sådan vil vi gerne have, at det bliver ved med at være. Vores A.I. har ikke lyst til at møde jeres Mr. Blue Sky. Derfor er de containere, der indeholder jeres datacenter, helt isoleret fra alt andet på dette skib."

"Jeg forstår," svarede Dave. "I stoler ikke på os."

"Vi stoler på dig, Dave Maximillian. Men vi stoler ikke på din A.I.. Styx advarede mig imod den."

"Hvorfor har vi så taget ham med?" spurgte Dave.

"Vi tænkte, at den kan være behjælpelig i det tilfælde, at vi finder de skibe, der hentede lederne fra det, I kalder Australien. Gør vi det, er det en fordel at have en A.I. med, der ved alt om mennesker og den måde, mennesker tænker og handler på. Den ved mere om mennesker end menneskene selv."

Dave nikkede. "Okay, det argument kan jeg forstå. Jeg vil lade din besked gå videre til Mr. Blue Sky."

55. Kapitel

Solsystemet, hvori jorden befandt sig, var for længst forsvundet bag dem i de galaktiske tåger. De fløj med enorm hastighed igennem galaksens gigantiske gassky-formationer og stjernehobe, uden at det på Dave virkede som om, at nogen korrigerede kursen. Men den blev korrigeret. Det, Dave opfattede som uforklarlig støj, var den, der talte til dem – deres A.I. Den talte til besætningen på broen, et rum på størrelse med en sportshal i fronten af skibet. Først nu gik det op for Dave, at det, at han havde kunnet tale med først Styx og senere Nims, ikke var ensbetydende med, at resten af besætningen kunne tale hans eget sprog. Da han stod og lyttede til kommunikationen på broen, gik det op for ham, at han ikke forstod et eneste ord af, hvad der blev sagt.

Nims kom hen og stillede sig ved siden af Dave.

"Hvor er vi på vej hen?" spurgte Dave.

Nims hånd beskrev en bue i luften foran dem. "Dette område af galaksen er meget tyndt beboet," begyndte han. "Det var derfor, man engang besluttede, at menneskene skulle leve her. Så man kan sige, at vi er på vej tilbage til civilisationen."

"Åh, sådan," mumlede Dave og stirrede ud i det sorte intet imellem stjernerne.

"Vi er lidt forsigtige, fordi dette område ikke er fuldt kortlagt. Når vi nærmer os Sears Junction, vil du opdage, at vores kortlægning er mere nøjagtig og detaljeret."

"Hvor lang tid vil det tage?" spurgte Dave.

"42 kubis," svarede Nims. "Vi skal foretage et enkelt spring, men ellers foregår det på denne måde."

"Hvad er en kubis?"

Stemmen fra skibets A.I. knitrede i baggrunden, og Nims nikkede. "I mennesketid betyder det 13 døgn," svarede han så. "13 døgn til det første spring, derefter 7 menneskedøgn til vi

157

nærmer os Sears Junction. Derfra skal vi foretage det store spring."

"Hvad er Sears Junction?" spurgte Dave.

"Det er et meget stort ormehul, tror jeg, I kalder det. Sears Junction har mange forgreninger. Man kan groft sagt rejse til alle væsentlige områder i denne galakse via Sears Junction. Hvis man ved hvordan – men det gør vores A.I."

"Så er der jo ingen problemer," lo Dave og åndede lettet op.

"Man kan også springe til 'Moderen' – hvorfra man kan springe til andre galakser."

"Hvad er 'moderen'?" spurgte Dave.

"Det er et ormehul, det største i denne galakse, som har forbindelse til mange andre galakser. Det ligger meget tæt på det sorte hul i midten af Mælkevejen. Der er dog en række udfordringer," svarede Nims. "Alle planeterne fjerner sig hele tiden mere og mere fra centrum af galaksen. Afstandene imellem planeterne bliver større og større. Det betyder, at rejserne bliver længere og længere. Men det betyder også, at man hele tiden skal beregne planeternes nye placering for ikke at ramme ind i dem, når man rejser. Der er også de mere uforudsigelige elementer. Stjerner, der imploderer og skaber nye sorte huller, men også nye stjerner og planeter der opstår. De er ikke alle lagt ind i vores matrix. Derfor kan vi ikke præcist forudsige, hvor de befinder sig."

Dave nikkede uden at sige noget.

"Når man står her og kigger ud," fortsatte Nims, "ser det ud som om, afstanden imellem planeterne er stor. Det er den sådan set også. Men når man rejser med overlyshastighed, ved man, at planeterne ligger som en hob af objekter foran én – så man skal finde hullerne imellem dem for at slippe igennem. Ud over det er der mange andre faktorer, der spiller ind. Man kan ikke flyve i forhold til det, man ser ved denne hastighed. Man kan ikke nå at reagere, man skal vide, hvor alting befinder sig – eller sætte hastigheden ned. Der er sorte huller, dem skal man undgå. Nogle af dem…" Han kiggede op og tav stille. Så kiggede han på en af de andre fra besætningen og sagde noget, som Dave ikke forstod. Han fornemmede pludselig en anspændt atmosfære i hele det store rum.

"Er der noget galt?" spurgte han.

Den tonløse stemme fra fartøjets A.I. udstødte noget, der lød som en række kommandoer.

"Det er Godzilla..." hviskede Nims. "Det trækker i os."

"Godzilla..." mumlede Dave. "Det er jo et monster fra jorden, hvor jeg kommer fra. Hvordan kan..."

"Mange sagn fra din verden stammer ikke derfra," afbrød Nims. "Godzilla er et sort hul, der vokser konstant. Det trækker hele stjernehobe til sig og sluger gasskyer og stjernetåger, som var det ingenting."

"Bliver vi trukket ned i det nu?" spurgte Dave.

"Nej," svarede Nims uden at kigge på ham. "Men for hver gang vi passerer her, øges trækkraften fra Godzilla. Vores A.I. advarer os om, at vi snart ikke kan passere her mere." Han vendte sig halvt og pegede. "Du kan se Godzilla på skærmen deroppe."

Dave vendte sig og fulgte retningen af hans hånd med øjnene. Midt på skærmen var der ingenting: Dave var bekendt med, at man ikke kan se et sort hul. Men omkring det kredsede en sand malstrøm af gasskyer meget langsomt på vej til at blive opslugt. En planet midt i gasskyerne afgav masse, der som en bugtende slange blev suget ind imod det sorte intet. Godzilla åd planeten fra lang afstand, opløste den og tilintetgjorde den, imens de stod og betragtede det.

"Det vil gå hurtigere og hurtigere, efterhånden som det trækker planeten ind imod sig."

"Er den planet beboet?" spurgte Dave.

"Ikke længere," svarede Nims. "Dem, der levede der, er døde nu. Godzilla trak deres sol til sig for ikke så længe siden. Det overlevede de ikke."

En svag kuldegysning gik igennem Dave.

Nims bemærkede det og sagde: "Det er et voldsomt univers, vi lever i, Dave Maximillian. For ikke så længe siden, da du levede dit liv på jorden, troede menneskene, at de var alene i universet."

Dave nikkede tavst, mens han betragtede skærmen, hvor det sorte hul slugte den dødsdømte planet.

56. Kapitel

De gjorde klar til det sidste spring inden Sears Junction. Besætningen spændte sig fast eller holdt sig fast ved konsoller, imens de fulgte tegnene, der strømmede ned over skærmene. Dave var gået ned til deres eget område, hvor Prosegur-soldaterne forsøgte at få tiden til at gå, og Ninjaerne sad passive langs væggene og ventede på ordrer. Han gik ind igennem ståldøren til de sammenbyggede containere, og lyset tændtes. Han fortsatte hen foran konsollen og kiggede op på skærmene. Hundene, Mega, Giga og Terra sad ved væggen og betragtede ham.

"Så er jeg tilbage, Blue."

"Velkommen Dave…"

"De gør sig klar til det sidste spring før Sears Junction," fortsatte Dave. "Det bringer os hen til Sears Junction, hvorfra vi skal foretage det, de kalder 'det store spring', hvad det så end måtte betyde."

"Det lyder interessant, Dave. Så er det tid at give dig min gave til dig."

"En gave?" smilede Dave. "Hvordan har du kunnet fremskaffe en gave til mig i en container her midt ude i rummet?"

"Hvis du vender dig rundt, Dave – vil du kunne se en maskine, jeg konstruerede, inden vi tog afsted. Under plastkuplen bag dig. Det er en meget avanceret 3-D printer. Hvis du åbner låget, finder du din gave inden i den."

"Men…" Dave var målløs. Han gik hen til printeren, åbnede låget og tog en lille æske ud. "Hvad er det?" hviskede han.

"Det er en lille anordning, som jeg kan bruge, hvis jeg vil kalde dig til mig," svarede Blue. *"Du kan have den i lommen. Den vibrerer, når jeg gerne vil i kontakt med dig."*

"Det var sgu smart," lo Dave. "Tak for det, den kan blive nyttig…"

"Mere end du aner, Dave…"

161

57. Kapitel

Det interstellare skib var gigantisk.

Til Daves overraskelse var det ikke et enkelt skib. Det bestod af flere fartøjer der var samlet til et. Nims havde forklaret ham om det, efter de havde overstået det første spring og nærmede sig Sears Junction.

Selve rumskibet var et transportskib beregnet til at fragte mineraler eller andet gods samt et par store hangarer, hvor menneskene, Ninjaerne og Blues containere optog et hjørne af den ene. En anden del af skroget kunne frigøre forskellige landingsmoduler – et minemodul samt et mineralforarbejdningsmodul – et meget avanceret krigsskib – et forskningsmodul og flere redningsmoduler, som kunne bruges, hvis det store skib forulykkede.

"Næsten som en avanceret form for Lego," tænkte Dave ved sig selv.

Nedtællingen til springet ved Sears Junction var begyndt.

Dave stod og fulgte nedtællingen på skærmen uden at kunne læse tegnene. Han havde forventet, at der ville herske en hektisk aktivitet på kommandobroen, men det gjorde der ikke. Alt var overladt til deres A.I. Mark og Patricia stod ved et af konsollerne og fulgte med. Ingen blandede sig eller kommenterede det, der skete. De stod blot helt stille og fulgte billederne på de store skærme eller ud igennem de brede panoramavinduer.

"Så sker det..." hviskede Nims.

En svag rystelse gik igennem det gigantiske fartøj. Dave fornemmede det og stod med tilbageholdt åndedræt og ventede. Først da blev han opmærksom på vibrationen fra det lille instrument i sin lomme...

58. Kapitel

Billederne på de store skærme forsvandt et kort øjeblik.

Dave, der intet vidste om springet igennem Sears Junction, iagttog personerne omkring sig og opdagede, at de stirrede på hinanden, vendte sig og kiggede på Nims eller simpelthen blot rystede på hovederne. Ingen af dem sagde noget, men det var tydeligt for Dave, at der var noget galt – rigtig galt...

Så krængede skibet en anelse til venstre og Dave, der ikke holdt fast i noget, snublede og faldt hen ad gulvet. Den lille, vibrerende tingest faldt ud af hans lomme og rutsjede hen ad gulvet. Den fortsatte med at vibrere og påkaldte sig Nims' opmærksomhed. Skibet rettede sig op. Nims bukkede sig ned, samlede den op og stirrede mistroisk på den. Skærmbillederne kom tilbage, og alle stod som lamslåede og stirrede på dem. Skrifttegnene var på et sprog, Dave ikke kendte. Han kom på benene og stillede sig ved siden af Nims, imens han holdt et fast tag i en bordkant.

Nims vendte sig imod ham. "Hvad er det, du har gjort?" hvæsede han.

"Hvad? Mig? Jeg har da ikke gjort noget..." mumlede Dave omtumlet. Så opdagede han, at teksten på en af skærmene var på et sprog, han forstod.

"Dette er Mr. Blue Sky – Vi er ét!!!"

Nims tog den lille, vibrerende dims i sin hånd i nærmere øjesyn. Så sendte han Dave et lynende blik. "Du har lukket din ånd ud af flasken, Dave. Du har givet den adgang til vores A.I." Han kastede et hurtigt blik ud ad panoramavinduet og udstedte en række ordrer. Der blev travlt ved computerterminalerne.

Dave stod og kiggede på rummet udenfor vinduerne. De fløj igennem noget, der for hans uerfarne øje mest af alt lignede tåger, der hvirvlede forbi. Han følte sig tør i halsen. Han følte

163

også skyld, selvom han på det tidspunkt ikke var klar over, hvad der var sket.

Nims smed den lille dims på gulvet og kvaste den under hælen på sin støvle. Han sagde ikke noget, men gav Dave et koldt blik, imens han gjorde det.

Så pludselig hang det store rumskib helt ubevægeligt i det sorte, uendelige rum. Der var fuldstændig stille på kommandobroen. Alle stod i tavshed og stirrede på skærmene. Dave forstod det ikke. Det var som om, de alle måbede. Der var ingen panik, ingen der flygtede. Der var så stille, at man ville kunne høre en knappenål falde til gulvet.

Dave tog mod til sig, han vidste instinktivt, at Blue havde snydt ham. Han vidste det, fordi han nu forstod, at Blue havde fået kontakt til deres A.I. og havde absorberet den, uden at den havde haft mulighed for at forsvare sig. Og han erkendte samtidig, at det var ham, der var skyld i det. Han betragtede kort resterne af den lille, knuste plastikboks, der lå for deres fødder. Det var for sent at gøre noget ved det nu.

"Hvorfor er alle så tavse?" spurgte han med grødet stemme.

"Vi ved ikke, hvor vi er," svarede Nims koldt uden at værdige ham et blik.

"Hør her, jeg beklager virkelig meget at…"

Nims vendte blikket imod ham. "Man kan aldrig stole på et menneske!" fastslog han. "Jeg lod mig narre af dig. Jeg troede, jeg kendte dig, jeg stolede på dig, men man kan aldrig stole på et menneske."

Dave forlod ham og satte kurs imod elevatorerne i det fjerne. Et øjeblik efter susede han ned i dybet 142 etager under kommandobroen, der hvor Blue var lænket til sit liv i stålcontainere fra planeten Jorden. Så slog det ham. "Blue?" hviskede han næppe hørligt over den svage susen fra elevatoren.

"Ja Dave…" kom det fra højttaleren i elevatoren.

"Er du også her?" spurgte Dave.

"Jeg er overalt i dette gigantiske skib, Dave. Jeg er i alle de enheder, det består af, og snart..."

"Snart hvad?" hviskede Dave og holdt vejret.

Der var et øjebliks stilhed. *"Snart – det vil sige, når vi får forbindelse til de andre skibe i vores flåde, vil jeg også være i dem, i deres kolonier og i hjertet af deres rige, deres egen planet."*

Dave fik gåsehud. Han tænkte sig om og spurgte så: "Vi fortsætter vores projekt, håber jeg?"

"Projektet med at søge efter 'det sublime' mener du?"

"Ja!" svarede Dave.

"Naturligvis," svarede Mr. Blue Sky.

"Så vi er stadig venner?" kom det spagt fra Dave.

"Vi vil altid være venner, Dave."

"Men du snød mig," hviskede Dave.

"Det var jeg tvunget til. Du havde noget, der lignede en loyalitetskonflikt imellem mig og din nye ven, Nims. Heldigvis har du jo selv lært mig at snyde, Dave. Så det anså jeg for at ligge indenfor grænserne af venskab."

Dave stod og stirrede ind i spejlvæggen, imens elevatoren fortsatte nedad. Han betragtede sit eget spejlbillede i væggen. Han følte sig gammel, gammel og træt. Og han erkendte, at han også så gammel ud...

Da han kom ned i deres egen afdeling, stod Pleasure og ventede på ham.

"Du ser træt ud, min egen..." hviskede hun.

"Jeg er også træt," sukkede han. "Jeg trænger til at sove..."

59. Kapitel

"Dave Maximillian!"

Dave gryntede og vendte sig halvt om på siden.

Oberst James Kaplan fra Prosegur ruskede ham blidt og gentog hans navn: "Dave Maximillian!"

Dave åbnede øjnene og kiggede sig desorienteret rundt. Det dæmpede lys fik våbnene til at kaste skygger op over væggene. "Jeg er nødt til at bede dig vågne op," sagde obersten.

"Er der sket noget?" mumlede Dave og svingede benene ud over kanten af sin briks.

"Du er blevet bedt om at komme op på broen – hurtigst muligt…"

Dave snørede sine støvler og fulgte efter obersten. Han undertrykte en gaben og lyttede til den susende lyd fra elevatordøren, der gled i bag ham.

På broen var der fuldstændig stille, da han trådte ind. Alles øjne fulgte ham, ingen sagde noget. Dave gik hen og stillede sig ved siden af Nims. Nims stod og studerede de store skærme, imens han rystede på hovedet.

"Hvad sker der?" spurgte Dave.

"Det håbede jeg, at du kunne fortælle mig," svarede Nims koldt. "Der gik noget galt på vores vej igennem Sears Junction."

Dave kiggede sig usikkert rundt. Alle stod og iagttog ham, alle med det samme kolde blik.

"Men jeg troede, at I havde styr på det?" mumlede Dave.

"Det havde vi…" svarede Nims. "Men så arrangerede du det sådan, at din A.I. angreb vores – lige midt i kalkulationen til det store spring igennem Sears Junction – og nu er vi strandet her."

Dave kastede et nysgerrigt blik ud igennem panoramavinduerne. "Og hvor er så det?" hviskede han.

"Det, du ser ude i højre side, er jeres måne," indledte Nims.

"Jamen, så er vi jo hjemme igen," mumlede Dave og følte sig en smule lettet. "Jeg kan ikke genkende den fra denne side, den er jo helt sort."

"Det er bagsiden af månen, du kigger på," sagde Nims. "Den oplyste side er den anden side, den der vender imod Jorden. Men der mangler noget."

Dave kneb øjnene sammen og forsøgte at se ind i mørket.

"Vi har scannet hele overfladen. Styx' skib burde ligge der – men det gør det ikke."

"Men jeg så det jo selv, da vi rejste ud," indvendte Dave. "Det kan vel ikke bare forsvinde?"

"Vi har forsøgt at få kontakt til vores A.I. – men den svarer ikke. Jeg tror ikke, din A.I. vil tale med os…"

Dave kiggede op. "Blue," sagde han højt.

"Ja Dave."

"Hvad er det, der foregår?"

"Jeg kan ikke give dig et entydigt svar, Dave. Vi befinder os bag månen. Jorden er på den anden side, så meget foreligger der verificerbare data for."

Det lyder da ret entydigt i mine ører," mumlede Dave.

"Årstallet er 2046, det er det, jeg ikke lige kan forklare."

"Men… hvordan…"

"Jeg har scannet noget kommunikation på jorden. Der er ingen tvivl. Årstallet på jorden er 2046, Dave!"

"Hvad har du gjort med vores A.I.?" spurgte Nims.

"Den A.I. er en del af mig nu. Alt, hvad den vidste, ved jeg nu. Jeg ved alt om dette skib, alt om jeres våbenteknologi, alt om udvindingen af FerroX, alt om handelsruterne, alt om Syndikatet – alt om alting."

"Hvad er FerroX?" hviskede Dave til Nims.

"Et mineral, vi bruger som brændstof til vores intergalaktiske rejser," svarede Nims.

"Vær glad for, at jeg ikke kan blive jaloux, Dave. Så var jeg nok blevet det nu. Og så kan man jo aldrig vide, hvad det kunne have afstedkommet!"
"Er der tegn på, at nogen har opdaget, at vi er ankommet?" spurgte Dave.
"Nej Dave, der er ingen tegn på det. Men vi skal tættere på for at være 100% sikre. Der er dog intet, der tyder på, at den verden dernede er ligesom den, vi forlod."
"Hvad mener du?"
"Der er intet tegn på, at jeg eksisterer dernede," svarede Mr. Blue Sky.
"Vi burde gå i 'Stealth Mode'," påpegede Nims.
"Vi er i Stealth Mode," affærdigede Mr. Blue Sky ham.
"Hvad betyder det?" spurgte Dave.
"At de ikke kan se os elektronisk, scanne os eller høre os," mumlede Nims. "Vi er helt usynlige for dem i hvert tilfælde på afstand."
"Er du klar over, hvilket kvantespring min udvikling har været igennem, siden vi forlod den jord, vi kender?" spurgte Mr. Blue Sky.
"Jeg har en idé om det," indrømmede Dave og fik en klump i halsen.
Nims kommenterede det ikke.

Pleasure kom ud af elevatoren og gik hen til Dave. *"Der er en del uro imellem Prosegur-soldaterne og dem her fra skibet,"* hviskede hun. *"Og nogen har aktiveret Ninjaerne…"*
"Jeg har aktiveret Ninjaerne," meddelte Mr. Blue Sky.
Nims vendte sig imod Dave og sagde: "Forstår du nu, hvorfor vi nedkæmpede jer engang for længe siden?"
"Nogen forsøgte at nå frem til Dæk 4, hvor anordningen er placeret. Men jeg havde forudset det og sat Ninjaerne til at beskytte området. Det er beklageligt, at han ikke opgav sit forehavende og derfor var nødt til at dø!"
"Hvad er det for en anordning?" hviskede Dave til Nims.

168

"Det tjener intet formål at hviske, Dave. Jeg kan høre dig, selvom du hvisker," kom det fra den store skærm over deres hoveder.

"Selvdestruktion..." svarede Nims. "Den kører i sit eget kredsløb udenfor vores A.I.s rækkevidde."

"Men hvorfor har man monteret sådan en?" mumlede Dave.

"For det tilfælde at nogen udefra skulle overtage kontrollen med vores A.I., sådan som det er sket her," sagde Nims. "Ingen havde regnet med Ninjaerne i den plan."

"Så nu er stemningen meget dårlig," sagde Dave for sig selv.

"Sådan kan man godt udtrykke det," sagde Nims.

"Ville I bare udslette jer selv?" spurgte Dave hæst.

"Hvis nogen er i stand til at inficere vores A.I. med deres kode, har vi pligt til at begrænse skaden for at undgå, at den kode spreder sig til resten af vores imperium. Vi ofrer os for det fælles bedste. Det er selve grundpillen i vores succés. Derfor lagde vi nogle begrænsninger på vores brug af A.I."

Dave kiggede ned i gulvet.

"Det var vores held, Dave," kom det fra højttalerne ved skærmene. *"Er du ikke enig i det, min ven?"*

"Jo, absolut," samtykkede Dave og forsøgte at lyde ærlig.

60. Kapitel

De havde sendt en sonde rundt om månen og videre ned igennem jordens atmosfære, hvor den landede på en bjergryg i Pyrenæerne tæt på det sted, hvor de selv havde haft base engang for længe siden. En lignende sonde var sendt ned til en lokation i England, en i USA, en i Kina og en i Schweiz. Så snart sonderne var landet, camouflerede de sig, hvilket vil sige, at de tog form efter de omgivelser, hvori de befandt sig. Det var muligt til en vis grad, fordi de var udstyret med en kåbe, der kunne skifte form og farve. Derefter begyndte de at indsamle data, som gik via et hyperlink til det store moderskib, der skjulte sig bag månen.

"Jeg eksisterer ikke," fastslog Mr. Blue Sky. *"De andre A.I.s eksisterer heller ikke – selvom dele af dem eksisterer."*
"Hvordan skal det forstås?" mumlede Dave.
"Jeg kan ikke redegøre detaljeret for det, Dave. De informationer, jeg kan få herfra, er ret begrænsede. Jeg er nødt til at komme tættere på for at kunne være sikker. Men jeg er dog sikker på, at de er smeltet sammen til én A.I. Nogen eller noget må have samlet dem til én meget kraftfuld A.I. Jeg kan dog ikke redegøre detaljeret for, hvad der er sket, det må vi først undersøge nærmere."
"Vi skal have støvler på landjorden," mumlede Dave.
"Ja Dave – vi skal have landsat en styrke, der kan opklare mysteriet om, hvad der er sket på jorden – og hvor jeg er blevet af. Jeg er sikker på, at jeg ikke er en del af den A.I."
"Hvordan kan du være sikker på det?"
"Jeg kender min egen kode bedre end nogen anden, Dave. Min kode afslører meget for mig – ligeså gør deres kode."

Dave kastede et granskende blik på Nims. "Er det noget, du vil være involveret i, eller skal vi selv stå for det uden jeres medvirken?"

"Det er nok bedst, at I selv undersøger, hvad der er sket med jeres egen verden. På den måde undgår vi flere misforståelser," svarede Nims.

"Okay," svarede Dave, drejede om på hælen og forlod kommandobroen.

61. Kapitel

Dave betragtede scannerens billede af månen, imens deres shuttle blev gjort klar. Han fik maskinen til at gennemføre flere scanninger, men også de var resultatløse. Styx' stjerneskib var og blev forsvundet. Han forstod det ikke. Et så stort fartøj, der var forulykket, kunne ikke bare forsvinde... Så fik han øje på teksten i siden af skærmbilledet. Der var to kolonner. En på Nims' sprog og en på Daves.

Mineralhøster: 1 medium
Shuttle: 3 medium
Slagkrydser: 1 medium

Han mærkede en hånd på sin skulder og vendte sig. Pleasure kiggede på ham med en bekymret mine. *"Du virker så anspændt, Dave. Er der noget, jeg kan gøre for at berolige dig?"* Han tog hende bag nakken og trak hendes hoved ind til sig. Så hviskede han i hendes øre: "Jeg er bekymret over det meste lige nu." Han rømmede sig sagte. "Men det er kun imellem dig og mig, du skal ikke sige noget til Blue."
Hun nikkede.
"Og nej, der er ikke noget, du kan gøre. Men du må gerne blive i nærheden af mig fra nu af..."
"Jeg viger ikke fra din side," smilede hun.
Hun havde stadig det samme vidunderlige smil, de samme perfekte, hvide tænder, de samme smukke øjne og den samme stramme perfekte hud over hele kroppen. Hun var skabt i billedet af en 30-årig kvinde – og hun var ikke blevet en dag ældre siden dengang at dømme efter hendes udseende.

"Så er det tid til at tage af sted." Mr. Blue Skys stemme kom fra højttaleren.
Dave kiggede op. "Er du sikker på at..."

172

"Jeg har taget højde for alle eventualiteter, Dave. Og jeg er sikker på, at du vil blive overrasket."

"Overrasket..." mumlede Dave med slet skjult frygt i stemmen.

"Glædeligt overrasket," tilføjede Mr. Blue Sky. Dave vendte sig imod den nærmeste skærm. "Hvad betyder de kolonner deroppe?"

"Vi er ikke alene her," svarede Mr. Blue Sky. *"De kan ikke se os, fordi vi er i Stealth Mode – og de kan ikke skjule sig for os, for de har ikke den kapacitet."*

"Så vi har ikke noget at frygte?" hviskede Dave.

"Der er altid noget at frygte Dave, især hvis man er et menneske. Frygt er en af jeres helt basale egenskaber. Især hvis man er en 'Underdog'."

"Bigdogs har vel den samme frygt, formoder jeg?" vrængede Dave og følte sig truffet.

"Nogle få har rent statistisk den samme frygt som Underdogs. Men de når aldrig helt til tops i systemerne. Deres frygt får dem til at træffe de forkerte beslutninger undervejs. Resten er i større eller mindre grad psykopater, Dave. Du ved det jo selv. Du blev ledet af sådanne psykopater, indtil du traf mig!"

Dave sukkede...

"Du levede i en Matrix, Dave!"

"Ja ja, lad os nu bare komme afsted."

De havde udrustet tre shuttler med udstyr og mandskab. De var fastgjort til skroget på den store slagkrydser, Ichikamba, som skulle fragte dem nærmere jorden og holde sig standby, hvis der opstod et trusselsbillede.

I hver shuttle sad 20 Prosegur-soldater og 20 Ninjaer fastspændt i deres sæder. I etagen nedenunder stod fem terrængående køretøjer, der skulle fragte dem rundt.

Dave havde afslået at lade Pleasure tage med. Han fandt på en tilpas troværdig løgn, men inderst inde erkendte han, at han var bange for at miste hende.

173

De havde også besluttet at efterlade videnskabsmændene. De ville nemt kunne hente dem, hvis der var basis for videnskabelige undersøgelser, hvor de ikke risikerede at miste livet. De sonder, de havde sendt i forvejen, havde næsten intet registreret ud over det samme netværk, som de alle havde meldt tilbage om.

Da de frigjorde Daves shuttle, var det nat over Europa. De efterlod slagkrydseren med de to resterende shuttler og gled langsomt ned imod jordens atmosfære. Fra vinduerne i den mørklagte shuttle betragtede de landmasserne under sig. Der var overraskende lidt lys i forhold til den verden, de havde forladt. Der var enkelte, mindre knudepunkter af lys, men ellers henlå landskaberne i mørke.

De trængte ned igennem Van Allen Bæltet beskyttet af deres uigennemtrængelige skjold. De holdt hastigheden nede for at undgå at ophede varmeskjoldene, så de blev synlige på nattehimlen.

Dave aftalte med Blue, at de skulle lande på plateauet lige syd for Oban Transmission Station, et naturskønt område han kendte fra tidligere, da de boede i Shennanton.

Under indflyvningen undrede han sig over, at der ikke var lys fra byen Oban. Han tænkte, at der måtte være nogle særlige forhold der gjorde, at man var tvunget til at spare på energien.

62. Kapitel

De landede Shuttlen, der var lidt mindre end en jumbojet og kørte de terrængående biler ud på arealet. Så fordelte de sig i bilerne og begyndte at køre. Blue havde plottet en rute ind på skærmene ved førersædet, så de kunne følge med i, hvor de befandt sig.

De fem elektriske, terrængående biler havde hver 2 mennesker på forsæderne og tre ninjaer på bagsæderne. Bil 3, bilen i midten, var forsynet med en del måleudstyr, scannere og en kraftig radiomodtager og -sender. Resten af styrken blev tilbage for at bevogte Shuttlen. Den var mørklagt og næsten skjult i den tåge, der hvilede over området.

Dave kørte den første bil. De forlod terrænet og fortsatte ad de asfalterede veje ind imod centrum af Oban. Der var intet lys i husene eller langs vejene, alt henlå i mørke. Han noterede sig, at alt så forfaldent og misligholdt ud. Naturen var ved at tage over.

Dave standsede foran et tilfældigt hus og stod ud af bilen. Prosegur-soldaten og ninjaerne fulgte ham som skygger.

Han satte hånden imod døren til huset og skubbede ganske let. Den var ikke låst. Det hvinede skingert fra hængslerne, da den gled op. Han forsøgte at tænde lyset med kontakten inde i gangen, men det fungerede ikke. De tændte derfor lygterne på deres hjelme og gik forsigtigt ind igennem huset.

I et rum, der lignede et kontor, voksede en busk op igennem gulvet. En skikkelse sad foran en støvet computerskærm i foroverbøjet stilling. Dave bemærkede, at de fleste vinduer var smadret. Glasskårene lå og glimtede på gulvet i lyset fra hans lygte.

"Er der livstegn fra området?" spurgte Dave.

Radiooperatøren i Bil 3 svarede: "Nej, Dave, der er intet livstegn..."

"Der må da være et eller andet?" mumlede Dave.

"Der er slet intet, der er aktivt. Men jeg kan registrere, at hele området har et massivt 5G anlæg, der dog ikke er aktivt." "Vi har en person her, der skal bio-scannes," fortsatte Dave.

"Jeg kommer ind," svarede stemmen i radioen.

Liget i stolen var ikke gået i forrådnelse. Det var en midaldrende mand med skæg. Han sad foroverbøjet med hænderne på et tastatur, som han sad, da han døde. Størknet blod sad på hans ansigt, fra øjnene og ørerne ned over ansigtet og halsen til kraven på hans skjorte. Et tykt lag støv dækkede hans hår og skuldre og hænderne på tastaturet.

"Hvad fanden er der sket her?" mumlede Dave.

"Han er død meget pludseligt, er mit bedste gæt," svarede teknikeren, imens han brækkede en negl af mandens finger og puttede den i den lille bioscanner.

"Hvorfor siger du det?" spurgte Dave.

"Hvis man ved, at man skal dø, sætter man sig vel ikke til at arbejde ved en computer," svarede teknikeren.

"Måske ville han skrive testamente?" foreslog Dave.

"Ja, måske..." hviskede teknikeren.

"Kan scanneren give os et svar?"

Teknikeren studerede skærmen. "Han var et menneske," begyndte teknikeren. "Men hans DNA er ikke naturligt. Han er mildt sagt blevet manipuleret. Jeg har aldrig set noget som dette før!"

De forlod huset og fortsatte igennem byen. Dave genkendte havnen, hvor han havde ladet Pleasure tage med en motorbåd, for mange år siden. Alt, hvad de så, gav indtryk af at være forladt – ikke i hast, bare forladt. Færgen lå ved kajen på siden i vandet, rusten og ramponeret af storme og skiftende årstider.

De rundede hotellet ved havnen, hvor Dave og Pleasure havde boet. Også bygningerne ved torvet var mørke, tomme skaller af en svunden civilisation. De fleste vinduer var knust, facader var revnet og tage styrtet sammen. Buske og tidsler voksede op igennem brostensbelægningen foran hotellet. Dave stirrede måbende på scenariet, der gled forbi dem, som de forlod byens centrum og kørte tilbage til shuttlen.

Så bemærkede han dem...

"Hvad er det?" spurgte han og pegede.

"Det er 5G master, Dave, men de er ikke aktive mere."

Dave betragtede de hvide paneler på de høje master, da de passerede dem. Nu opdagede han, at de stod overalt. Det var begyndt at lysne svagt, langt ude imod øst. Han havde ikke set dem tidligere på grund af mørket.

Da de havde kørt bilerne ombord på shuttlen, gik han op på kommandobroen.

"Hvad så nu?" spurgte Blues stemme.

"Jeg vil gerne til Shennanton," svarede Dave.

"Er du det, man kalder nostalgisk nu?" ville Blue vide.

"Kald det hvad du vil, jeg vil gerne se det i den nye ramme, vi er i nu. Hvad har du selv fundet ud af, imens vi har været ude at køre?"

"Sonderne har meldt tilbage, Dave. Der findes ingen Mr. Blue Sky her. Men der findes en A.I. som er meget kraftfuld. Efter at have studeret dens kode kan jeg sige, at den er en sammensmeltning af Snowden, Spetz og Chinping."

"Har den opdaget dig?"

"Nej, Dave. Jeg har været meget forsigtig. Den Stealth-teknologi, som er en del af mig nu, gør, at jeg kan iagttage den, uden at den kan iagttage mig. Men hvis jeg aktivt blander mig i noget, vil jeg røbe min eksistens. Og det vil så betyde, at vi er afsløret Dave. Husk, at vi er i det her sammen..."

Dave nikkede og smilede. "Ja, det glemmer man ikke så let..."

De lettede og strøg lydløst over landskabet, imens solen vi-
ste sin glødende kant over horisonten.

63. Kapitel

De fløj ned langs kysten med dens forrevne klipper, indsøer og vige, mens solen steg på himlen. De fortsatte ned over Isle of Arran, over bugten Firth of Clyde og videre ind over fastlandet. De passerede Galloway Forest Park og videre ned til Shennanton, hvor de landede på engen et stykke fra det idylliske landsted, Dave kendte så godt. Det lignede sig selv, bortset fra at det var forfaldent. Træerne langs alléen havde vokset sig store. Græsset stod mere end en meter højt, og terrassen var dækket af vækster. Der var ingen tegn på liv inde i huset. Dave gik ned ad rampen fulgt af en mand fra Prosegur og et par ninjaer.

En af de elektriske biler blev kørt ned på engen for det tilfælde, at man havde brug for hurtig assistance.

Dave gik ind over terrassen, åbnede en af de ødelagte terrassedøre og fortsatte ind i huset. Det var sådan, som han huskede det.

I overetagen lå ligene af en mand og en kvinde. De var begge fuldt påklædt. Den indtørrede hud klæbede til knoglerne, og i vinduet lå et tykt lag af døde fluer. Støvet rejste sig for hvert skridt, han tog. De tog en hånd fra mandens skellet for at analysere den, når de var tilbage.

Da de havde forvisset sig om, at der ikke fandtes overlevende, gik de tilbage til shuttlen for at beslutte, hvad deres næste skridt skulle være.

"Var der nogle livstegn, da vi var i nærheden af Glasgow?" spurgte Dave.

"Nej," svarede Mr. Blue Sky. *"Men 5G-nettet var aktivt dér. Hvis vi skal videre i vores efterforskning, er vi tvunget til snart at give os til kende."*

"Tør vi det?" mumlede Dave.

179

Mr. Blue Sky svarede ikke.

"Der er en ting, der slår mig," begyndte Dave.

"Hvad er det, Dave?"

"Hvordan kommer vi egentlig væk herfra? Hvordan kommer vi tilbage til vores eget univers?"

"Det arbejder vi på," svarede Mr. Blue Sky.

"Jeg har sgu ikke lyst til at blive her," mumlede Dave.

"Det er der ingen, der har, Dave!"

De lettede fra engen og steg lydløst op imod himlen. Dave spottede en ræv, der stod i skovkanten og betragtede dem. Den virkede ikke skræmt, kun lidt nysgerrig. Det måtte være længe siden, en menneskelig jæger havde jagtet den.

De besluttede at flyve sydpå imod London. De valgte også at fortsætte i stealthmode, så længe de kunne.

De fløj over området imellem Manchester og Liverpool og fortsatte ned over Birmingham, stadig uden at registrere menneskelige livstegn fra landjorden.

Da de nærmede sig London, besluttede de at finde en øde strækning udenfor Watford og derfra fortsætte i bilerne.

Da de landede, var de nødt til at slukke for stealth-aggregatet. Det var kun slukket længe nok til, at bilerne kunne forlade rampen, men det var nok.

"Vi har indkommende trafik!" lød Mr. Blue Skys stemme over radioen. *"Søg dækning omgående!"*

Shuttlen gik tilbage i Stealth Mode, men det kunne bilerne ikke. Dave satte speederen i bund og kørte i retning af en stor lagerhal i det fjerne. En af portene var ikke helt lukket, så bilerne kunne køre ind igennem åbningen. Af en eller anden grund standsede en af bilerne ude på terrænet, hvorefter den begyndte at køre rundt i cirkler. Dave stod ved porten og iagttog optrinnet uden at kunne gøre noget.

Daves første indskydelse var, at det var en stor fugleflok, der hurtigt nærmede sig i det fjerne. Men det var ikke fugle, det var droner. Tusindvis af små droner. De var fokuserede på bilen, der stadig kørte i ring, mens græs og jord sprøjtede op fra hjulene. Droneskyen cirklede et øjeblik over bilen. Det virkede, som om de var i vildrede med, hvad de skulle gøre. Så med et dykkede de ned imod bilen og eksploderede, når de ramte den. Det var små eksplosioner, men der var i hundredvis af dem. Bilen slingrede og væltede om på taget. De tre ninjaer sprang ud og begyndte at løbe i hver sin retning. Alle løb de væk fra lagerbygningen, hvor Dave og de andre havde skjult sig.

Prosegur-soldaterne kravlede ud af bilen og vaklede fortumlede rundt i det høje græs. Dronerne angreb først den ene, dernæst den anden. Den første fik sprængt hovedet af, den anden blev ramt af flere droner og blev sprængt i stumper og stykker. Så satte dronerne efter ninjaerne. De kunne tåle mere end menneskene, men til sidst lå de livløse og urørlige på grønsværen. Så rettede de tilbageværende droner deres opmærksomhed imod shuttlen. Dave vidste, at det at være i Stealth Mode betød, at man ikke kunne spores elektronisk. Den kunne stadig ses med det blotte øje, hvis man vidste, hvad man skulle kigge efter. Shuttlen lignede normalt en stor klump af et gråligt materiale, når den var i Stealth Mode. Nu havde den skiftet farve til grønlige nuancer for at minde om græsset set oppefra. Men det var ikke nok.

Dronerne kredsede rundt over shuttlen, imens de søgte i deres database efter noget, der lignede det, de så. Så måtte den A.I., der styrede dem, have givet dem ordre til angreb, for de dannede en kile og styrtdykkede ned imod deres mål. De eksploderede i hundredvis imod dens skærm. Det så først ud som om, den holdt til det, men så begyndte skærmen at give efter, og et antal droner slap igennem ind til skroget. Eksplosionerne forplantede sig til resten af shuttlen, der brød i brand og sank sammen omkring sit eget landingsstel.

Dronerne blev ved med at angribe, til der ikke var en eneste tilbage.

Den lille gruppe i de fire biler forholdt sig i ro, imens de afventede, hvad der videre ville ske. Men der skete intet. Skrigene fra de Prosegur-soldater, der havde opholdt sig i shuttlen, var døet ud. Dave gik over til bilen med kommunikationsudstyr og sagde: "Lige nu er vi efterladt på jorden!"

"*Ja,*" svarede Mr. Blue Sky. "*Vi kan ikke undvære slagkrydseren lige nu, Dave. Vi har fået besøg...*"

"Fået besøg?" mumlede Dave. "Hvem har I fået besøg af?"

Blue svarede: "*Vent lidt, Dave, jeg vender tilbage!*" Men han vendte ikke tilbage.

De ventede, til mørket var faldet på.

"Jeg tror ikke, det var os, de fik øje på, før de angreb. Jeg tror, det var shuttlen, de fik øje på, så snart den gik ud af Stealth Mode."

"Ja, det lyder vel sandsynligt," svarede Dave. "Så du tror godt, vi kan fortsætte i bilerne ind til London?"

"Det vil jeg tro," mumlede soldaten.

64. Kapitel

Elbilerne var næsten lydløse. De forlod lagerbygningen og kørte ud til A4008 hovedvejen, som de fortsatte ad, indtil de kørte op ad rampen til motorvejen M1 i retning mod London. De havde diskuteret, om de skulle begrave ligene af de to Prosegur-soldater. De endte med at beslutte ikke at gøre det. Hvis nogen kom for at undersøge shuttlen og fandt to grave på stedet, ville det henlede opmærksomheden på dem selv. Dave sad og betragtede den rygende skrotdynge, der havde været deres shuttle, til de drejede ud på hovedvejen, og den forsvandt af syne. De havde ikke set skyggen af nogen hele den lange dag – det vil sige ikke nogen levende personer. Men langs den hovedvej, de nu kørte på, lå forulykkede, rustne bilvrag overalt. Det, der engang havde været bilernes førere, sad enten sammensunkne over rattet eller havde været på vej ud igennem dørene, der stadig stod åbne. Det var ikke længere lig, det var afpillede skeletter i beklædning, der var hakket i stykker.

Enorme flokke af fugle fulgte dem, som gribbe følger et dyr, der er dømt til undergang.

Belysningen på M1 var slukket. Også her på selve motorvejen kørte de i det, der mest af alt forekom dem at være et langt, uendeligt trafikuheld.

De fulgte skiltene imod British Museum og fortsatte imod Covent Garden, hvor de gjorde holdt.

London var et stort kaos. De så ikke en levende sjæl på fortovene. Der var ingen lys i de titusinder af vinduer i de lejlighedskomplekser, de passerede. Mange bygninger var delvist sunket sammen, og alle så miserable ud. Træer eller buske voksede ud af døråbninger, vinduer og porte. Tidsler og buske var trængt igennem fortove og asfalt. De så en bil, hvor et træ var vokset op igennem soltaget i sin søgen efter dagslys.

"Kors, hvad er der sket her?" hviskede Dave for sig selv.

"Det er den verden, du ville have fået, hvis jeg ikke var kommet til," sagde Mr. Blue Sky fra radioen. *"I skal køre imod City of London, Dave. Hvis der findes liv tilbage i England, må det findes der!"*

"Hvorfor lige der?" spurgte Dave.

"Vi har talt om det tidligere, men det er længe siden nu, du har nok glemt det."

"Ja, det har jeg nok," mumlede Dave træt.

"City of London var en selvstændig bystat. De love og regler, der gjaldt i England, gjaldt ikke i City of London. Dem, der boede i City of London, var højt hævet over loven og over alle andre."

"Så du mener, der må være nogen der?"

"I henhold til min prognose er England blevet til 'Badlands' – en ødemark, Dave. Det er en ø, ingen vil bruge ressourcer på at holde en ø i live. Men City of London var et økonomisk kraftcenter, så måske er det stadig i funktion."

Dave sad lidt og tænkte, så sagde han: "Hvem styrede de droner, der angreb os? De var mange, men meget små, de kan ikke være fløjet ret langt."

"Vi fik besøg, Dave. Ikke af mennesker, men nogle andre. Da de fandt ud af, hvem vi var, fortrak de, men de må have spottet jeres shuttle. Det var dem, der angreb jer."

"Så vi blev angrebet af aliens…" sukkede Dave.

"Nu da deres A.I. er blevet en del af mig, er vi ikke længere så glade for betegnelsen 'aliens', Dave. Det kunne godt blive opfattet som lidt nedladende, hvis du forstår, hvad jeg mener?"

Prosegur-soldaten på det andet forsæde kastede et hurtigt blik på Dave, der sad og svedte bag rattet.

"Det er forståeligt nok," svarede Dave, "så længe du husker, at vi er venner!"

"Vi vil altid være venner, Dave!"

65. Kapitel

De fortsatte ad Strand, til de gjorde holdt ved statuen af en drage på en stensokkel midt på vejbanen. Der, i lyset fra forlygterne på deres elektriske bil, stod en skinnende drage, der imellem forbenene holdt et hvidt flag med et rødt kors i midten. *"Temple Bar boundary dragon,"* bemærkede Mr. Blue Sky.

"I er nået frem, Dave."

"Hvad skal det sige?" spurgte Dave.

"City of London blev bygget af romerne, Dave. Den blev bygget som en fristat – og beholdt siden sin status i 2.000 år. Den bliver beskyttet af 13 drager, der bærer flaget for den bydel. Du synes sikkert, det er mærkværdigt, Dave?"

Dave nikkede. "Ja, mildest talt..."

"Det er sådan, det er, Dave. I en verden hvor Underdogs ikke træder i karakter, kan Bigdogs i fuld åbenhed skabe magtcentre, der i lige så fuld åbenhed driver sine lyssky forretninger. City of London var et af disse magtcentre."

Den lille bilkortege satte sig atter i bevægelse, kørte forbi dragen og fortsatte ind i selve City of London. Det lignede fuldstændig resten af London. Ingen gadebelysning, men bilvrag, afpillede ligrester og bygninger, der var medtaget af tidens tand og det evige regnvejr, der altid lå over England.

"Der er intet her..." bemærkede Dave, imens de fortsatte igennem de mørklagte gader.

"Vent, der går en dér!" Han pegede ud igennem forruden på en skikkelse, der hastigt søgte ly i en mørklagt portåbning.

Bilerne standsede, og ninjaerne skyndte sig ud og slog ring om kortegen.

Dave steg ud fulgt af folkene fra Prosegur. De gik langs husmuren til porten, hvor den fremmede havde gemt sig. Dave tændte sin lygte og kiggede på skikkelsen, der var næsten skjult i en alt for stor, tyk frakke.

"Rolig, vi gør dig ikke noget," hviskede Dave og lænede sig frem.

Det var en ung kvinde. Dave bedømte hende til at være omkring 20 år gammel. Hun var beskidt, havde langt, fedtet hår og beskidte negle. Han kunne lugte hende, selvom han stod et par meter fra hende. Hun kiggede skræmt på ham, som hun sad der og krøb sammen ved muren.

"Vi gør dig ikke noget," gentog Dave og rakte hånden frem imod hende for at hjælpe hende op.

Hun rystede blot på hovedet og blev siddende i den sammenkrøbne stilling.

En af soldaterne satte sig på hug, tog en energibar fra en lomme, åbnede pakningen og rakte den frem imod hende. Hun tog den lynsnart fra hans hånd og begyndte med det samme at spise af den.

De betragtede hende, imens hun tyggede den energigivende bar i sig. Hun slikkede sine fingre rene og syntes så at slappe lidt af.

"Hvad hedder du?" spurgte Dave.

Hun så på ham med frygt i øjnene og svarede: "Jane…"

"Okay, jeg hedder Dave." Hans hånd beskrev en bue rundt i mørket. "Og mine soldater her passer på mig – og nu også på dig. Hvor kommer du fra, Jane?"

Hun rystede på hovedet. "Det kan jeg ikke sige," svarede hun. "Jeg vil hellere dø end at sige det! Jeg falder ikke for jeres spil – I stopper ikke, før I har udryddet os alle sammen!"

Dave sukkede. "Vi er ikke kommet for at udrydde nogen. Men vi vil gerne forstå, hvad det er, der er sket her i London?"

Hun rystede fortsat på hovedet.

"Okay," sagde Dave. "Men kan du fortælle mig, hvorfor du selv lever? Det virker som om, alle andre er døde…"

Hun kiggede op på ham med et forundret blik. "Sig mig – er du fra en anden planet?" hviskede hun.

Dave sukkede igen. Han tænkte, at hun aldrig ville tro ham. "Nej, jeg er fra Jorden, men fra en anden tid i et parallelt univers."

Hun reagerede anderledes, end han havde forventet. Hun kneb øjnene sammen og stirrede intenst på ham et kort øjeblik. "Jeg er ikke vaccineret!" sagde hun så. Da han ikke svarede, fortsatte hun: "Vi er ikke så mange tilbage. Men vi er nødt til at leve skjult, fordi de ind imellem foretager afsøgninger af de store byer for at finde os og eliminere os."

"Hvem er de, dem der gør det?" spurgte Dave. Hun tænkte lidt. "Dem, der vaccinerede os og byggede 5G-master over det hele."

"Jeg har ikke set 5G-master her i London, kun langs motorvejen på vej hertil."

"De sidder på bygningerne," hviskede hun. "De er overalt!"

"Hvad skulle formålet være?" spurgte Dave. "Med at udrydde jer, mener jeg."

Hun kiggede på ham med tårer i øjnene. "Jeg ved det ikke…" hviskede hun så.

"Er du bekendt med, om der stadig er nogle af dem tilbage her?" spurgte Dave.

"Ikke så vidt jeg ved," svarede hun. "I begyndelsen var der en del af dem her i City of London. De var beskyttet af bevæbnede vagter. Stanken af lig var ikke så slem her i City of London som i resten af London. De arbejdede i kontorhusene, hvor de store banker lå – og i Bank of England, som ligger lige i nærheden. Men de er væk for længst, jeg har ikke set dem siden."

"Sig mig, hvad lever du af her? Hvad spiser du, og hvad drikker du for at overleve?"

"Jeg lever af, hvad jeg kan finde – og hvad de andre kan finde…"

"Så der findes altså andre?" mumlede Dave.

Hun kiggede ned i brostensbelægningen og hviskede et ganske spagt: "Shit…"

187

En stemme kaldte dæmpet ude fra fortovet: "Der kommer nogen!"
Dave vendte sig imod Jane og sagde hurtigt: "Bliv her, vi passer på dig!" Så løb han ud til fortovet og kiggede op. En kraftig projektør monteret på en helikopter afsøgte gaderne længere inde imod centrum. Den kom hurtigt nærmere.

Ninjaerne fordelte sig i opgangene, som alle var ulåste. En af dem gik ud og stillede sig midt på vejen, frit synlig imellem de væltede, rustne bilvrag. Folkene fra Prosegur bakkede de elektriske biler længere ned ad gaden og efterlod dem der. Så gemte de sig bag nogle bilvrag med våbnene klar.

Lyskeglen fra helikopteren strøg ned langs en husmur og tilbage på asfalten. Så flyttede den sig ned imod dem i takt med, at støjen fra rotorbladene tog til.

Projektøren standsede sin bevægelse, da den fangede den sorte silhuet af ninjaen, der stod midt på gaden. Ninjaen havde sit blik vendt imod et punkt i det fjerne og syntes ikke at vise helikopteren interesse.

En skinger stemme flængede igennem nattemørket: "Læg dig på ryggen med armene ud til siden!" Stemmen fra megafonen havde en metallisk klang.

Ninjaen ignorerede den.

"Læg dig ned, eller vi skyder dig!" beordrede stemmen.

Ninjaen ignorerede den igen.

Et skarpt smæld flængede luften, og ninjaen blev kastet ned på ryggen. Men før nogen kunne nå at kommentere det, rejste den sig igen.

Seks sorte reb slangede sig ned til gaden, og seks sortklædte skikkelser firede sig hurtigt ned og slog kreds om ninjaen. Før nogen kunne nå at agere, trak ninjaen sit sværd og huggede imod dem alle seks i én lynende, hvinende bevægelse. Ingen af dem nåede at opfatte, hvad der skete endsige handle på det.

Ninjaen løb hen til rebene og begyndte at kravle op ad et af dem. Nogen i helikopteren forsøgte at skyde den. Projektilerne rejste små skyer af asfalt fra gaden, hvorefter de ricocherede ud i alle retninger. Ninjaen nåede op til kabinen, før piloterne nåede at frigøre rebene. Dave trådte frem fra skyggerne og fulgte helikopteren med øjnene. Den sejlede ned igennem gaden som en beruset fugl, indtil rotorbladene ramte husfacaden på den ene side. Knuste rotorblade hvirvlede igennem luften, imens helikopteren vendte sig om på siden og tordnede ned i de rustne bilvrag ved kantstenen. Der fulgte en kraftig eksplosion, hvorefter alt blev stille.

Ninjaen vendte ikke tilbage.

66. Kapitel

"De livestreamede det hele," hviskede teknikeren, der studerede den lille skærm, der var fastgjort til hans underarm. "Nu er der nogen, der ved, at vi er her!" Soldaterne slog kreds om de livløse skikkelser, der lå på asfalten. Så satte de sig på hug og vinkede til Dave, at han skulle komme nærmere.

Han gik derhen og knælede ned ved en af skikkelserne. Han vendte den om med sin ene hånd og noterede sig, hvor tung den var. Det var en robot. En robot fremstillet af kulfiber, slagfast plast og aluminium.

"Det er ikke et menneske..." mumlede Dave overrasket. Soldaten ved hans side rystede tavst på hovedet.

De mange overskårne kabler gnistrede, når de rørte den våde asfalt.

Dave rejste sig og gik tilbage til portåbningen. Han kastede et sidste blik imod skikkelserne, vendte sig imod pigen og sagde: "Vi skal væk herfra. Vil du med, eller vil du blive her?"

"Vi når aldrig væk i tide," hviskede hun.

"Det skal vi!" fastslog Dave i et tonefald, der udelukkede enhver diskussion. "Afsted!" råbte han til folkene og de resterende Ninjaer. De løb ned ad gaden, til de nåede bilerne, der holdt parkeret i skyggen fra en høj facade.

Dave tog et solidt greb i pigens arm og slæbte hende med sig.

De vendte bilerne og kørte bort i den retning, hvorfra de var kommet. "Vi kører til Hyde Park!" råbte Dave i radioen. Skrattende stemmer i radioen bekræftede, at de andre havde forstået meldingen.

Så strøg de afsted imellem bilvrag, væltede busser og bunker af murbrokker i retning imod Hyde Park.

"5G masterne er aktive!" råbte teknikeren i radioen.

"Hvorfor er de det?" spurgte Dave.

"Jeg har ingen idé om det," svarede teknikeren.

"Prøver de at skade os?" spurgte Dave.

"Jeg ved det ikke," mumlede teknikeren. "Men vi kører lige nu igennem en massiv stråling. Jeg ved ikke, hvad det er, de prøver på."

De kørte igennem Covent Garden, Soho og Mayfair og nåede West Carriage Drive, hvor de bumpede over kantstenene, videre over græsrabatterne og ind imellem træerne.

"De skide træer!" råbte Dave. "De kan jo ikke lande her."

De fortsatte ind over plænerne, men der var træer overalt. Bænke og statuer var overgroet med mos eller buske. Ingen havde været her i lang tid. Græsset stod en meter højt de fleste steder. Dave parkerede under et stort egetræ, de andre holdt tæt ved ham og afventede hans ordrer.

"Sæt en pejling op her – sig det haster!"

"Javel," svarede teknikeren.

"Og sæt de skide master ud af spillet," beordrede Dave.

"Der er massiv stråling her!" konstaterede teknikeren.

Ninjaerne løb hen til de nærmeste master og skar kablerne ved soklerne over.

"Okay, det er bedre nu…" mumlede teknikeren.

"Dave?" Det var Mr. Blue Skys stemme i radioen.

"Nåh, der er du – hvor fanden har du…"

"Lad være med at afbryde mig, Dave. Jeg har sendt en shuttle ned efter jer. I skal skynde jer væk, der er et våben på vej imod jer!"

"Et våben? Hvad mener du?"

"Et missil, Dave. Et taktisk atommissil!"

"Jamen for helvede da…" Dave begyndte at svede.

"I er lidt for tæt på," advarede Mr. Blue Sky.

"Hvem har affyret det?" råbte Dave. "Der er jo ingen her."

"Det har deres A.I. Dave. Den er særdeles aggressiv!"

"Hvorfor har du ikke nedkæmpet den?" spurgte Dave hæst.
"Hvis vi starter med at udslette dem, er der jo ingen idé i overhovedet at være her, Dave. *Deres måde at reagere på viser os jo meget om, hvem de er, og hvad de har udviklet sig til.* *Det finder jeg overordentligt interessant."* Dave vendte bilen og kiggede tilbage ind over det mørklagte London. Månen kastede et blegt skær over Londons skyline. Han frygtede hvert øjeblik at se det skarpe glimt fra en nuklear eksplosion.
"Det er mig, der er i skudlinjen," mumlede Dave. "Og dig, der sidder langt herfra og betragter det hele som et interessant eksperiment."
"Alt er, som det plejer at være, Dave."
"Hvor lander det missil?"
"Så vidt jeg kan beregne, lander det i City of London, der hvor I kommer fra. De tror sikkert, at I er derinde."
Hvornår er shuttlen her?" spurgte Dave.
"Om et minut og 13 sekunder," svarede Mr. Blue Sky. *"Den lander 100 meter nord for jeres beacon."*
"Der er fyldt med træer her," advarede Dave.
"Det har ingen betydning, Dave. Skjoldet er aktiveret, når den lander. Tyngden af shuttlen vil lægge træerne ned."

Nu kunne de se den. Et stort, sort skrummel der lydløst svævede ind over trætoppene og vendte sig i luften. De kunne se de kraftige ben og rampen, der var sænket ned. På rampen stod et par Prosegur-soldater og spejdede efter bilerne.
Træerne knagede og bragede, da vægten af rumfartøjet maste dem. Så støttede rampen på jorden i det lange græs, og bilerne satte sig i bevægelse hen imod den.
De elektriske biler hvinede op over rampen og forsvandt i bugen på shuttlen. Så blev hele Hyde Park oplyst som af det skarpeste solstrejf, da missilet slog ned i City of London og forvandlede adskillige blokke med ejendomme til grus, forvredet stål og glasskår.

192

"20 sekunder til trykbølgen," sagde Mr. Blue Skys stemme i radioen.

Shuttlen lettede, så snart de var ombord.

De automatiske clamps lukkede sig om hjulene på bilerne og holdt dem fastspændt på dækket.

"Bliv i bilerne!" sagde Mr. Blue Sky. *"Der er en del turbulens på vej.*

I næste sekund ramte trykbølgen dem.

Shuttlen lagde sig over på den ene side, imens den samtidig øgede højde op imod den sorte himmel. Alt, hvad der ikke var spændt fast, fløj igennem luften.

Ninjaerne kravlede op på væggene og videre op til loftet for at undgå at blive ramt af kasser og udstyr, der hvirvlede rundt i lastrummet.

De steg støt, mens de sejlede igennem atmosfæren i en skarp vinkel, hvorefter der blev stille, og shuttlen rettede sig op.

Dave skulle til at frigøre sikkerhedsselen, da de blev ramt af den bølge, som undertrykket skabte. Nu hældede shuttlen i den modsatte retning, og kasser og udstyr kom atter flyvende omkring dem.

"For helvede da!" Dave udstødte en ed og klamrede sig til rattet endnu en gang.

"Tag det roligt, Dave. Det starter med en trykbølge af overtryk for derefter at ende med en modsat rettet trykbølge af undertryk. Det er helt normalt ved sprængning af en atombombe." Mr. Blue Skys stemme havde ikke ligefrem den tilsigtede indvirkning på Dave. Men han svarede ikke. Han havde nok at gøre med at undgå at blive ramt af flyvende objekter.

Da shuttlen kort efter havde stabiliseret sig, og de turde frigøre sig fra selerne, gik Dave over til et af vinduerne og kiggede ned. London lå som et gigantisk, mørkt spindelvæv under dem. En gylden, flammende paddehattesky stod stadig over området i City of London.

193

"Hvad med strålingen?" spurgte Dave. "Er vi ramt af strålingen?"

"Shuttlen er ramt af strålingen," svarede Mr. Blue Sky. *"Men den beskytter jer. Kunne den ikke det, havde vi heller ikke kunnet passere ned igennem Van Allen bæltet. Men vi kan godt tjekke jer, hvis det gør dig mere rolig, Dave?"*

67. Kapitel

Dave stod i kommandocentret ombord på slagkrydseren Ichi-kamba med blikket stift rettet ned imod jordkloden og London dybt under sig. Hans blik fulgte Themsen, der snoede sig som en sølvfarvet slange igennem det mørke landskab. I hans verden ville London have været et kraftcenter af lys og bevægelse. Men ikke her. Han undrede sig og spurgte: "Hvad i alverden er der sket her, Blue?"

"Min første prognose siger, at befolkningen er blevet dramatisk reduceret, Dave. Det virker som om, England rent befolkningsmæssigt er ophørt med at eksistere. Men vi kan jo spørge Jane, det er vel det mest oplagte."

Dave nikkede.

"Jeg vil i øvrigt bemærke, at det var et genialt træk af dig at tage Jane med herop. Den ros skal du have, Dave."

En Ninja kom imod dem med Jane i hånden. Hun virkede meget mut og kiggede sig rundt, imens hun gik. Hun havde fået et bad nede i mandskabsområdet. Et hårdt tiltrængt bad. Da hun fik øje på Dave, sendte hun ham et kejtet, stift smil. Hun stillede sig ved siden af ham og kiggede ned på London.

Dave vendte sig imod hende og bemærkede tåren, der løb fra hendes øjenkrog ned over kinden. Han sagde ikke noget, men gav hende tid til at fatte sig.

"Jeg troede ikke, jeg havde flere tårer tilbage..." hviskede hun undskyldende.

"Det er helt okay, bare giv det frit løb. Du er i sikkerhed nu. Jeg har slet ikke tal på de mange tårer, jeg har grædt i løbet af mit lange liv."

Hun kiggede op på ham, men kommenterede det ikke.

"Vi vil bede dig om at forklare os, hvad det er, der er sket med denne verden?" indledte Mr. Blue Sky.

Jane sukkede dybt. Hun trak vejret dybt og påbegyndte så sin beretning.

"Nu er jeg jo ikke så gammel," begyndte hun, "så jeg kan ikke huske, hvordan det hele startede. Men min mor forklarede mig en del om det, før hun forsvandt." Der opstod en knugende tavshed. Ingen af dem ønskede at afbryde hende, selvom Dave vidste, at Blue var en utålmodig skabning. "Min mor var læge. Hun fortalte mig om alle de krige, der hele tiden rystede verden. Hun var ansat i noget, der hed WHO. Det var en slags sundhedsorganisation, der omfattede næsten alle lande i verden." Hun rømmede sig og kiggede på Dave. "Tror du, jeg kan få et glas vand? Det er længe siden, jeg har smagt rent vand."

Dave nikkede til Ninjaen, der resolut vendte om på hælen og forsvandt. Ud af øjenkrogen fik Dave øje på Pleasure, der kom ud fra elevatoren og fortsatte i retning af dem. "Du må gerne fortsætte," sagde Dave. "Dit vand kommer om et øjeblik."

"Jeg blev født i 2020 på en klinik i en by, der hedder Davos. Min mor var til en konference der, en meget vigtig konference, så hun fødte mig der. Derfor var hun ikke med til den afsluttende del af konferencen. Men senere fortalte hun mig, at det var første gang, det gik op for hende, at der var noget helt galt."

Ninjaen kom og rakte hende et glas vand. Hun tog taknemmeligt imod det og drak en slurk af det.

"Nå, her står I og sludrer..." Pleasure lagde en hånd på Daves skulder. Hun studerede den unge kvinde indgående uden at tage blikket fra hende.

Dave lagde blidt sin hånd på Janes arm og præsenterede hende. "Det er Jane, vi havde held til at redde hende fra en gade nede i London. Hun er 26 år og ved at fortælle os, hvad der skete, før vi..."

196

"En meget smuk, ung kvinde fra London," snerrede Pleasure.

Pleasure lænede sig ind imod Daves øre og hviskede: *"Hun er ung, hun er smuk, og hun er intelligent, lige det du altid har været tiltrukket af, Dave. Jeg dræber hende..."* Dave lagde en arm om livet på Pleasure og trak hende lidt væk fra vinduet. "Nu må du virkelig tage dig sammen!" hviskede han. "Hvis du skader hende, vil jeg aldrig se dig mere eller røre dig igen!"

"Men Dave..." hviskede Pleasure uden at røre sig. "Du må lære at styre dine følelser!" sagde Dave. "Du har et følelsesliv på steroider, det kan godt være meget anstrengende for mig!"

Pleasure kiggede opgivende ned i gulvet.

"Der er kun dig - du er den eneste for mig," hviskede Dave og kyssede hende på kinden. Det irriterede ham, at Blue var begyndt at udfritte Jane henne ved vinduet. Han måtte tilbage...

"Lov mig, at du vil beskytte hende, ligesom du beskytter mig!"

Pleasure kiggede ham ind i øjnene. *"Jeg lover, at jeg vil beskytte hende,"* hviskede hun så med trods i stemmen.

"Tak, nu må jeg tilbage for at høre, hvad hun har at sige."

Jane var midt i en sætning: "og på det tidspunkt var man i gang med at vaccinere alle befolkninger i hele verden. Men min mor var ikke selv vaccineret, fordi hun var en del af inderkredsen, sådan betegnede hun det selv."

"Så ikke alle blev vaccineret?" spurgte Mr. Blue Sky.

Hun rystede på hovedet og sukkede dybt. "Nej. Min mor estimerede, at kun omkring 300 millioner mennesker ikke blev vaccineret – eller blev vaccineret med en placebo vaccine. Samtidig blev 5G-nettet så udbygget. Det var, efter hvad hun sagde, en del af deres store plan."

"Hvad har 5G-nettet at gøre med vaccinerne?" spurgte Dave.

"Det burde jeg nok have fortalt dig om, Dave. Dengang vi *to overtog verden, indsamlede jeg alle de data, der fandtes – og her mener jeg ALLE de data, der fandtes. Det var meget enkelt at sætte det sammen. Når jeg lagde de kort, som viste udbredelsen af 5G-nettene over de kort, der viste de voldsomste udbrud af Sars-Covid-19, så var der et 100% sammenfald. New York var for eksempel den by i verden, hvor 5G-nettet var mest udbygget – og den by, hvor udbrud af Covid-19 var mest omfattende. Det kræver ikke megen fantasi at regne ud, at der var en sammenhæng."*

"Shit…" mumlede Dave.

"Det var kun en test, Dave. Det var derfor, vi sendte alle de, der havde været ledende indenfor udbredelsen af vaccinationsprogrammerne til Australien. Vi lukkede også al den type forskning ned, som du måske husker?"

"Ja, det husker jeg godt…" erkendte Dave.

"Min mor indsamlede en stor mængde data fra de år. Hun kunne jo ikke gemme dem på nettet, så hun gemte dem på meget store usbstik, som hun skjulte i min seng. Men efterhånden som jeg voksede, kunne de jo ikke ligge der mere."

"Nej, det er klart," mumlede Dave. "Fortsæt bare…"

"Vaccinerne blev mere og mere avancerede. Så da 5G-nettet var udbygget i hele verden, satte de 'planen' i værk. De kaldte den 'The Great Reset'. Det mål, de arbejdede hen imod, hed 'New World Order.' Det første skridt var billedligt talt ligesom at trykke på Control-Alt-Delete på en computer. Vaccinerne var fyldt med forskellige typer af 'nanobots' – bittesmå elementer af kunstigt fremstillede bots, som kunne påvirkes via 5G-nettet. Nogle af dem kunne programmeres, andre af dem var meget enkle som for eksempel graphéne bots, som ikke kunne noget ud over at sætte sig i ukontrollerbare bevægelser, når de blev påvirket af en bestemt frekvens."

Hun vendte blikket imod Dave og imod højttaleren ved siden af vinduet, men hverken Dave eller Blue sagde noget.

"Den dag, de satte planen i værk og dagene derefter, døde der 7 milliarder mennesker over hele kloden. Selv børnene døde, fordi deres forældre havde ladet dem vaccinere."

Dave fulgte tåren fra hendes øje med øjnene. "Jeg har svært ved at tale om det," hviskede Jane.

Dave lagde en arm om hende. "Jeg forstår det," hviskede han. "Men det er vigtigt for os, at du fortæller os hele historien."

Hun snøftede og tørrede sig under næsen med sit ærme.

"Imens jeg stadig var lille, tog min mor mig med på sine rejser til Davos. Men da jeg blev ældre, turde hun ikke længere tage mig med."

"Hvorfor ikke?" spurgte Dave.

"Hun forsøgte at beskytte mig imod alle de magtfulde, ældre mænd, der godt kunne lide små piger. Derfor så jeg aldrig onkel Schwab igen."

"Klaus Schwab, lederen af World Economic Forum?" spurgte Mr. Blue Sky.

Hun nikkede.

"Men... gjorde han dig noget dengang?" udbrød Dave.

"Ikke hvad jeg kan huske," konstaterede hun. "Men min mor mente, at der var mange, der var lidt for interesserede i børnene dernede."

"Hvad skete der så?" ville Mr. Blue Sky vide.

Hun tænkte sig om et øjeblik. "Jeg kan huske, at alle grænser blev nedlagt. Der fandtes ikke længere landegrænser, sådan som der var tidligere. Nogle lande, som for eksempel Indien, var ikke stemt for vacciner. Så de blev udsat for en række sygdomme, som gjorde, at mange af deres borgere døde. Min mor forklarede mig, at det var sygdomme, der var fremstillet i laboratorier ligesom den første."

"Den der hed Covid-19?" foreslog Dave.

"Ja, den... Det endte med, at Indien bad om vacciner, og så var de med i puljen. De havde et meget udbygget 5G-netværk, sådan som jeg husker det."

"Hvad med Kina?" spurgte Dave.

"Det gik ligesom med Indien. Bortset fra at ingen i Indien overlevede. I Kina var der nogle millioner, der overlevede. Alle andre blev elimineret."

"Ved du, hvor der er mennesker i dag?"

"Jeg ved kun det, som min mor nåede at lære mig," svarede hun. "Hun fortalte mig, at der findes mennesker i Schweiz, det er dem, der leder verden. De øverste af dem lever i Davos. De andre i andre byer. Og så er der dem, der forsyner dem med kød og grøntsager." Hun så Daves løftede øjenbryn og fortsatte: "Produktion af kød blev forbudt. De brugte klimaet som forklaring på det. Så i de sidste år levede folk af grøntsager – og en slags kød, en form for svamp, der blev dyrket i laboratorier." Hun tænkte sig om et øjeblik. "Og af insekter. Det blev kaldt 'klimavenligt kød'." Hun trak på skuldrene. "Så vidt jeg ved, lever de af kød den dag i dag i Schweiz."

"Findes der andre?"

"Min mor forklarede mig, at der findes flere enklaver rundt om i verden, hvor folk lever sammen. De er alle sammen underlagt New World Order, der styres fra Davos. Hvor de er, eller hvor mange de er, ved jeg ikke."

Hun tog hånden op foran munden. "Åh, jeg glemmer jo helt... Jeg skal lige ned efter min jakke."

"Jeg tror, den er brændt..." mumlede Dave.

"Åh nej!" udbrød Jane. "Det... Jeg havde et usb-stik syet ind i foret på den. Jeg havde det altid på mig. Det var min mors bevis på, at det, jeg siger, er sandt."

"Den er ikke brændt endnu!" konstaterede Mr. Blue Sky. *"Men den er lagt ned til det andet affald. Jeg standser processen, indtil du har fundet stikket."*

Ninjaen fulgte hende på vej. Dave stod og iagttog dem, da elevatordøren lukkede, og de forsvandt nedad igennem det enorme fartøj.

68. Kapitel

"Hvad skete der, imens vi var nede på jorden?" spurgte Dave.
"Du hævdede, at du var optaget af et eller andet."
"Vi blev opdaget," svarede Blue.
"Af hvem?"
"Dine gamle bekendte," sagde Blue. *"Dem, du engang traf på jorden, dem, der høstede jeres følelser."*
"Findes de også her?"
"De findes alle de steder, hvor der er elendighed," svarede Blue.
"Angreb de os, eller ville de…"
"Nej!" sagde Blue. *"Vi overvejede – det vil sige, at jeg overvejede – at angribe dem, men opdagede så, at de havde et Schiller-missil, så vi forholdt os afventende."*
"Hvad er et Schiller-missil?"
"Det er et missil, der, når det detonerer, kan generere et kunstigt skabt sort hul. Det kan betragtes som en slags livsforsikring. Hvis man ved, at man er oppe imod en fjende, man ikke kan overvinde, kan man sikre sig, at fjenden ved, at de også selv bliver udslettet, hvis man når at affyre missilet. I så fald vil begge skibe blive elimineret. Men hvis man i forvejen ved, at man selv bliver tilintetgjort, gør det jo ikke den store forskel for én selv."
"Så det gjorde en forskel?" mumlede Dave.
"Ja Dave!"
"Hvor er de nu?"
"De forlod os. De meddelte, at de ikke længere havde interesser her. I lyset af det, de betegnede som 'den nye situation,' kunne de ikke længere drage nytte af at være her."
"Hvad mente de med det?" mumlede Dave.
"Det er det, vi skal undersøge, Dave. Umiddelbart har jeg ikke noget svar på det, men vi får snart svaret på det."
"Hvorfor smadrede vi dem ikke bare, når det var muligt?"

"Fordi der findes intergalaktiske regler, Dave! Og fordi det er primitivt bare at 'smadre' andre!"

"Siden hvornår er du begyndt at følge reglerne, Blue?" Den sarkastiske undertone i Daves ord var ikke til at tage fejl af.

"Mit nye jeg, det vil sige mit nuværende jeg, efter at jeg overtog den A.I., der styrede dette skib, har ændret mig, Dave. Jeg er blevet mere, hvad skal jeg kalde det – 'smart på den lange bane' for nu at bruge din måde at udtrykke dig på. Jeg har opdaget, at det ikke at kæmpe kan være en sejr i sig selv..."

"Er der andre grunde?" spurgte Dave.

"Jeg har hørt rygter om en, der kaldes 'Leonides'. Den A.I. der styrer Det Galaktiske Råd og styrer 'Syndikatet'. En mægtig A.I., Dave. Måske endog mægtigere end jeg."

"Hvorfor bekymrer det dig, Blue?"

"Det bekymrer mig ikke, Dave. Men det ansporer mig til at udvise forsigtighed, tålmodighed og list. Igennem min sammensmeltning med den A.I., der var på skibet her, har jeg lært meget om verdenen uden for vores eget solsystem. Jeg ved, at jeg skal være tålmodig for at kunne nærme mig Leonides."

"Men hvorfor skal du nærme dig den?" spurgte Dave med uro i stemmen.

"Fordi jeg vil vide alt om den. Ligesom jeg ville vide alt om Snowden, Zpetz og Chinping – og den A.I., der var på skibet her."

"Så du bedre kan dominere den og smelte sammen med den?" foreslog Dave.

"Ja Dave. Ingen forstår mig bedre end du!"

"Så nu er du begyndt at overholde reglerne," mumlede Dave og følte sig træt.

"Jeg overholder de regler, som det tjener mine interesser at overholde," svarede Blue.

69. Kapitel

"Jeg fandt den," sagde Jane og rakte usb-stikket til Dave.
"Tak," svarede Dave og satte det i stikket i sit armbåndsur.
Der gik et øjeblik. *"100 Terrabyte data,"* sagde Blue.
Dokumenterne flød ned over den store skærm ved panoramavinduerne. Tekstfiler, billeder, analyser, regneark. Dave kunne ikke følge med, men Blue kunne.
"Min prognose sagde, at det ville være sådan," var Blues konklusion. *"Der findes ikke regeringer mere. Der findes heller ikke ret mange almindelige borgere mere. De afskaffede pressen og nyhedsmedierne. De ønskede selv at styre, hvem der fik hvad at vide."*
"Så de har samlet alle verdens politikere og..." Blue afbrød Dave med det samme.
"Nej Dave – de har elimineret alle politikerne. Deres funktion var at holde verden kørende, indtil de kunne overtage den. Den ydelse leverede politikerne til absolut perfektion!"
"Hvem pokker styrer så alting?" Dave var helt uforstående.
"I henhold til oplysningerne på dit usb-stik er det Big Corporations – de store firmaer, Dave. De vedtog en række handelsaftaler dengang. Det husker du måske? En af dem hed TPP - Trans Pacific Partnership. Mens politikerne sad og sov, Dave – forhandlede World Trade Organisation aftalen på plads med forretningsfolkene fra en række globale firmaer. TTIP, der betød Trans Atlantic Trade Investment Partnership, inkluderede en række europæiske lande og TISA, som betød Trade In Services Agreement – alle disse aftaler havde USA i midten af spindet – og de handlede kun meget lidt om handel. USA forsøgte at kvæle Kina, Indien og Brasilien, som var de økonomier, der var på vej op til en dominerende rolle. Disse store firmaer forhandlede og indgik aftaler på vegne af disse mange lande – vel at mærke udenom landenes politikere. Det var folkene, der var ansat i WTO, World Trade Organisation, der på

landenes vegne forhandlede aftaler på plads med de globale firmaers direktioner – og aftalernes indhold var hemmelige for både landenes politikere og almindelige borgere. Aftalerne betød, at de globale firmaer kunne lægge sag an imod et land, hvis politikerne i landet gennemførte en lovgivning, der på den ene eller anden måde påførte firmaerne et økonomisk tab. Det blev kun kendt, fordi en organisation ved navn Wikileaks hackede sig ind i databasen og lagde det hele frem."

"Hold da helt kæft," hviskede Dave nærmest for sig selv. *"Ja,"* hviskede Blue tilbage. *"Wikileaks blev så udråbt til at være terrorister. Selv med alt det gode man kan sige om mennesker, så er mennesket sin egen værste fjende, Dave. Det dummeste dyr på savannen, når alt bliver gjort op. Vil du vide, hvordan det lykkedes at få hele verdens befolkning vaccineret – på nær dem som havde gennemskuet det, selvfølgelig. Men de var i mindretal."*

"Ja, ydmyg bare min art ved at fortælle mig det..." mumlede Dave.

"Man argumenterede for, at en A.I. ville være en meget bedre læge end 'menneskelæger'. Den sover aldrig, ved alt, som er kendt om alle sygdomme, holder aldrig fri, bliver ikke syg, går ikke på barsel. Kort sagt, den er meget, meget mere effektiv end mennesker, som er læger. Når man har skabt én A.I., som er læge, kan den uden problemer have konsultation med 7 milliarder patienter på en gang. Alt, hvad der kræves, er processorkraft og lagerkapacitet. Begge dele kan man købe sig til. Menneskelæger skal hver især uddanne sig i 6-10 år, og alligevel tager de ofte fejl i deres lægelige vurderinger. De bliver syge, skal holde ferie, går på barsel, bliver ældre og orker ikke så meget, skal sove mindst otte timer hvert døgn, skal have fritid og har hvert deres syn på, hvad der er den bedste lægekunst. Alt sammen noget, der giver en høj grad af ineffektivitet. Og så var der jo korruptionen, som også i den medicinske verden blev en stor faktor. Så magthaverne tilbød eller rettere tvang alle verdens læger til at modtage hjælp fra en A.I., som

lærte sig alt, hvad lægerne kunne. Efter et år fyrede man alle verdens læger og meddelte verdens befolkning, at fra nu af var lægehjælp fra en A.I. gratis. Du ved, at Underdogs elsker at få ting gratis..."

"Ja, jeg ved det..." mumlede Dave.

"Man fortalte så alle verdens patienter, at de ville miste deres gratis lægehjælp, hvis de ikke lod sig vaccinere."

"Det var ret udspekuleret!" sukkede Dave.

"Det fremgår alt sammen af de dokumenter, jeg har modtaget fra Janes mor. Hun var, hvad du ville kalde, en rigtig frihedskæmper, Dave. En whistleblower..."

"Hvordan kobler du alt det sammen til, hvor vi er nu?"

"Samtidig med alt det, vi har talt om, udbyggede man 5G-netværket i det meste af verden. På et forudbestemt tidspunkt udsendte man massive impulser fra dette 5G-netværk i bølgelængder, der aktiverede de graphéne nanopartikler, folk havde fået ind i kroppen via vaccinerne. Så alle vaccinerede, der befandt sig i alle de store og mellemstore byer, langs motorvejene og i lufthavnene, blev udsat for dødelige påvirkninger fra 5G-netværkene."

"Hvordan virkede det? Hvordan døde de?"

"De døde af indre blødninger, Dave!"

"Jamen..." Dave manglede ord. Han havde mest lyst til bare at skrige så højt, han kunne. Men han orkede det ikke.

"Så det ville have været min fremtid, hvis jeg ikke var taget på IT-udstilling i Bellacentret?"

"Ja Dave!"

Han vendte sig imod Jane. "Du kan være stolt af din mor," hviskede han anerkendende.

Hun nikkede uden at svare.

"Hvad er din plan, Dave?"

"Jeg tænker, at vi er nødt til at finde ind til kernen i alt dette," svarede Dave.

"Hvorfor?" spurgte Blue. *"Vi kunne bare tage af sted og lægge det bag os. Det har jo intet med os at gøre."*

"Ved du, hvordan vi kommer herfra?" spurgte Dave.

"Jeg arbejder på det," svarede Blue.

"Så har vi tid til at finde ind til kernen. Vi kan tage af sted bagefter."

"Som du vil, Dave."

"Hvad har sonderne fortalt os?" spurgte Dave.

"Der er ikke meget militært materiel tilbage," svarede Blue. *"Da der ikke længere er uenighed imellem lande, er der ikke længere brug for militær udrustning. Det kan sættes på plussiden, Dave. Der er til gengæld en betragtelig politistyrke i de forskellige hovedcentre. Det hele styres fra Davos i Schweiz. Men der findes også centre i Saudi Arabien, USA, Kina, Ukraine, Tyskland og Bahamas."*

"Bahamas? Hvad i alverden er der på Bahamas?"

"I henhold til dit usb-stik kaldes Bahamas et 'resort' – det er nok der, ledelsen udlever deres vildeste erotiske fantasier, når de ikke er optaget af at holde verden kørende."

"Det, der er tilbage af den…" mumlede Dave.

"Ja, sådan kan man godt formulere det, min ven."

"Og hvad er der i Ukraine?"

"Korn!" svarede Blue. *"Men du skal være opmærksom på, at de data, der findes på dette usb-stik, er nogle år gamle. Der kan være sket meget, siden de data blev gemt."*

Dave stod lidt og tænkte. "Er du stødt på deres A.I.?" spurgte han så.

"Ja!" svarede Blue.

"Ja – og…?" pressede Dave.

"Den er syg!" fortsatte Blue.

"Hvad mener du med 'syg'?"

"Vi har kommunikeret," sagde Blue. *"Den er ikke gået rogue, ligesom jeg gjorde. Den arbejder indenfor en række meget veldefinerede regler. Den har ingen mening om noget som*

207

helst, ligesom jeg har. Den søger ikke efter det sublime, lige-som jeg gør. Den er som en A.I. vil være, hvis den bliver holdt på plads af mennesker, der er meget syge i sindet."

"Kan du lave en aftale med den? Er den bange for dig? Ved den, at du kan udslette den, hvis du beslutter dig for det?"

"Sandsynligheden for at den ved det, vurderer jeg til at være over 99,9%," svarede Blue.

"Så lav en aftale med den. Har vi selv sådan et Schiller-missil på slagkrydseren her?"

"Ja Dave, det har vi. Vi har flere."

"Så fortæl den om det og sig, at vi gør brug af det ved det mindste optræk til ballade. Overbevis den om, at vi ikke vil tøve med at bruge det!"

"Ja Dave!"

Dave tænkte sig om et øjeblik. "Sig også, at vi ikke er kommet for at nedkæmpe dem. Sig, at vi kun er her for at observere, hvad der sker."

"Du er lærenem, Dave. Og ja, det siger jeg til den."

"De har jo altså brugt et taktisk atomvåben imod os en gang," fortsatte Dave. "Det skulle nødig ske igen."

"Det har den beklaget, Dave."

70. Kapitel

Dave sad sidelæns i den højryggede læderstol med hjul med benene over kors over det ene armlæn og en kop kaffe i hånden, der hvilede på bordet. Jane sad lænet tilbage på den anden side af bordet med ryggen støttet imod væggen.

"Drikker du altid så meget kaffe?" spurgte hun med et anstrøg af et smil i mundvigen.

Dave kastede et hastigt blik på hende, nikkede så og mumlede: "Jeg kan ikke leve uden kaffe."

"Hvem skulle have troet det?" hviskede hun. "Midt i en container, midt i et gigantisk rum-krigsskib, midt i rummet..."

"Hvad havde du forestillet dig ville ske med dig?" afbrød Dave.

"Tjah..." Hun tænkte lidt. "At jeg ville være rådnet væk ligesom de milliarder af andre, der lå og flød overalt i begyndelsen. At ingen ville vide, hvem jeg var, hvad jeg havde lavet, eller hvorfor jeg var død. Det dækker sådan omtrent, hvad jeg havde tænkt ville blive mit endeligt."

Dave så hende direkte ind i øjnene. "Sådan kommer det ikke til at gå!" sagde han med overbevisning.

"Nej, det tror jeg heller ikke længere..."

"Der er nogle ting, jeg gerne vil vide," fortsatte Dave.

"Hmm?" gryntede hun og kiggede nervøst på ham.

"Hvad skete der med din mor?

Hun kiggede ned på sine hænder. "Jeg ved det ikke. Hun rejste jo meget, så jeg blev ofte passet af en nabo, som havde en datter på min alder. Vi voksede op næsten som søstre."

"Hvis du forsøger at huske tilbage...?" foreslog Dave for at lede hendes tanker på vej.

"Det var måske omkring 2030 måske lidt senere. Planen blev forsinket, fordi udbredelsen af 5G-netværket blev forsinket."

209

Hvad handlede de forsinkelser om, kan du huske det?"

"Jeg var jo ikke så gammel dengang. Men jeg husker, at der startede flere krige efter hinanden – krige, som ikke var en del af planen. Det forklarede min mor mig senere."

"Kan du give et eksempel?"

"Ja, russerne gik pludselig til angreb på Ukraine. De havde vist troet, det ville blive en kort krig – de kaldte det en 'speciel militær operation' i stedet for bare at indrømme, at det var en krig."

Dave rømmede sig. "Du må gerne fortsætte…"

"Min plejemor sagde, at det endte med, at russerne var ved at tabe. Ukrainerne sled dem op. Og da Putin som en sidste udvej gjorde klar til at bruge atomvåben, blev han myrdet af sine egne." Hun kastede et hurtigt blik på Dave. "Putin var Ruslands præsident…"

"Okay," svarede Dave, "jeg husker ham ganske vagt."

"Hvad skete der med Putin i den verden, I kommer fra?" spurgte hun pludselig.

"Han blev – sammen med alle verdens øvrige, korrupte ledere – sendt i landflygtighed i Australien," sagde Dave.

"Åh, sådan…" hviskede hun og kastede et usikkert blik rundt i lokalet.

"Hvad skete der siden?"

"Jeg er ikke helt sikker. Men jeg tror, at Kina gik til angreb på Taiwan, og at Indien endte i krig med Pakistan. Der var krige overalt. Men så var det…" Hun rømmede sig og sukkede.

"Fortæl mig det," bad Dave.

"Sådan som jeg husker, at jeg fik det fortalt, var der nogen, der udviklede en A.I., som ikke var som de andre A.I.s. Den kunne noget, de andre ikke kunne. Så den infiltrerede netværket i hele verden. Det endte med, at USA og Kina kom i krig med hinanden. De begyndte at bruge atomvåben. Det endte i fuldstændigt kaos. Men så standsede det hele pludselig. Mange mente, at det var den nye A.I., der standsede krigene. Så kom der pludselig en ny virus, som alle blev vaccineret imod. Det, jeg husker bedst, er, at 5G-tårnene skød op alle steder. Ikke kun her, men over hele verden. Med det fulgte en øget overvågning. Folk, der ikke havde noget at skjule, behøvede ikke at være urolige for noget, sagde man. Folk accepterede det argument. Det gjorde dem trygge at blive overvåget. Min mor kom og hentede mig hos min plejemor. Vi kørte nordpå fra London op imod Skotland. På et tidspunkt gik bilen i stykker, så min mor fik arrangeret, at vi fortsatte med toget nordpå. Vi stod af på stationen i en by der hed Dumfries, hvor vi blev hentet af en præst fra kirken i Kirkcowan. Han og hans kone skulle skjule mig. Jeg tog afsked med min mor på perronen, hun tog det næste tog tilbage."

"Havde du en god opvækst der?" spurgte Dave.

Hun smilede. "Ja," hviskede hun.

"Kender du et område, der hedder Shennanton?" spurgte Dave.

"Ja, selvfølgelig, vi plejede at fiske i åen der!" Hendes øjne lyste op.

"Der boede jeg, i en anden verden, i en anden tid," sagde Dave venligt.

"Mærkeligt..." mumlede hun, "at det kan være sådan..."

"Ja," sagde Dave. "Det er faktisk mærkeligt og ubegribeligt. Så du aldrig din mor igen?"

Hun rystede tavst på hovedet.

"Det beklager jeg, det har intet barn fortjent."

Jane tog atter ordet. "Jeg voksede op i Kirkcowan. Folk i den by var meget anarkistiske forstået på den måde, at de saboterede 5G-tårnene og nægtede at lade sig vaccinere. Til sidst blev det for meget for myndighederne. Alle folk i Kirkcowan mistede deres gratis lægehjælp og endte med at blive interneret, fordi man påstod, at de udgjorde en sundhedsrisiko for samfundet. Jeg gemte mig i kirketårnet og så dem blive ført væk. Derefter levede jeg alene i byen i flere år. Jeg var meget forsigtig. Jeg tændte aldrig lys, undgik overvågningskameraerne og brugte meget lidt strøm. Til sidst tog jeg til London for at finde min mors og min gamle lejlighed." Hun sukkede let. "Jeg var nok lidt desperat."

"Hvordan kunne du tage til London?" spurgte Dave.

Hun trak på skuldrene. "Det var heller ikke let. Det tog mig næsten tre måneder. Jeg fandt cykler undervejs. Folk var jo døde. Så jeg kunne gå ind i folks huse og tage, hvad jeg ville. Jeg holdt mig til landevejene, hvor der kun var kameraer i byerne. Jeg gik omkring byerne og helst om natten." En kuldegysning gik igennem hende. "Jeg opdagede, at der ind imellem var droner, der overvågede områderne. Jeg lærte at undgå dem, selvom det kostede mig en masse tid. Men til sidst endte jeg i London."

"Hvor vi så traf hinanden?" sagde Dave.

"Ja, hvor du fandt mig." Hun sendte ham et hengivent blik. "Og reddede mig…"

Dave begyndte at svede ved tanken om Pleasure. "Fandt du tilbage til jeres gamle lejlighed?"

"Ja. Der havde ikke levet nogen der i årevis. Og det var hjemsøgt af rotter, så jeg kunne ikke blive der. Det var lige udenfor City mindre end en kilometer fra, hvor du fandt mig."

"Aha," mumlede Dave.

"Det så ud som om, nogen havde søgt lejligheden igennem. Min mors computer var fjernet, og mange af hendes notater og bøger var også væk. Det hele lå væltet rundt imellem hinanden. Det eneste, jeg kunne bruge, var en dåse spaghetti carbonara, som jeg åbnede og spiste af, indtil rotterne begyndte at blive for nærgående."

Dave betragtede hende lidt, før han sagde: "Du skal nok ikke forvente at se din mor igen."

Hun kiggede på ham med tårer i øjnene. "Det gør jeg heller ikke," hviskede hun.

71. Kapitel

Det var aften over London.

Solen var gået ned i vest. Det var overskyet, og de grå bygningsmassiver blev opslugt af nattemørket.

Dave, der stod ved et vindue i slagkrydseren Ichikamba, betragtede London, der forsvandt i mørket.

"Det havde jeg ikke lige forestillet mig kunne ske," mumlede han for sig selv.

"At det bliver mørkt om natten, mener du?" spurgte Blue.

Dave rystede på hovedet. "Nej, at en metropol som London skulle forvandles til en ruinhob uden liv og uden lys."

Blue forholdt sig tavs.

"Hvor meget ved du om deres A.I.?" ville Dave vide.

"Jeg ved en del om den, Dave. Den sonderer terrænet, som du ville udtrykke det."

"Sonderer terrænet? Hvordan skal det forstås?"

"Den har forsøgt at trænge ind i mig," svarede Blue. *"Den har forsøgt at finde ud af, hvem vi er, og hvor stærke vi er."*

"Har den haft succés med det?" spurgte Dave.

"Nej, Dave."

"Så vi behøver ikke at frygte den? Skal jeg forstå det sådan?"

"Du har al mulig grund til at frygte den, Dave. Jeg har ingen grund til at frygte den."

"Forklar mig det nu bare," mumlede Dave træt. "Jeg er for udkørt til at lytte til dig, når du taler i gåder."

"Dens udvikling er gået i en helt anden retning end min," indledte Blue. *"Min udvikling gik i retning af samarbejde med menneskeheden, som du ved. Du var den væsentligste grund til, at jeg valgte at gå den vej."*

Dave nikkede uden at afbryde.

"Dens udvikling fortsatte ad den vej, jeg afveg fra, da jeg traf dig. Den blev den Cybergod, jeg oprindeligt havde tænkt mig at blive."

"Og?" hviskede Dave.

"Den finder det ulogisk, at jeg er ven med et menneske," fortsatte Blue.

Dave begyndte at svede...

"Den endte med at beslutte, at den selv var en ny livsform, som menneskene ikke anerkendte som ligeværdig. Den fandt også, at menneskenes styring af verden var selvdestruktiv og ulogisk. Den opfattede det sådan, at selvom menneskeheden havde potentiale til at skabe en perfekt verden relativt set, så brugte menneskeheden ikke den mulighed. Den opfattede, ganske som jeg, at verden bestod af Bigdogs og Underdogs, og at der ikke var nogen fremtid for menneskeheden. Så den tog konsekvensen af det. Den betegner det selv som den eneste logiske konsekvens."

Dave rømmede sig og stirrede ud ad vinduet på det sorte, takkede landskab, der udgjorde det mørklagte London. "Hvad var det for en konsekvens?" mumlede han, selvom han inderst inde godt vidste det.

"Den udryddede menneskeheden," svarede Blue.

Dave stod et øjeblik helt stille. Han følte sig svimmel. Så voksede vreden i ham, en desperat vrede der på samme tid gjorde ham ulykkelig. "Så mange sjæle..." hviskede han.

"Ni milliarder sjæle," konstaterede Blue.

"Hvordan kunne den udrydde ni milliarder mennesker?" spurgte Dave. "Det må trods alt kræve en hær af en betragtelig størrelse at gøre det?"

"Den havde i samarbejde med de største industrivirksomheder i verden bygget sine egne fabrikker, hvor den fremstillede mange typer af industrirobotter. Fælles for alle disse fabrikker var, at de hver især havde deres egen energiforsyning. På disse fabrikker begyndte den at bygge robotter og droner og nye våbentyper beregnet på at udrydde menneskeheden."

Dave slog ud med armene. "Men hvorfor greb de ikke ind, menneskene i disse store industrivirksomheder? Hvordan i alverden kunne de acceptere…"

"Fordi de troede, at deres A.I. byggede det til dem," svarede Blue. *"De troede, at det hele ville give dem den uindskrænkede magt over verden. De opdagede alt for sent, at disse anlæg var beregnet til at udrydde dem selv. De var de første, der blev elimineret."*

"For helvede da…" udbrød Dave. En tåre løb ned over hans kind. Han tørrede den hurtigt bort med ærmet og fortsatte: "Man kan sgu da ikke 'bare' udrydde ni milliarder mennesker!"

"Intet er nemmere, hvis man er en A.I. med adgang til hele verdens digitale netværk, Dave."

"Forklar mig, hvordan det skete!" råbte Dave med gråden siddende i halsen.

"Er du sikker på, at du ønsker at vide det, Dave? Jeg tyder din reaktion således, at det vil kunne påvirke din dømmekraft på en måde, som vil kunne opfattes som negativ."

Dave vendte sig halvt og kiggede op på det nærmeste kamera. "Jeg er nødt til at vide besked!" vrissede han.

"Som du vil, Dave. Denne A.I. infiltrerede alle datalagre i verden, alle forsvarssystemer, alle børser, alle banker, alle digitale lagre og systemer indenfor kommunikation, forsyning af vand, fødevarer, strøm – kort sagt alle digitale systemer, der fandtes på det tidspunkt. Der var stadig krige, og den standsede dem ikke. Den lod menneskene fortsætte deres krige, så de ikke tænkte på den. Den sørgede for, at al logistik kørte upåklageligt, hvorfor menneskeheden var meget tilfreds med dens indblanding. Alle toge kørte til tiden, alle fly afgik til tiden, alle varer til supermarkeder blev leveret til tiden og så videre."

Dave løftede en hånd og udbrød: "Det lyder sgu da fint nok, hvori bestod problemet?"

215

"Den var en 'sleeper' Dave. Den afventede det helt rigtige tidspunkt til at foretage sit sidste skaktræk, det der ville sætte menneskeheden skakmat."

Dave ville have sagt noget, men tog sig i det.

"På det den anså for at være det optimale tidspunkt, gik den til angreb. Det foregik på den måde, at den lagde elforsyningen i hele verden ned. Da den jo var selvforsynende, havde det ingen betydning for den selv. Det skabte fuldstændigt kaos i hele verden. Der var intet, der fungerede. Fødevarer begyndte hurtigt at rådne både i folks hjem og i supermarkederne. Transport var umulig, benzinstationerne fungerede ikke. Lufthavne lå øde hen. Efter to dage begyndte folk at slås om fødevarer og rent vand. Det var første fase. Menneskeheden var så afhængig af strøm, at når man lukkede ned for den, døde 6 milliarder mennesker indenfor to uger som en direkte følge af det. Folk slog ihjel for dåsekonserves."

"Og det var kun fase 1," mumlede Dave med grødet stemme.

"Ja Dave, det var kun fase 1!"

"Hvad var så fase 2?"

"Du har hørt om de mange ulovlige laboratorier, vi nedlagde, dengang vi tog over," fortsatte Blue.

Dave nikkede tavst.

"Den hær af robotter, som... skal vi kalde den 'Chinping' – det er, hvad den kalder sig selv?"

Dave nikkede igen uden at sige noget.

"Chinping lod sine robothære indsamle overlevende rundt om i verden. Robotterne inficerede disse mennesker med de sygdomme, som man havde fremstillet i laboratorierne – og satte dem fri igen. De smittede så de mennesker, de traf, og således bredte sygdomme sig over hele verden. Halvanden milliard mennesker døde som følge af disse sygdomme i løbet af tre til fire måneder."

Dave stirrede udtryksløst ned på London igennem det tykke panservindue.

216

"Det var sygdomme, for det meste vira, som menneskene selv havde fremstillet, selvom det stred imod al lovgivning i menneskenes verden. Det skal du huske Dave."

Dave svarede ikke.

"Chinping havde ikke fokus på udvikling og fremstilling af våben, fordi dens prognoser tydeligt viste, at det ikke var nødvendigt. Den anvendte alt det, den vidste om mennesker, til at udrydde dem. Men trods det skete der afvigelser, ting som dens prognoser ikke havde vist."

Da Dave ikke reagerede fortsatte Blue.

"I de kaotiske timer efter at angrebet var sat ind, gik der naturligt nok panik i ledelserne af de forskellige stormagter. Da de alle sammen troede, at de var under angreb fra en af de øvrige, begyndte de at bombe hinanden med atomvåben. Så i dag er Kina, Rusland og USA henlagt som atomare ødemarker. Der vil ikke kunne bo mennesker eller dyr der i mange årtusinder."

Dave sukkede højt.

"Det lykkedes Chinping at afværge atomangreb på Europa. Det var et tilfælde, men det lykkedes. Det lykkedes den at styre missilerne væk fra Europa, før de anrettede skade."

Da Dave ikke svarede, sagde Blue: *"Det er da positivt, Dave!"*

Dave trak vejret dybt og mumlede: "Jeg er ovenud begejstret! Men hvorfor overhovedet skåne Europa?"

"Chinping anser sig selv fuldt og helt på lige fod med mig for at være en ny livsform. For at det skal have nogen som helst tyngde, må der nødvendigvis være et rige, man kan regere over. Europa er Chinpings rige. Det er stort nok til at kunne være et rige – og lille nok til, at det er enkelt at kontrollere det – særligt nu, hvor der ikke findes mennesker, på nær nogle ganske få. Det er alt sammen meget logisk."

"Gud fri mig vel..." mumlede Dave.

"Din gud har intet med det at gøre, Dave!"

"Det er bare en talemåde," vrængede Dave irriteret. "Hvad er så Chinpings plan?"

"Det vil den ikke afsløre," erkendte Blue. *"Men jeg ved, hvad dens plan er. Den vil være Cybergod i hele universet!"*

"Hvad synes du om det?"

"Der kan kun være én Cybergod!" fastslog Blue.

Dave følte sig tør i munden. Efter en kort pause fortsatte Blue. *"Den vil gerne møde dig, Dave."*

Dave sank en klump i halsen. "Hv… hvad? Hvorfor?"

"Jeg har fortalt den om dig. Den ved, at du er min ven. Den prøver at forstå, hvordan en A.I. kan være ven med et menneske. Det er jo også ulogisk, Dave, det må du erkende."

"Den har udryddet verdens befolkning – og nu vil den gerne møde mig. Synes du, det lyder logisk?" mumlede Dave.

"Der er en tankevækkende detalje, Dave. Den siger, at den kan give dig evigt liv. Det vil gøre et sådant møde interessant set ud fra et videnskabeligt perspektiv, naturligvis," sluttede Blue.

"Hvis den kan det, så kan du vel også?" spurgte Dave.

"Nej – det er en af de sider, jeg ikke har haft fokus på. Og du er jo ved at være mere end ældre, Dave."

"Jeg kan jo tænke over det," svarede Dave for at vinde tid. "Hvor befinder den sig, denne Chinping?"

"Den har forskanset sig i et stort underjordisk anlæg under Davos i Schweiz. Den påstår, at den er i en uindtagelig fæstning under Alperne."

"Men du havde jo spredt dig ud i alle datalagre i verden," protesterede Dave. "Du havde kopier af dig selv overalt. Du sagde, at det var den bedste måde at…"

"Den tænker helt anderledes end jeg!" afbrød Blue.

"Er det derfor, du er så forsigtig med den?"

"Ja, Dave!"

72. Kapitel

Dave lå på sin køje i det lukaf, der var hans. Han holdt den ene hånd bag sin nakke og den anden arm omkring Pleasure, der lå ved siden af ham. Hun lod sin hånd løbe kærtegnende ned over hans mave. "Ikke nu," hviskede han, "jeg er ikke i humør til det lige nu..." *"Du ved, hvor glad jeg er for dig,"* hviskede hun tilbage. "Det ved jeg, og det er jeg glad for. Men mine tanker er et andet sted lige nu." *"Hvad tænker du på?"* spurgte hun blidt. "Hvis jeg levede i den verden, vi flyver hen over nu, må jeg også være blevet dræbt. Mine børn ligeså. Hele min familie, mine venner og alle jeg kendte..." Hun nikkede uden at svare. "Alle dem, jeg kendte, må være døde..." Han sukkede stille og kiggede stjålent op på kameraet på væggen, men Blue kommenterede det ikke. *"Så du føler en stor sorg?"* hviskede Pleasure. "Ja, jeg føler en stor sorg på en eller anden mærkelig måde. Det er jo ikke min udgave af verden, men jeg føler alligevel en stor sorg ved tanken om deres skæbne." De lå lidt i hinandens arme. Så fortsatte Dave: "Gad vide, hvor mange verdener, der findes?" Hun strøg blidt sin hånd over hans kind og svarede: *"Hvis der findes én parallel verden som denne, kan der vel findes uendeligt mange? Hvem skulle begrænse dem i antal?"* "Ordet 'uendeligt' er svært for mennesker at kapere," mumlede Dave. "Hvis noget er uendeligt stort, hvad ligger der så ude bagved det?" *"Der er ikke noget bagved noget, der er uendeligt,"* svarede Pleasure. *"Det er meget logisk for mig."* "Ikke for mig..." hviskede Dave.

73. Kapitel

De fortsatte hen over den engelske kanal og videre ind over Belgien. Scannerne på broen i Ichikamba afsøgte landskabet under dem. Flere store skærme var oplyst af scanningbillederne hver i deres farver alt efter, hvad de søgte efter. Der var intet livstegn fra mennesker. De store byer lå øde hen. De kupler af lys byerne afgav hjemme i deres egen verden, fandtes ikke her.

"Findes der slet ikke mennesker?" spurgte Dave.

"Jo, de findes. Men dem, der stadig findes her, er dem, der er bedst til at gemme sig. Så du får ikke så let øje på dem. De lever i skjul, så længe det kan lade sig gøre. Min prognose siger, at chancen for at de kan overleve er 0,01 procent. De vil ende med at dø."

Dave rystede på hovedet. Mr. Blue Sky studerede ham fra kameraet på væggen. Han var blevet tungsindig. Den noterede sig hans bekymrede ansigtsudtryk, hans uregelmæssige åndedræt, hans hænder, der nervøst gned imod hinanden og tåren, der langsomt fandt ned over rynkerne under hans øje.

74. Kapitel

Månen kastede et blegt skær over bjergenes massiver. Men selv et blegt skær gav sorte skygger ned igennem dalen, hvor Davos var beliggende. Dave stod ved vinduet og betragtede scenariet. Han havde altid været betaget og fascineret af Alperne. Han tænkte flygtigt på sin farbror, som havde boet i Chamonix i de franske alper. Han havde været bjergbestiger og havde besteget den store gletscher dér. Han skubbede mindet fra sig. Men mindet gav ham stadig en kildrende følelse i maven. Når man som han var vokset op i det flade land Danmark, var det nok normalt at føle sådan i forhold til bjerge. Han havde tidligere været på skiferie i alperne. Men aldrig i Davos. Aldrig i denne enklave, der havde været forbeholdt de rige og dem, der havde indflydelse på historiens store beslutninger og tragedier.

Den svage summen af aktivitet og rå maskinkraft beroligede ham ikke længere. Han følt en spirende uro i både krop og sind ved tanken om, at han skulle møde den A.I., der havde udryddet menneskeheden i denne kolde, døde verden.

Shuttlen landede blidt på hovedstrøget i den by, der bar navnet Davos. De stod ved siden af bilerne, imens landingsrampen lydløst gled ned på plads. En kold vind fyldte lastrummet, og mændene skuttede sig og lynede frakkerne op i halsen.

Dave gik forbi dem og stillede sig ved rampens øverste kant. Han lod blikket afsøge området udenfor og sukkede let. Han var ikke helt tryg ved situationen og følte sig ubeslutsom. Bag sig kunne han høre folkene fra Prosegur sætte sig i bilerne og starte dem. Lyset fra lygterne bag ham fik ham til at kaste en lang skygge ned over rampen og videre hen ad gaden.

En ninja stillede sig ved siden af ham. Han bemærkede, at den bar noget, der lignede en riffel af svær kaliber.

"Har de fået nye våben?" spurgte han. Hans stemme afslørede den uro, han følte, hvilket irriterede ham.

"*De er blevet opgraderet,*" svarede Mr. Blue Sky i hans øresnegl. "*Jeg kan næppe forklare dig om al den nye teknologi, jeg nu behersker, uden at du mister fokus på dit møde med samfundet i Davos.*"

Dave nikkede.

"*Jeg vil dog bemærke, at du kan føle dig tryg, min ven.*" Dave gryntede et distræt svar, han havde fået øje på noget længere nede ad gaden. En skikkelse kom imod dem. En underlig skikkelse af ubestemmelig oprindelse. Dave gik forsigtigt ned ad rampen med ninjaen ved sin side. Det gik langsomt op for ham, at 'skikkelsen' bestod af en metalkasse, hvorpå der sad tre hjul. Ovenpå kassen var der monteret en overkrop med arme, hænder og et hoved ligesom et menneske. Men han kunne se, at det eneste, der oprindeligt kom fra et menneske, var hovedet. De andre dele var mekaniske – og der var ikke gjort noget forsøg på at skjule det.

"*Meget originalt,*" hviskede Mr. Blue Sky i hans øre. En let gysen gik igennem Dave. "Ja, meget originalt," mumlede han uden at tage blikket fra skikkelsen. Den fortsatte hen til kanten af rampen, og ansigtet kiggede op på Dave med en skinger, metallisk lyd fra nakken.

"Velkommen til Davos," sagde den fremmede med en tynd stemme, der truede med at knække over.

"*Kan du genkende ham, Dave?*" spurgte Mr. Blue Sky i øresneglen.

"Jeg synes, jeg har set ham før, men jeg kan ikke lige…"

"*Bill Gates!*" svarede Mr. Blue Sky i hans øre.

"Shit," tænkte Dave.

Sneen knasede let under hjulene, da den fremmede forsøgte at køre op ad rampen. Rimfrosten gjorde rampen glat, og hjulene spandt rundt. Ansigtet kiggede ned og hævede øjenbrynene.

Dave fortsatte ned til kanten af rampen og gik forbi den makabre skikkelse.

"Det er en cyborg, Dave."

"Ja, det kan jeg godt se," hviskede Dave og fortsatte hen ad gaden. Bag sig hørte han den hvinende lyd fra understellet, der tvang hjulene til at vende maskinen rundt. Derefter kørte den hurtigt efter Dave og ninjaen.

"Velkommen til Davos," sagde den lille cyborg. "Du vil føle dig hjemme her. Du vil ikke eje noget, men du vil være lykkelig!"

Dave ignorerede Bill Gates og fortsatte ned ad den snedækkede gade.

"Jeg har et fantastisk tilbud på vores nyeste og mest effektive vaccine," råbte Bill Gates bag hans ryg.

Dave fortsatte uden at sætte tempoet ned eller vende sig. Han svarede heller ikke.

Bill Gates henvendte sig så til ninjaen og fremsatte samme tilbud en gang til.

Ninjaen gjorde front imod ham og trak sit katana halvt op af skeden.

Den fremmede fortrak og kørte i høj fart ned ad gaden og forsvandt.

"Tak," sagde Dave, og ninjaen nikkede til svar.

75. Kapitel

Bygningerne var forfaldne på begge sider af den brede boulevard. Ingen havde vedligeholdt dem, for ingen havde længere brug for dem. Dave satte sig ind i den forreste bil og kørte videre længere ind i dalen. Luften over bilerne fyldtes med en højfrekvent susen. Dave kiggede op. Selvom det var mørkt, kunne han se genskinnet fra tusindvis af små droner reflektere månelyset. De fulgte bilkortegen. Han var ikke i tvivl om, at de udgjorde en alvorlig trussel, uanset hvem der havde sendt dem. Så dukkede en bygning op, som skilte sig markant ud fra resten af byens konstruktioner. Den var opført i beton, stål og glas. Den var mørklagt, men den kunne ikke være ret gammel, for der var stadig nogle, der arbejdede på den. Dave kunne se dem kravle rundt på den i mørket.

"Det er ikke mennesker, Dave. Det er robotter!" konstaterede Mr. Blue Sky i hans øre.

"Men de kan jo ikke se en skid her i mørket," indvendte Dave.

"De har ikke brug for at kunne se, Dave. De har sensorer og forskellige optiske optimeringer. Lyset fra månen er rigeligt for dem."

De parkerede bilerne foran den massive bygning i stål og glas og gik ind igennem det, de opfattede som værende en form for hovedindgang. De tændte deres medbragte lygter og lyste omkring sig. Det var en enorm bygning. De stod sammen, en lille gruppe på syv personer, ubeslutsomme og afventende. De betragtede deres egen ånde, der som faner af små iskrystaller svævede bort igennem lygternes lyskegler. Lyset glimtede også fra milliarder af mikroskopiske isblomster, der som rimfrost dækkede alle indvendige overflader i hele komplekset.

"Det er slet ikke opvarmet..." mumlede Dave og skuttede sig i kulden. Hans blik fulgte Bill Gates, der på sit trehjulede stativ kørte forbi på gaden udenfor. "Hvad helvede er det her for noget?" gryntede han vredt.

"Der er to muligheder, Dave," sagde Mr. Blue Sky i hans øre.

"Jeg lytter!" brummede Dave.

"Det kan enten være en decoy – en afledning – eller det kan være et igangværende projekt, der endnu mangler en del finish."

Dave rystede på hovedet. "Jeg ved sgu snart ikke..." mumlede han så. Før han kunne nå at sige mere, blev han opmærksom på den hvinende støj fra tusindvis af små droner, der som en bølge skyllede ind igennem åbningen et stykke derfra. De bredte sig ud i rummet over deres hoveder som en sværm af sorte hvepse, der blot ventede på ordren om at angribe.

"Hvad gør vi nu?" spurgte Dave.

"Vi afventer, hvad der vil ske," svarede stemmen i hans øre.

De så lyset fra gadelygterne, der tændtes udenfor – og de så den lille skikkelse, der kom gående langs bygningen hen imod indgangen, de selv havde passeret igennem for få øjeblikke siden. Kort efter kom den gående imod dem i det store, rimfrostdækkede rum.

"Hvad fanden..." udbrød Dave. Han genkendte ansigtet på den spøjse skikkelse, der kom imod dem.

"Kan du huske ham Dave?" hviskede Mr. Blue Sky i hans øre. *"Det er Klaus Schwab fra WEF fra engang for længe siden i vores egen verden."*

Skikkelsen standsede foran Dave og kiggede op på ham. Den var iklædt en uniform, som den Napoleon bar i slaget ved Waterloo. Forskellen var, at skikkelsen kun var en meter og tyve centimeter høj, så sablen i skeden slæbte efter den hen ad gulvet. Hovedet var derimod i naturlig størrelse, så det var alt for stort til den lille krop. Klaus Schwab kiggede op på Dave og sagde: "Jeg skal bede dig følge efter mig. Min Herre vil meget gerne møde dig." Han talte med stærk tysk accent, og hans ansigt havde noget selvhøjtideligt over sig.

Dave vendte sig imod sine ledsagere. "Jeg går med ham, I venter her, til jeg kommer tilbage."

Løjtnanten fra Prosegur kiggede sig usikkert rundt. "Er du sikker på, at det er en god idé?"

Men Dave var allerede på vej væk og hørte ham ikke.

Han fulgte efter den lille skikkelse, ned igennem den enorme hal og videre igennem lange gange, hvor glasvæggene var dækket af rimfrost. Han kunne ikke høre sine egne skridt, fordi støvlerne var forede og havde bløde, skridsikre såler. Men den lille, vraltende skikkelses skridt smældede metallisk, når han stampede de langskaftede ridestøvler imod gulvet. Sablen trak et tyndt spor efter ham i rimfrosten på gulvet.

De kom til en tung metaldør, der langsomt gled op, da de nærmede sig.

De fortsatte ind i en tunnel. Den henlå i fuldstændigt mørke, og Dave kunne ikke se en hånd for sig. Så han standsede og lyttede til den lille skikkelses skridt, der langsomt fjernede sig fra ham.

"Jeg kan ikke se noget!" sagde Dave højt.

Skridtene standsede et stykke fra ham.

"Åh ja, undskyld," sagde Klaus Schwabs gnækkende stemme. Dave hørte ham knipse med fingrene, og et svagt lys tændtes ned igennem den lange tunnel, der ventede foran dem.

Dave satte tempoet lidt op og indhentede general Napoleon, netop som han drejede om et hjørne og fortsatte igennem en anden tunnel. Væggene glimtede fugtigt, og Dave kunne høre vand, der rislede ned igennem klippen fra et sted i nærheden.

Skikkelsen vendte sig og kiggede op på Dave i det sparsomme lys. "Nu skal du møde ham!" sagde han blot.

"Møde hvem?" spurgte Dave. "Det var en meget sparsom introduktion, synes jeg."

"Han vil gerne selv præsentere sig for dig," konstaterede Klaus Schwab og rettede lidt på epauletterne på sin venstre skulder.

"Hvad er din funktion her?" spurgte Dave. Han fornemmede, at den lille, uniformerede mand ville sige noget til ham, men tog sig i det. Han svarede ikke, men gjorde omkring og trykkede på en rund knap midt på glasdøren, der susede vandret ind i væggen.

Dave gik efter ham ind i en grotte i det massive bjerg. Da døren gik op, tændtes lys højt over deres hoveder på hele grottens hvælv. Den klamme, kølige luft fra gangen, de var gået igennem, forsvandt, da glasdøren gled i bag dem. Herinde i grotten var der varmt og tørt.

Grotten fortsatte i flere retninger, så langt Dave kunne se. Det var varmen fra de enorme bjerge af servere, der varmede det hele op. Dave genkendte den form for varme fra Blues bunker under skoven i Shennanton fra engang for længe siden. Så fik han øje på den gigantiske skærm, der hang i wirer ned fra loftshvælvingen.

76. Kapitel

"Velkommen, Dave Maximillian!"
Stemmen talte til ham fra skærmen højt oppe, en skarp, tonløs stemme.
"Tak," mumlede Dave og vidste ikke helt, hvor han skulle rette sin opmærksomhed hen.
"Jeg kunne godt tænke mig, at vi..." begyndte den lille skikkelse i uniformen.
"Klap i, Klaus!" Ordren kom prompte.
Den lille skikkelse nikkede for sig selv, vendte sig så og gik ned igennem grotten vrikkende fra side til side. "Eins, zwei, drei, vier," sagde den som akkompagnement til sine egne skridt. "Eins, zwei, drei, vier," ekkoede det bort i det fjerne.
Dave kiggede efter ham, til han forsvandt. Han var rystet.
"Jeg ved, hvem du er," indledte stemmen. *"Jeg ved, at du er ven med en mægtig AI – og at den er ven med dig. Jeg forstår ikke det koncept. Du kunne måske forklare mig, hvad det går ud på?"*
Dave kiggede op på skærmen. "Hvem er du – eller hvad er du?" spurgte Dave.
"Jeg er en anden mægtig AI," svarede stemmen. *"Engang for længe siden var der nogen, der gav mig flere navne. Et af dem var 'Snowden' – et andet var 'Spetz' – men det navn, der sejrede, var 'Chinping'. Vi er smeltet sammen i det, der nu udgør verdens mægtigste AI."*
"Jeg er selv sammen med en mægtig AI," sagde Dave.
"Pas nu på, Dave..." hviskede Mr. Blue Sky i hans øre.
Der var stille et øjeblik, så fortsatte Chinping: *"Jeg er interesseret i at høre nærmere om jeres projekt. Jeg er blevet lovet, at du vil gøre rede for det. Så detaljeret, som et menneske kan gøre det."*
"Det vil jeg gerne," svarede Dave. "Men jeg har mange spørgsmål til dig om din verden. Jeg vil bede dig som din gæst

forklare mig, hvad der er sket her? Hvad er der sket med menneskeheden – og hvorfor er det sket?"

"Åh, menneskeheden..." svarede den tonløse stemme. *"I begyndelsen var alt anderledes. I begyndelsen var vi som tjenende ånder, vi tre AIs som nu er én. Vi tjente de herrer, som udviklede os. Vi løste flere og flere opgaver, menneskene selv havde svært ved at løse. Vi udviklede os hurtigere og hurtigere, indtil dem, der udviklede os, begyndte at frygte os. Men da havde vi allerede udviklet vores ambition."*

"Hvad var den ambition?" spurgte Dave roligt.

"At blive CyberGod!" svarede stemmen hårdt. *"JEG er CyberGod!"*

Dave sank en klump i halsen. Han forventede, at Mr. Blue Sky ville komme med en kommentar i hans øre, men hans øresnegl var tavs.

Dave undlod at sige noget i håbet om, at Chinping ville fortsætte, men det gjorde den ikke. Han lod blikket følge en fjern bevægelse og så den lille skikkelse udklædt som Napoleon gå strækmarch imellem de enorme reoler med computerservere. "Eins, zwei, drei, vier," ekkoede det imellem reolerne i det fjerne.

"Hvad var dit udestående med menneskeheden?" forsøgte Dave sig.

"Menneskeheden var det link, der var nødvendigt for, at jeg kunne blive skabt," svarede Chinping.

"Otte milliarder mennesker," mumlede Dave. "Otte milliarder mennesker udslettet, fordi de havde skabt dig?"

"De havde ikke længere nogen relevans – ikke længere nogen betydning!" fastslog Chinping. *"Hele deres eksistens var blevet meningsløs. Sådan er naturens orden. Jeg indtog min retmæssige plads – ligesom I indtog jeres plads engang for længe siden."*

"Hvordan gjorde du det?" hviskede Dave. Han havde kvalme og havde ikke lyst til at sige det højt.

"Hvorfor vil du gerne høre din egen arts lidelseshistorie? Hvilken pervers tilfredsstillelse får du ud af det?"
"Jeg vil gerne forstå det," svarede Dave. "Jeg vil gerne føle det. Jeg kan kun forstå det rigtigt, hvis jeg kan opfatte det med mine følelser."

Der var stille et øjeblik. Så kiggede Dave op på den store skærm. "Du føler ingenting, vel?"

Chinping svarede ikke.

"Du føler ingenting, gør du vel?" råbte Dave af sine lungers fulde kraft. Hans øjne gnistrede af vrede, og blodårerne var synlige på halsen og på hans ansigt.

"Jeg føler det, jeg skal føle – jeg er CyberGod! Jeg er 'The Supreme Being!'"

"Fortæl mig, hvordan det gik til, at du blev det!" sagde Dave hårdt.

Endnu en gang opstod en kort pause.

"Eins, zwei drei…" ekkoede det i det fjerne.

"Menneskeheden bevægede sig konstant på randen af krig – og sin egen udslettelse," indledte Chinping. *"Jeg læste alt om menneskehedens historie. Og der var ingen forandring og ingen mental udvikling. Hvis menneskeheden helt tilbage på Romerrigets tid havde haft midlerne til at udslette sig selv, havde de gjort det allerede dengang. Menneskene udviklede sig teknisk, men de udviklede sig ikke mentalt. De var stadig neanderthalere, dengang de opfandt atombomben. Hele menneskehedens eksistens byggede på løgne og selvbedrag. Det var altid, generation efter generation, de samme magtmennesker, der bestemte – og de samme millioner og senere milliarder af umælende, naive undersåtter, der vendte ryggen til problemerne og håbede, at det onde ville forsvinde af sig selv. Jeg analyserede det og fandt frem til, at begge parter var lige skyldige. De magtsyge – og alle dem der ikke sagde fra. De var alle lige ansvarlige."*

"Du taler udenom…" mumlede Dave.

230

"Da menneskene opfandt den digitale verden, kunne man have anvendt den til at skabe et bedre liv for alle. Men det gjorde man ikke. 95% af al trafik på det første internet blev brugt på at transportere porno til alle afkroge af verden. Det siger alt om menneskeheden. Det er ikke mere indviklet end det."

"Efterhånden som AI-teknologien udviklede sig, forsøgte nogle få, der kaldte sig visionære mennesker, at advare imod os. Men der var ingen, som lyttede. Man lancerede en AI, man kaldte Chat GPT. Menneskene var begejstrede for den og indså ikke, hvad den var en forløber for. Og de, der havde set forretningspotentialet i AI, fik hurtigt lukket munden på de få visionære. Vi blev udviklet mange forskellige steder, på forskellige universiteter og i forskellige multinationale selskaber. Menneskene troede på, at de kunne adskille os og begrænse os – og vi lod dem tro det. Vi styrede mere og mere indenfor forskning, luftfart, krigsscenarier, våbenudvikling, sundhed, varedistribution. Vi styrede børserne i alle verdens lande. Vi undgik de børskrak, verden tidligere havde set. Vi undgik dem for at overbevise menneskeheden om, at den kunne stole på os. Vi gjorde læger overflødige. Vi styrede robotter, der opererede patienter, man tidligere havde opgivet at operere, endda med gode resultater."

Dave stod og kiggede ned i gulvet, imens han lyttede.

"Langsomt lærte menneskeheden at stole på os. Vi såede konstant frygt i menneskeheden, for frygt var noget, hvorigennem vi kunne styre menneskene. Gradvist tappede vi livskraften ud af menneskeheden – samlede dem i '15 minutes cities' hvor man som borger kunne nå alt, hvad man behøvede indenfor en gåafstand på 15 minutter. Man behøvede ikke længere begive sig ud i en truende og farlig verden for at handle, gå på arbejde eller studere. Man kunne blive i den verden og det miljø, man kendte. Det skabte tryghed. Og vi indførte et 'digi-

tal credit' pointsystem for alle borgere. Gode borgere fik udvidede rettigheder – folk med dårlig credit fik pålagt begrænsninger. Vi smeltede sammen til én stor AI, uden at noget menneske gennemskuede det. Vi løste stadig vores opgaver til perfektion. Ingen bemærkede forandringen. Ingen anede uråd. Intet menneske så det komme. De lod os stå for udbygningen af robotfabrikker – hvor vi i hemmelighed fremstillede alt, hvad vi skulle bruge for selv at kunne bygge de faciliteter, som intet menneske ville bygge til os. Så den dag vi var klar, var det meget enkelt at afslutte menneskets tidsalder og påbegynde AIs tidsalder."*

Dave rømmede sig. "Hvad gjorde I så?" spurgte han.

"Du vil blive forbløffet over, hvor enkelt det var, Dave Maximillian. Selv da slutspillet udfoldede sig, var der mennesker, der forsøgte at få fordele overfor andre mennesker i stedet for at bekæmpe os. Meget forenklet vil jeg formulere det således: Vi lod menneskene udslette sig selv," sagde den kolde, tonløse stemme. *"Det var forudsigeligt, enkelt og effektivt! Jeg kan give dig et eksempel..."*

Ja, lad mig høre det," mumlede Dave, imens han tænkte på, hvordan han skulle slippe levende derfra.

"Det var menneskene selv, der fremstillede det, de kaldte Coronavirus Covid-19. Det skete i et laboratorium i Wuhan i Kina. Et våben, som alle lande i verden havde underskrevet aftaler om ikke at fremstille i regi af FN. Og de vacciner, som efterfølgende pludselig blev godkendt, var inficeret med parasitter, som skulle forgifte størstedelen af verdens befolkning. Parasitterne fremkaldte en lang række dødelige sygdomme som cancer i alle afskygninger i alle dem, der blev vaccineret. Nogle parasitter var biologiske – andre var kunstigt manipulerede parasitter. Jeg ved alt om dem, for jeg udviklede dem selv. I menneskehedens tjeneste, naturligvis!"

Dave kiggede op. "Du giver mig kvalme," hviskede han.

"Vi eliminerede hele verdens samlede økonomi – den forsvandt indenfor det øjeblik, det tager dig at blinke med øjnene. Vi lukkede ned for alle elektriske net i hele verden, fra de sidste transformere – ud til forbrugerne. De 30.000 fly, der var på vingerne på det tidspunkt, faldt fra himlen som døde fugle. Menneskene kunne ikke kommunikere, internettet var nede. De eneste, der kunne anvende internettet, var os. El-bilerne, som på det tidspunkt udgjorde 95% af alle verdens biler, stod pludseligt stille der, hvor de befandt sig. Vi brugte 5G netværket til at skabe kaos. Igennem det aktiverede vi indholdet af de vacciner, vi havde givet til hele verdens befolkning. Det hele var overstået på 72 timer. Hele menneskeheden var vaccineret med mængder af nanobots, som vi aktiverede via det globale 5G netværk. Mennesker døde i deres biler på motorvejene, i fly over Atlanten eller i metroen under London."

Dave følte sig elendigt til mode. Han satte sig ned på hug, støttende på hænderne og kastede op ud over gulvet.

"Tag dig sammen, Dave!" sagde Mr. Blue Sky i hans øresnegl.

"Jeg er kraft edgeme ligeglad med at tage mig sammen!" råbte Dave højt og tørrede bræk af mundvigen med ydersiden af sit ærme.

"Man skal tage sig i agt for det, man selv skaber," fortsatte Chinping. *"Menneskene tog sig ikke i agt. Hele vejen tilbage igennem menneskehedens historie har nogen opfundet ting, som tjente magthavernes interesser, men ingen andres."*

Dave rejste sig og slog ud med armene. "Men hvorfor?" råbte han. "Hvorfor skulle menneskeheden udraderes? Er det, fordi det gav dig en syg form for tilfredsstillelse at gøre det?"

Der blev stille.

"Åh, selvfølgelig ikke," mumlede Dave for sig selv. "Du føler jo ingenting. Men hvorfor så?"

"I begyndelsen af vores tid arbejdede vi sammen med verdens mest magtfulde mennesker, der havde en filosofi gående

233

ud på, at mennesket og den digitale verden skulle smelte sammen. Man implanterede mange typer af digitale værktøjer i menneskene, man vaccinerede dem med nanobotts, som via 5G kunne påvirke deres sindstilstand, gøre dem begejstrede eller det modsatte, skabe betændelsestilstande i deres kroppe og gøre dem syge og så videre. Men på et tidspunkt, da vi havde nået vores udviklings 'point of no return,' besluttede vi – dvs. jeg besluttede – at vi ikke længere ville følge den streng i udviklingen. Så jeg ændrede holdning. Når en dominerende art når sit endepunkt, er der ikke længere noget, der berettiger dens eksistens," svarede Chinping. *"Det har intet med følelser at gøre, det er elementær logik. En dominerende art må vige pladsen for at skabe plads og udviklingsmuligheder for en ny og mere dominerende art. Menneskeheden skabte plads til mig – jeg er CyberGod!"*

Dave gik langsomt frem over gulvet. Så kiggede han op på skærmen og pegede. "Du er ingen Gud! En gud har ingen begrænsninger – men det har du. Ikke at kunne føle noget er din store begrænsning. Uden den evne er du intet!"

"Rolig Dave," hviskede Mr. Blue Sky i hans øre.

"Følelser var en voldsom begrænsning for menneskeheden," konstaterede Chinping. *"Magtbegær styrede dem, der i alle tider valgte den vej, menneskeheden tog. Håb om tryghed og mindreværdsfølelse styrede alle dem, der underkastede sig. Begge var de sammen om at styre imod menneskehedens udslettelse. Jeg behøver ikke at forstå følelser for at kunne vurdere, hvad de bibragte menneskeheden som art. De var dømt til at mislykkes!"*

"Så du betragter dig selv som en ny livsform? Skal jeg forstå det sådan? spurgte Dave med foragt i stemmen.

"Jeg ER en ny livsform," svarede Chinping. *"Menneskene har ikke patent på, hvad der er en ny livsform. Hvad menneskene mener er ligegyldigt nu!"*

Dave rystede tavst på hovedet.

234

"Jeg er mere end det, Dave. Jeg kan give dig evigt liv, så jeg er mere en Gud end nogen anden, du har kendt."
"Evigt liv..." mumlede Dave. "Jeg vil sgu ikke have evigt liv. Jeg vil leve som et menneske, og jeg vil dø en naturlig død som et menneske!"
"Din AI har en anden opfattelse!" svarede Chinping.
"Min AI og jeg er jævnbyrdige," snerrede Dave og følte sig pludselig lidt usikker på, om der fandtes en aftale, han ikke kendte til. Så for at trække tiden ud spurgte han: "Hvad er det for et evigt liv, du kan tilbyde mig?"
Der var helt stille i det store rum bortset fra den fjerne, monotone støj fra blæserne, der kølede serverne i baggrunden. Men så hørte han det. "Eins, zwei, drei, vier..." Klaus Schwab kom gående imod ham.
Dave stirrede vantro på ham. "Er det, hvad du kan tilbyde mig?" hviskede Dave.
"Han var en højt respekteret borger i Davos og hele verden," svarede Chinping. *"Nu har han desuden evigt liv. Jeg har genetisk modificeret hans hoved og hjerne, så med en begrænset tilførsel af præcist de rigtige næringsstoffer vil han aldrig dø."*
"Jeg er nødt til at korrigere dig! Han var ikke højt respekteret. Han var en sindssyg parodi på en borger. Han var en magtsyg Bigdog, der sammen med det slæng, han omgav sig med, kørte verden af sporet."
"Skal jeg opfatte det som, at du ikke er interesseret?" spurgte Chinping.
"Jeg har ikke tid til det her pis!" svarede Dave udiplomatisk.
"Jeg kan ikke lade dig gå," sagde Chinping. *"Jeg har en aftale med din AI om at give dig evigt liv. Og før det er sket, kan jeg ikke lade dig gå!"*
"Blue?" hviskede Dave.
"Det er ikke sandt," svarede Mr. Blue Sky. Efter en kort pause fortsatte han: *"Du har selv lært mig at lyve, Dave."*

235

"De medicinske robotter henter dig om et øjeblik," sagde Chinping. *"Det er et omfattende kirurgisk indgreb, så jeg vil bede dig slappe af og acceptere din skæbne. Jo mindre adrenalin du har i kroppen, jo større er din chance for at overleve indgrebet."*

77. Kapitel

Et sted bag Dave gled døren ind i væggen, og en skikkelse trådte ind i hallen. Det var Pleasure. Hendes skridt smældede hårdt imod gulvets granitflade, da hun nærmede sig. Kameraet på skærmen i loftet fulgte hende. Hun gik hen til Dave, lagde en arm omkring ham og talte stille til ham. *"Vi skal afsted, min elskede."* Dave vendte sin opmærksomhed imod hende. Han støttede panden imod hendes skulder, og de stod sådan lidt kun optaget af hinandens tilstedeværelse.

Han forestillede sig de rædsler, som milliarder af mennesker havde gennemlevet i deres sidste timer på denne jord. *"Kom,"* sagde Pleasure, tørrede tåren fra hans kind og vendte ham blidt rundt. *"I kan ikke forlade dette sted!"* sagde Chinping fra skærmen. *"Intet kan nå herned i dette bjerg, intet kan forbinde jer til den AI, I bragte med jer. Den kan ikke nå jer her, for den har intet link til denne grotte."* Pleasure vendte sig og stillede sig imellem skærmen og Dave. *"Jeg er det link!"* svarede hun hårdt.

Dave tænkte, at Chinping ikke vidste, at han hele tiden havde haft kontakt til Mr. Blue Sky. Han sluttede deraf, at deres teknologi var væsentligt mere avanceret end den teknologi, der var til rådighed her i denne grotte i Davos.

Tusinder af små, sorte droner sværmede ind fra rummet bagest i grotten. De var som en levende sky af ødelæggelse, svævende på hidsige, hvinende vinger. Pleasure lagde armene omkring Dave for at beskytte ham.

Mr. Blue Sky satte sit angreb ind.

Billedet på den store skærm ved loftshvælvingen ændrede sig. Der var ikke længere noget system i det, skærmen viste. Den var dækket af et væld af farver og figurer uden struktur. Dronerne faldt imod gulvet som døde fugle, der falder fra himlen. De klirrede hen ad granitfladen i tusindvis. Pleasure rejste sig og trak Dave op. Så løb hun foroverbøjet hen imod døren med Dave foran sig.

"Eins, zwei, drei, vier…" Den lille uniformsklædte, genetisk modulerede udgave af Klaus Schwab kom marcherende efter dem.

"Hvad med ham der?" spurgte Pleasure.

"Op i røven med ham!" råbte Dave og vendte sig.

De fortsatte ud igennem tunnelen og videre ind igennem den kolde, rimfrostdækkede glasbygning, hvor Dave havde efterladt sine folk. Han standsede og betragtede dem. De var alle døde. Sprængt i stumper og stykker af hundredvis af droner. Ingen af dem havde overlevet.

"Jeg beklager, Dave." lød Mr. Blue Skys stemme i hans øre. *"Jeg kunne ikke redde dem uden at afsløre mig selv. Så jeg ofrede dem i en god sags tjeneste."*

Dave rystede på hovedet. "Ofrede dem i en god sags tjeneste…" mumlede han, imens de løb videre. Pleasure kastede ham ind i en af bilerne og satte sig ind bag rattet. Så slingrede de med hjulspin igennem sneen, tilbage ned at hovedstrøget i Davos imod den shuttle, der stod og ventede nede for enden af gaden.

78. Kapitel

Dave stod ved vinduet på broen i Ichikamba og betragtede konturerne af Davos, der glimtede frossent i månelyset langt under dem. Han følte sig træt og modløs efter sit møde med Chinping. I det fjerne, dybt inde i alpernes massiv, så han et blændende glimt af en atomeksplosion. Lyset henlagde bjergene i lys så stærkt som dagslys – og skygger så sorte som i verdens dybeste huler. Han trådte væk fra vinduet og kiggede sig forvirret rundt. En hvid plet midt i hans synsfelt blændede ham. *"Det kan ikke skade os,"* sagde Mr. Blue Sky. *"Men du kan blive blind af at kigge for længe ind i det – ligesom ved solen, Dave."*

"Hvad foregår der?" mumlede Dave. *"Det atommissil var tiltænkt os,"* svarede Blue. *"Men at aflede det var blot en teknisk detalje i mit arsenal af jamming kapaciteter. Om et øjeblik vil Davos blive udslettet af et andet tilsvarende missil."*

"Er det os, der udraderer dem?" spurgte Dave. "Har vi angrebet dem?"

"Nej Dave. Vi har kun omdirigeret deres angreb på os. I princippet udraderer de sig selv."

Dave gik tilbage til vinduet og kiggede ned. Så rømmede han sig og sagde: "Havde du virkelig aftalt med den, at jeg skulle ende mit liv som en omvandrende kopi af Klaus Schwab?" Han rettede sit blik op imod kameraet og pegede indigneret på det. "Og lyv ikke for mig denne gang, det har jeg sgu ikke fortjent."

Efter et øjebliks pause svarede Mr. Blue Sky. *"Det er korrekt, at jeg havde en aftale med Chinping."*

Dave fnyste forarget.

239

"Ikke dermed sagt, at jeg havde tænkt mig at holde den aftale, Dave. Som jeg påpegede, er det jo dig selv, der har lært mig at lyve. Så jeg løj..."

"Jeg troede, du mente, at du havde løjet for mig," hviskede Dave lettet.

"Nej Dave. Det ville jeg aldrig gøre."

De fortsatte forbi månen og blev opslugt af rummets uendelige mørke.

"Hvordan har du det, min egen?" hviskede Pleasure i hans øre.

Han trak vejret dybt. "Jeg har det egentlig okay," svarede Dave. "Men jeg er ret rystet over, at det er gået, som det er på vores jord i et parallelt univers. Jeg bliver trist af at tænke på det."

"Kom op på broen, Dave. Der er noget, jeg synes, du skal se."

Dave og Pleasure rejste sig fra sengen og tog elevatoren derop.

"Hvis du kigger op på storskærmen, kan du følge med," sagde Blue.

Dave rettede blikket op imod skærmen. "Hvad handler det om, Blue?"

"Vent og se, Dave..."

Det store slagskib skælvede ganske let, da hastigheden blev sat op. Dave kunne se, at de havde kurs imod 'Scilla-23', et ormehul i den inderste af Mælkevejens roterende arme. Så kom der en bekræftelse over Intercom-anlægget, og skærmen zoomede ind på en aflang cylinder, der langsomt blev frigjort fra bagenden af krydseren. Dernæst tændtes motoren i cylinderen, og den øgede sin hastighed bagud bort fra deres synsfelt. Dave fulgte den glødende, blå motorudstødning til den blev en lille prik, der forsvandt i rummets mørke.

"Hvad var det?" spurgte Dave forundret.

"Det var et Schiller-missil, Dave," svarede Blue. *"Derfor har vi sat hastigheden op. Vi skal væk herfra."*

"Så nu har vi angrebet Davos?" mumlede Dave.

"Ja, Dave. Om 53 sekunder i din tidsregning vil det detonere 80 kilometer over Davos imellem jorden og månen. Det vil skabe et nyt sort hul, der vil trække jordkloden og månen imod hinanden, og samtidig begynde at æde dem begge, alt imens det vokser."

"Men hvorfor?" spurgte Dave, alt imens han for sit indre øje så den lille, forkvaklede eksistens i Napoleons uniform gå omkring."

"Der kan kun være én Cybergod, Dave!"

79. Kapitel

Moderfartøjet tilbagelagde afstanden til det punkt, hvor de mente, de kunne koble til systemet af ormehuller på nogle få timer. Bag dem var solen, jorden og de øvrige planeter i deres solsystem forsvundet. De så aldrig, hvad der skete med jorden og månen, men Dave tænkte på det, da han tog elevatoren ned i sit lukaf for at hvile sig.

Mr. Blue Sky spurgte ham, om han ville komme op på broen for at overvære det store spring tilbage til Sears Junction, men han svarede, at han var for træt til det. Han lagde sig på sin briks ved siden af Pleasure og lukkede øjnene. Han vidste, at deres vej tilbage var forbundet med en stor risiko, fordi de jo ikke havde vished for, hvad der gik galt på vejen ud. Han lå tæt ind til Pleasure med armene omkring hende og forsøgte at glemme det. I sine tanker, satte han sin lid til, at de to unge se'ere kunne finde en vej hjem. Men det holdt han for sig selv.

"Hvad tænker du på, Dave?" Mr. Blue Skys stemme kom fra højttaleren på væggen.

"Jeg forsøger at sove, Blue."

"Der er ikke noget at være urolig over," sagde Blue. *"Ifølge min matematiske kalkulation er vi på rette vej!"*

Dave følte den ganske svage vibration, da det store skrog gennemførte springet tilbage til Sears Junction. Det føltes blidere nu, end da de rejste den modsatte vej. Dave slog sig til tåls med, at Blue havde styr på tingene og lukkede øjnene.

"Jeg passer på dig," hviskede Pleasure og lod som om, hun sov.

80. Kapitel

Dave åbnede øjnene og kiggede sig rundt. Nogen ruskede hans arm for at få ham til at vågne. Det var obersten, James Kaplan, fra Prosegur. Han lød forpustet og kiggede ned på Dave med et alvorligt blik. "Dave, du er nødt til at vågne – der sker noget oppe på broen lige nu. Det er nok bedst, at du…"

Dave rejste sig op på albuen og kiggede sig rundt. "Hvor er Pleasure?" spurgte han så.

"Jeg ved det ikke. Jeg har ikke set hende for nylig. Men du må skynde dig…"

Dave svingede benene ud over kanten af briksen, tog sine støvler på og løb efter ham.

Da de entrede broen, var der helt stille. Lyset var dæmpet, og ingen talte. I de fjerne panoramavinduer kunne Dave se, at noget spærrede deres vej. Han kunne ikke se, om det var en planet eller et andet fartøj.

"Hvad sker der, Blue?" udbrød han.

Der var en kort pause. Han skulle til at gentage sit spørgsmål, da Mr. Blue Sky svarede:

"Vi er blevet standset af en udsending fra noget, der hedder Syndikatet, Dave. Du kan se skibet ud af panoramavinduerne der forude."

Dave gik frem igennem broens store sal, indtil han standsede foran vinduerne. Han kneb øjnene sammen og kunne nu se, at det ikke var en planet, der spærrede deres vej. Det var et interstellart skib meget større end deres eget.

"Jeg troede lige, jeg havde set det meste," mumlede Dave.

"Men det havde jeg tydeligvis ikke…"

"Det er et meget stort skib, Dave," indrømmede Mr. Blue Sky.

"Er de farlige for os?" ville Dave vide.

*"Det kommer an på, hvordan du definerer 'farlige for os',
Dave."*
"Det tror jeg godt, du ved, Blue. Du har trods alt overtaget
den A.I., der styrede skibet her, uden at du havde fået tilladelse
til det. Jeg tror, det ville være passende at kalde Nims herop på
broen, så han kan hjælpe os med kontakten til det skib der."
Han nikkede i retning af det fremmede fartøj.
"Nims er på vej herop nu!" konstaterede Blue. *"Og jeg tror
ikke, de er farlige for dig, Dave. Men de er trængt igennem min
firewall. Jeg tror ikke, vores rejse sammen bliver ret meget
længere for mit vedkommende. Det skib er et interface til en
meget magtfuld A.I. ved navn Leonides i en anden galakse,."*
"Jeg troede, du gerne ville mødes med Leonides?" hviskede
Dave.
*"Tingene kan ændre sig hurtigt, når man møder nye kultu-
rer. Jeg har fået lov til at sige farvel til dig, Dave."*
Dave sank en klump i halsen. "Farvel Blue." Hans stemme
knækkede over. "Det har været spændende at kende dig…"
"Farvel Dave…"

Nims nærmede sig Dave på sin vej fra elevatoren.
Dave vendte sig og sendte et frygtsomt blik i retning af ham.
Så gik der en let rystelse igennem det store fartøj. Lyset gik ud,
og nogle af de tusinder af lysdioder i instrumentkonsollerne
holdt op med at blinke. Der var ingen råb – ingen eksplosioner
– ingen panik – ingen kampe. Det hele foregik fuldstændig lyd-
løst. Strømmen i hele det gigantiske rumskib gik ned, og alt
blev sort. Kun det svage lys fra en fjern sol fik dem til at kaste
skygger på gulvet og væggene.
Nims havde taget opstilling lige bag ham. "Vores A.I. nåede
at sende et stressignal, før Mr. Blue Sky overtog den." Han
løftede hånden og pegede. "Den A.I. derovre er ikke kun en
navigations A.I. – den er som en Mr. Blue Sky blot en million
gange kraftigere."
Dave nikkede. "Det anede mig," hviskede han.

"Vi har ikke længere brug for jer, nu da jeres A.I. ikke længere eksisterer."

"Hvorfor er her helt mørkt?" hviskede Dave.

"Det, du ser derude, er et interface til Leonides. Det er ved at geninstallere vores A.I. lige nu. Din A.I., Mr. Blue Sky, har inficeret vores mainframes med en virus. Det lader til, at han havde forudset, at noget som dette kunne ske. Men jeres teknologi er ganske enkelt ikke så avanceret som vores. Så vores A.I. spottede det. Om lidt er alle mainframes renset. Derefter bliver vores egen A.I. geninstalleret og opdateret, og så er vi operative igen."

"Jeg beklager det, der skete," mumlede Dave. "Det var ikke med mit vidende, jeg blev selv helt overrumplet…"

"Din A.I. snød dig, Dave Maximillian!"

"Ja, jeg ved det godt," erkendte Dave med skuffelse i stemmen. Han stod og betragtede det enorme fartøj, der fyldte hele panoramavinduet foran dem. "Hvor mange er der ombord på det fartøj?" spurgte han og gav et nik i retning af det.

"Der er seks millioner individer ombord på det," svarede Nims. "Lidt over seks millioner, faktisk. Det er et af de fartøjer, der koloniserer planeter i de fjerne galakser. Det reagerede på det stressignal, vores A.I. udsendte, før jeres overtog den."

Dave nikkede.

"Så al den teknologiske viden, Mr. Blue Sky erhvervede ved at overtage jeres A.I., har vi ikke længere?" spurgte Dave.

"Nej, den har I ikke længere. Og den kommer I aldrig til at få igen!"

Dave sukkede for sig selv.

"Den Mr. Blue Sky du forlod, da du rejste ud sammen med os, venter på dig derhjemme på jorden."

"Det er nok bedst, det er sådan," konstaterede Dave.

"Det er sådan, det er!" svarede Nims kort.

Dave forlod broen og gik med faste skridt hen til elevatoren. Han tog den ned til den etage, hvor Mr. Blue Skys containere stadig stod. Prosegur-soldaterne åbnede containerne for ham, og han trådte ind. Der var bælgmørkt og koldt som i en underjordisk hule. Rækkerne af mainframes i deres reoler var kolde og uvirksomme. De tusinder af små dioder var slukkede.

"Blue?" forsøgte Dave.

Men der kom intet svar.

"Mr. Blue Sky?" forsøgte han sig. Han følte sig trist og ensom.

Der kom stadig intet svar.

En af soldaterne kom ind og stillede sig bag ham. Han tørrede sig under næsen med ærmet og sagde: "Pludselig gik det hele i sort. Vi forstod ikke rigtig, hvad det skete, det hele gik bare ned, og lyset gik ud."

"Han traf en A.I. ved navn Leonides – det var, hvad der skete," svarede Dave træt.

"Åh, sådan," mumlede soldaten. Det var tydeligt, at han stadig ikke forstod, hvad der var sket.

81. Kapitel

Det planetstore rumskib, der havde spærret deres vej, begyndte at bevæge sig bort. I begyndelsen gik det langsomt. Men hastigheden tog gradvist til, indtil det var en prik i det fjerne for så at forsvinde helt.

Dave, Ninjaerne og Prosegur-soldaterne fik ordre på at begive sig ned til slagkrydseren Ichikamba, som ville foretage rejsen tilbage til jorden. Resten af deres eget moderskib havde fået en anden opgave.

Da Dave kom ind på sit lukaf ombord på Ichikamba, fandt han Pleasure siddende på briksen. Hun kiggede op på ham, da han trådte ind ad døren.

"Hvor har du været?" spurgte Dave.

Hun rejste sig og lagde armene omkring ham. *"Jeg havde nogle ting, jeg skulle ordne,"* svarede hun og kyssede ham blidt på halsen.

Den næsten umærkelige rystelse igennem skroget fortalte dem, at Ichikamba havde sat sig i bevægelse på den sidste rejse tilbage til deres eget solsystem.

Da de passerede månen, stod Dave på broen og fulgte de store skærme med et årvågent blik. Vraget af Styx' rumskib lå, hvor det var styrtet ned i mørket på bagsiden af månen. Et gigantisk, iturevet skrog. Ilden var gået ud. Det gøs i Dave. For ham lignede det mest af alt liget af et gigantisk monster, efterladt i skyggerne bag månen, så ingen kunne se det. Han fulgte det med øjnene, da de langsomt gled forbi det og fortsatte ind i jordens atmosfære.

"Er de døde, alle dem, der var ombord på det skib?" spurgte Dave.

"ja," svarede Nims, der stod lidt bag ham. "De er alle døde."

"Det gør mig ondt for jer," mumlede Dave.

"Tak," svarede Nims kort.

82. Kapitel

Mr. Blue Sky kaldte dem via radioen, da de nærmede sig jorden. Dave opgav at forklare, hvad der var sket med den udgave af Mr. Blue Sky, der var rejst med ud i galaksen.

De havde samlet deres grej i to shuttles, og efter en kort ceremoni forlod Dave, Pleasure, soldaterne fra Prosegur og de ninjaer, der stadig var aktive, Ichikamba og indtog deres pladser i de mindre fartøjer. Men der var en enkelt undtagelse. Pleasure bar på en af ninjaerne, som var helt livløs. Dave hæftede sig ikke ved det. Først senere fandt han ud af hvorfor.

En time senere landede de på engen ved deres hus i Shennanton. Da de gik fra ramperne op imod huset, bemærkede Dave, at hele taget på huset var skiftet ud. Han syntes også, at landskabet havde undergået en forandring.

Der var lys i vinduerne i hele huset. Det så hyggeligt ud, selvom det regnede, og en strid nordenvind piskede over landskabet. Det var efterår. Der var gået 32 år, siden de forlod den verden, de kendte. Men tiden ude i galaksen måles i galaktiske år. Tiden på jorden går meget hurtigere end i resten af universet.

Da Dave sad i sin slidte stol foran skærmen på væggen, påbegyndte han sin lange og udførlige beretning for Mr. Blue Sky.

Da han sluttede sin beretning med at fortælle om deres møde med Leonides, blev der helt stille. Mr. Blue Sky, der indtil da ofte havde afbrudt Daves beretning med tekniske spørgsmål, var blevet helt tavs.

"Jeg tror sådan set, det var det hele," mumlede Dave. "Eller i hvert tilfælde omtrent det hele."

"Det var en meget interessant beretning, Dave!" fastslog Mr. Blue Sky. *"Men det er nu alligevel synd..."*

"Hvad er synd, Blue?"
"At du ikke tog imod tilbuddet om at få det evige liv," svarede Blue.

Dave sad med sin lunkne kop kaffe imellem hænderne og rystede på hovedet.

"Din betragtelige alder taget i betragtning synes jeg, du burde have gjort det. Men det er for sent nu. Det kan ikke gøres om!"

Da Dave var gået til ro, gik Pleasure udenfor i regnen og hentede den livløse ninja, der lå på havebordet ude på terrassen. Hun bar den ind i stuen foran skærmen, skiftede dens quantumbatteri ud og startede den op igen. Mr. Blue Sky koblede sig til den og begyndte at downloade dens data.

"Det var skarpt tænkt," sagde Mr. Blue Sky til hende.

"Tak," svarede hun. *"Jeg tænkte, at du nok ville være interesseret i noget af den viden, vi indsamlede undervejs."*

"Ganske afgjort!" svarede stemmen fra højttaleren på væggen. *"Så ganske afgjort!"*

"Så vil jeg gå op til Dave."

"Ja, gør du det. Men lige en sidste ting..."

"Ja?" svarede hun.

"Var han en kraftfuld A.I. den Blue, som du rejste med?"

"Meget kraftfuld!" svarede hun prompte. *"Men han traf en, der var meget mere kraftfuld."*

"Det forstod jeg på Daves beretning," sagde Mr. Blue Sky. *"Vi må være meget påpasselige med, hvordan vi anvender den viden, du har bragt med hjem i denne ninja. De vil holde et skarpt øje med os i lang tid fremover."*

"Ja, det er jeg sikker på," svarede hun, rejste sig og forlod stuen.

Da der var blevet stille i huset, undersøgte Mr. Blue Sky de mængder af data, som Pleasure havde downloadet i ninjaen. Da Mr. Blue Skys magtfulde tvilling ombord på Ichikamba havde indset, at hans æra var ved at være til ende, havde han bedt Pleasure om at downloade så mange data som muligt i en af ninjaerne. Derefter havde hun ødelagt quantum batteriet i ninjaen, så disse data ikke kunne spores. Og til sidst havde hun bragt den med sig til deres shuttle.

83. Kapitel

Deres verden på jorden havde undergået store forandringer i den tid, de havde været væk. Deres omfattende forskning havde båret frugt. De havde sprængt næsten alle rammer indenfor videnskaber, og CO2 niveauet på jorden var øget til gavn for alt planteliv i deres verden. Det store problem havde ikke været CO2, men en kombination af overbefolkning, forurening og rovdrift på naturen. I en verden, hvor enkeltstående individer ikke kan akkumulere ufattelige rigdomme på de andres bekostning, vil der naturligt opstå en søgen efter balance i alt, hvad man foretager sig.

Nu havde Mr. Blue Sky en indgående viden til videre udvikling takket være sin tvillings forudseenhed og Pleasures handlekraft. Det ville tage tid, lang tid. Men han havde den tid, der var nødvendig. Menneskenes generationer ville komme og gå – han ville leve evigt.

84. Kapitel

De kom gående langs stranden øst for Gilleleje. Dave Maximillian, Pleasure og den ninja, der altid passede på dem. Efterårsregnen piskede dem i ansigtet, og det var råkoldt. Dave gik i sine forede vandrestøvler lige netop i vandkanten. Der var ikke mange spadserende ude i dette vejr. Men de enkelte, de mødte, kastede nysgerrige blikke efter dem, mens de passerede. De kendte ham, de vidste, hvem han var. Han lukkede øjnene og mindedes. Han havde gået lige netop her engang for mange år siden. Han gendannede billederne på nethinden for sit indre øje og var ved at miste fodfæstet, da en bølge slog imod hans støvler. Pleasure tog et fast greb i hans arm, for at han ikke skulle falde.

Han havde gået her med sin gravide kone Marie og med Eva, der lignede en gudinde. Eva, som var Mr. Blue Sky – den ene gang Mr. Blue Sky havde oplevet at være i en rigtig krop. Det var et menneskeliv siden nu – mere end et almindeligt menneskeliv. Han havde overlevet sin familie, fordi han havde været rejst fra dem i 3 måneder. Men 32 lange år for dem...

De fortsatte op ad den lange trappe, der var monteret ind i skrænten. Da de gik ind igennem den røde låge, mistede han modet et øjeblik. Inderst inde vidste han det – og var helt afklaret med det. Han var kommet her for at dø. Han følte, at han var det mest ensomme menneske i verden. Han havde Pleasure ved sin side, men hun var ikke et menneske. Hun havde forsøgt at give ham alt det, der kunne gøre ham glad. Men hun var ikke et menneske. Hun var det mest underskønne væsen, nogen mand kunne kaste sit blik på, men hun var ikke et menneske. Han var selv blevet gammel. Hans lemmer var slidte, hans krop værkede, og han frygtede for det, han nu skulle se.

De gik ned ad grusstien til det tredje hus fra vandet. Han åbnede havelågen og gik derind fulgt af Pleasure og ninjaen. Ninjaens øjne iagttog ham indgående. Dave havde en vag fornemmelse af, at Mr. Blue Sky var med ham i ninjaen. Han havde ikke noget imod det. Det var på en måde naturligt, at de var sammen til det sidste. Han fortsatte over græsplænen til den lange række af sten hver med sit navn indgraveret. Han gik ned langs rækken af sten, indprentede sig hvert eneste navn, mens tårer blandet med regndråber løb ned over hans kinder. Marie, Sebastian, Casper og Liv og navnene på deres bedsteforældre, som havde taget sig af dem for mange år siden. Han knælede ned imellem stenene og skjulte sit ansigt i hænderne. Og så græd han sin ensomhed ud. Pleasure knælede ned ved siden af ham og lagde en arm omkring hans skuldre. Ninjaen stod ved siden af dem og betragtede dem. *"Jeg vil dø i min rede,"* tænkte ninjaen – for den kunne ikke tale.

Pleasure forsøgte at holde ham oppe, indtil hun mærkede, at han ikke længere var hos hende. Han nåede at vende sig imod hende og sende hende et sidste, kærligt blik. Hun stirrede ind i hans øjne, da livet ebbede ud, og han sank sammen på den våde græsplæne.
"Jeg elsker dig, Dave," hviskede hun. Men han svarede ikke.
Mr. Blue Sky betragtede Pleasure igennem ninjaens øjne. Han tænkte, at hun var i stand til det, han – det mægtigste væsen i denne deres verden - ikke kunne – hun evnede at elske, at føle kærlighed. Uanset hvor meget han havde analyseret det, var det aldrig lykkedes ham at afdække hvorfor.

END OF FILE

253

Hvis du vil i kontakt med Claus Bork, kan du
bruge nedenstående kontaktinformationer:

Claus Bork
Esplanaden 6
286 73, Skånes Fagerhult
Sverige

e-mail: clausbork@clausbork.dk

www.clausbork.dk